KB162413

을 유 세 계 문 학 전 집 · 2 3

사형장으로의 초대

사형장으로의 초대

PRIGLASHENIE NA KAZN'

블라디미르 나보코프 지음 · 박혜경 옮김

❀ 을유문화사

옮긴이 박혜경

서울대학교 노어노문학과를 졸업하고 같은 대학에서 나보코프 연구로 석 · 박사 학위를 받았
다. 현재 한림대학교 러시아학과 교수이다. 박사논문『나보코프의 러시아어 소설에 나타난 기
억과 예술의 문제』 외에 「나보코프의 『사형장으로의 초대』- 공간과 시간의 이중성」, 「나보코
프와 러시아 문학의 전통 – 『절망』과 도스토예프스키 소설의 상호 텍스트성」 등의 논문이 있
다. 지은 책으로는『강-문학적 형상과 기억들』, 『현실과 기호의 이질동상성』(이상 공저)이 있
으며, 옮긴 책으로는『은빛 비둘기』, 『노름꾼/악어 외』(공저) 등이 있다.

을유세계문학전집 23
사형장으로의 초대

발행일 · 2009년 8월 25일 초판 1쇄 | 2020년 12월 25일 초판 4쇄
지은이 · 블라디미르 나보코프 | 옮긴이 · 박혜경
펴낸이 · 정무영 | 펴낸곳 · (주)을유문화사
창립일 · 1945년 12월 1일 | 주소 · 서울시 마포구 서교동 469-48
전화 · 02-733-8153 | FAX · 02-732-9154 | 홈페이지 · www.eulyoo.co.kr
ISBN 978-89-324-0353-3 04890 978-89-324-0330-4(세트)

차례

Comme un fou se croit Dieu,

nous nous croyons mortels.
(미친 사람이 자신을 신으로 생각하듯
우리는 스스로를 죽은 자로 간주한다.)

— 들랄랑드, 『그림자에 관한 고찰』

등장 인물

친친나트(친친나티크) C 나
마르핀카 아내
디오메돈 아들
폴리나 딸

로디온 간수
소장(로드리그 이바노비치, 로자, 로디카) 형무소장
도서관 사서
변호사(로만 비사리오노비치, 로마, 롬카)
엠모치카 소장의 딸
므슈 피에르 새로 들어온 죄수

장인
할아버지와 할머니 마르핀카의 외조부모
처남들 마르핀카의 남동생들
체칠리야 C 친친나트의 어머니

1장

    법에 따라 친친나트 C*에게 속삭이는 소리로 사형 선고가 내려졌다. 모두들 미소를 주고받으며 일어섰다. 백발의 판사는 친친나트의 귀에 대고 가쁜 숨을 내쉬며 결과를 통보해 주고 마치 풀붙인 자리가 떨어지듯 천천히 뒤로 물러났다. 친친나트는 다시 요새로 보내졌다. 길은 바위투성이 골짜기 주위를 휘돌아 정문 밑으로 나 있었는데, 그 모습이 마치 협곡 속의 뱀과 같았다. 그는 침착했지만 긴 복도를 걸어가는 동안 부축을 받아야만 했다. 이제 막 걸음마를 배우기 시작한 어린아이처럼, 혹은 물속을 걸어가는 꿈을 꾸다가 문득 이것이 가능한 일인가 하는 의심을 품게 된 사람처럼 똑바로 발을 세우지 못하고 이리저리 비틀거렸기 때문이다. 열쇠가 잘못됐는지 간수 로디온이 친친나트의 방문을 여는 데 시간이 오래 걸렸다. 이런 소란은 늘 있었다. 마침내 문이 굴복했다. 방 안 침대 위에는 이미 변호사가 기다리고 있었다. 그는 연미복도 입지 않고 (하루 종일 구름 한 점 없이 무더운 날이어서 그는 연미복을 법정 홀에 있던 비엔나 의자 위에 벗어 둔 채 잊고 온 것이다) 생각에 잠겨 어깨를 웅크리고 앉아 있다가 죄인이 들어서자 서둘러 벌떡 일어났다. 그러나 친친나트는 이야기하고 싶은 기분이 아니었다. 선실처럼 구멍 하나만 달랑 뚫린 감방에 혼자 남겨지더라도 상관없었다. 그가 혼자 있고 싶다고 밝히자 모두들 인사를 하고 밖으로 나갔다.

이렇게 해서 우리는 결말에 다가가고 있다. 음미하듯 책을 읽다가 어느 정도의 분량이 남아 있는지 확인하기 위해 기계적으로 가볍게 만져 보곤 했던(그럴 때면 항상 조용하고 믿음직한 두께가 손가락을 기쁘게 했다), 펼쳐져 있는 소설의 아직 손도 대지 않은 오른쪽 부분이 갑자기 이렇다 할 이유도 없이 완전히 얇아져 있었다. 몇 분 동안 잠깐 읽어보았을 뿐인데 벌써 독서의 내리막길이라니…… 끔찍하다! 반들반들 검붉은색을 띠던 버찌 더미가 갑자기 낱개의 열매들로 변해 버린 것이다. 저쪽에 있는 상처투성이 버찌는 밑 부분이 썩어 있고, 이쪽에 있는 것은 씨 주변으로 말라들면서 쭈글쭈글해져 있다. (맨 마지막 버찌만이 확실히 단단하고 덜 익어 있다.) 끔찍하다! 친친나트는 실크 조끼를 벗고 실내 가운으로 갈아입은 뒤 몸이 떨리는 것을 진정시키기 위해 발장단을 맞추면서 방 안을 돌아다니기 시작했다. 책상 위에는 깨끗한 흰색 종이가 펼쳐져 있었으며 그 위로 놀라울 만큼 날카롭게 깎은 연필이 두드러져 보였다. 육면체 위로 흑단이 반짝거리는 연필은 친친나트를 제외한 여느 사람의 삶만큼이나 길어 보였다. 집게손가락의 문명화된 후손이다. 친친나트는 이렇게 써 내려갔다. "어쨌든 나는 비교적 이러한 결말을 예감하고 있지 않았던가, 이러한 결말을." 로디온이 문 밖에 서서 엄격한 선장처럼 주의 깊게 감시창을 들여다보고 있었다. 친친나트는 뒷덜미가 서늘해지는 것을 느꼈다. 그는 쓰던 것을 지우고 조용히 음영을 그려 넣기 시작했다. 이렇게 시작된 미완성의 그림은 점점 자라나더니 양의 뿔로 변했다. 끔찍하다! 로디온은 하늘색 감시창을 통해 오르락내리락하는 수평선을 바라보고 있었다. 배 멀미를 하는 사람은 누구인가? 친친나트이다. 그는 갑자기 땀을 흘리기 시작했고 눈앞이 캄캄해지면서 머리카락이 쭈뼛 서는 것 같은 느낌을 받았다. 시계가 감옥에선 늘 그렇듯 진동을 반복하고 반향하는 소리를 내며 네 번 혹은 다섯 번 정도 울렸다. 수인들의 공식적인 친구인 거미가 앞발로 거미줄을 치면서 기어 내려오고 있었다. 그러나 벽을 치는 사람은 없었다. 왜냐하면 현재로서는 친친나트가 유일한 죄수였기 때문이다. (요새가 이토록 거대하건만!)

　잠시 후 간수 로디온이 들어와서 그에게 왈츠를 신청했다. 친친나트는 동의했다. 그들은 빙글빙글 돌기 시작했다. 로디온의 가죽 허리띠에서 열쇠들이 쩔랑거렸고 몸에서는 남자 냄새, 담배 냄새, 마늘 냄새가 풍겨 왔다. 그는 붉은 턱수염을 휙 불어 올리며 노래를 했고, 그 사이 녹슨 관절에서는 삐걱거리는 소리가 났다. (아아, 나이가 들어 몸은 붇고 호흡은 곤란하구나.) 그들은 복도로 이동했다. 친친나트는 파트너보다 훨씬 작았다. 그는 종이처럼 가벼웠다. 왈츠가 일으킨 바람에 길지만 숱이 적은 콧수염의 밝은색 끝부분이 휘날렸고 크고 투명한 눈은 대부분 겁이 많은 무용수들

이 그러하듯 곁눈질을 하고 있었다. 그렇다, 그는 성인 남자치고
는 너무 작았다. 마르핀카는 그의 장화가 자기에게 꼭 낀다고 말
하곤 했었다. 복도 모퉁이에 이름도 없는 또 다른 경비병이 소총
을 들고 개 가면과 거즈로 된 마스크를 쓰고 서 있었다. 두 사람은
경비병의 주변을 돌며 원을 한 번 그리고 헤엄치듯 방으로 돌아왔
다. 친친나트는 기절할 만큼 다정한 포옹이 너무 짧게 끝났다는
사실이 아쉬웠다.

다시 한 번 시계종 소리가 진부하고 우울하게 울려 퍼졌다. 시
간은 등차수열에 따라 흘러서 여덟시가 되었다. 일그러진 작은 창
문을 통해 일몰이 밀려 왔다. 눈부시게 빛나는 평행사변형이 벽을
따라 비스듬히 드리워졌다. 독방은 꼭대기까지 기이한 색소를 포
함한 황혼의 기름기로 가득 찼다. 이때 다음과 같은 궁금증이 생
기게 된다. 문 오른쪽에 있는 것은 무엇인가, 대담한 색채과 화가
의 그림인가, 아니면 이미 존재하지 않는 또 다른 창문 그림인가?
(사실 이것은 두 줄로 자세하게 '수인 규칙'이 씌어져 있는 양피
지가 벽에 걸려 있어 창문처럼 보이는 것이었다. 구부러진 모퉁
이, 붉은색 대문자, 책의 장식 그림, 도시의 고대 문장, 즉 날개가
달린 용광로 그림 등이 저녁 황혼 빛에 걸맞게 반짝였다.) 방 안의
가구는 책상, 의자, 간이침대가 전부이다. 이미 오래전에 가져다
놓은 점심(사형수들에게는 소장과 같은 식사가 주어졌다)은 아연
쟁반 위에서 식어 있었다. 완전히 어두워졌다. 갑자기 황금색의
아주 강렬한 전기 불빛이 넘쳐흘렀다.

친친나트는 간이침대 밑으로 다리를 내렸다. 머릿속에서는 뒤

통수에서 관자놀이까지 대각선으로 볼링공이 굴러가다가 잠시 멈춰 서더니 다시 되돌아갔다. 그 사이 문이 열리고 감옥 소장이 들어왔다.

그는 언제나처럼 프록코트를 입고 있었는데, 가슴을 앞으로 내밀고 한 손은 앞자락에 집어넣고 다른 손은 등 뒤로 돌린 채 멋지게 자세를 잡으며 똑바로 섰다. 타르처럼 새까맣고 밀랍으로 가르마를 탄 이상적인 가발이 두개골을 부드럽게 덮고 있었다. 기름지고 누르스름한 뺨과 약간 낡은 주름 체계를 가진, 아무런 애정도 없이 선택된 그의 얼굴은 두 개의, 단지 두 개의 부릅뜬 눈에 의해서만 어느 정도 생기를 띠었다. 그는 원주 모양의 바지를 입은 다리를 일정한 보폭으로 움직이며 벽과 탁자 사이를 지나 거의 간이침대까지 다가오는가 싶더니 그 위풍당당한 견고함에도 불구하고 공기 속에서 용해되며 조용히 사라지고 말았다. 그러나 잠시 후 귀에 익은 삐걱거리는 소리와 함께 문이 다시 열리고 언제나처럼 프록코트를 입고 가슴을 앞으로 내민 그가 방으로 걸어 들어왔다.

"믿을 만한 소식통으로부터 이제 당신의 운명이 결정되었다는 것을 알고 나니," 그는 느끼한 저음으로 말하기 시작했다. "이것이 저의 의무인 것 같습니다, 선생님."

친친나트가 말했다. "친절하세요. 당신은. 정말."(이 말은 좀 더 정리될 필요가 있다.)

"당신은 정말 친절하십니다." 또 다른 친친나트가 목소리를 가다듬고 말했다.

"무슨 그런 말씀을!" 소장은 이 말이 적절치 않다는 것을 알아차리지 못하고 큰 소리로 외쳤다. "무슨 그런 말씀을! 의무를 다할 뿐입니다. 저는 항상. 그런데 실례를 무릅쓰고 여쭈어 보겠습니다만 왜 식사에 손도 대지 않았습니까?"

소장은 굳어 버린 스튜 접시의 덮개를 열고 자신의 민감한 코로 가져갔다. 그는 두 손가락으로 감자를 집어 들고 힘차게 씹어 먹기 시작했는데, 그러면서도 눈썹을 찡긋거리며 다른 접시 위에 또 먹을 게 있나 하고 벌써부터 고르는 눈치였다.

"당신이 얼마나 더 좋은 음식을 원하는지 모르겠군요." 그는 불만스러운 듯 중얼거리며 푸딩을 좀 더 편하게 먹기 위해 커프스를 걷어 올리고 탁자에 앉았다.

친친나트가 말했다. "어쨌든 이제 내게 얼마만큼의 시간이 남아 있는지 알고 싶습니다."

"정말 훌륭한 소스군요! 그런데 당신은 얼마만큼의 시간이 남아 있는가에만 관심이 있다는 것이지요. 유감스럽지만 저도 모릅니다. 항상 마지막 순간에 알려주기 때문에 저도 여러 번 불평을 했습니다. 관심이 있으시다면 주고받은 편지를 모두 보여 줄 수도 있어요."

"그렇다면 내일 아침이 될 수도 있겠네요?" 친친나트가 물었다.

"관심이 있으시다면," 소장이 말했다. "이 음식들은 정말 맛있고 푸짐하군요. 제가 해드릴 수 있는 말은 이것뿐입니다. 이제 *pour la digestion* (소화를 위해서) 담배를 한 대 권해도 되겠습니까? 두려워 마십시오, 이것은 많아야 마지막에서 하나 남은 것일 뿐이니까요." 그가 재치 있게 덧붙였다.

"내가 이렇게 물어보는 것은……" 친친나트가 말했다. "내가 이렇게 물어보는 것은 호기심 때문이 아닙니다. 사실 겁쟁이들은 항상 호기심이 많지요. 하지만 단언하건대…… 오한이나 뭐 그런 것들을 통제할 수 없다 하더라도, 그건 별거 아닙니다. 기수가 말의 떨림에 책임이 있는 것은 아니니까요. 나는 언제인지를 알고 싶습니다. 왜냐하면 사형 선고는 정확한 사형 집행 시간을 알려주는 것으로 보상해야 하기 때문이지요. 대단한 사치처럼 보이지만 당연한 겁니다. 자유롭게 살아가는 사람들만이 견디어 낼 수 있는 무지의 상태에 나는 놓여 있습니다. 그리고 그것 말고도 내 머릿속에는 시작되었다가 각기 다른 시간에 중단된 일들이 많습니다……. 만약 형 집행까지의 기간이 그 생각들의 조화로운 완성을 위해 충분치 않다면, 나는 생각은 그만 하려고 합니다. 이것이 이유입니다."

"아, 제발, 그만 중얼거리세요." 소장이 신경질적으로 말했다. "첫째 그것은 규칙에 어긋나는 일입니다. 그리고 둘째, 알기 쉬운 러시아어로 다시 한 번 말씀드리겠는데, 저는 모릅니다. 알려줄 수 있는 것은 단지 당신의 인연이 도착하기를 하루하루 기다리고 있다는 사실뿐입니다. 그는 도착하면 휴식을 취하면서 주변 환경에 적응해 가겠지만, 만약 자신의 도구를 가져오지 않는다면 (그럴 것이 거의 확실한데) 다른 도구를 시험해 보아야 할 것입니다. 그런데 담배가 너무 독하지는 않습니까?"

"아니요." 친친나트는 자기 담배를 무심히 바라보며 대답했다. "그러니까 법에 따르면 당신이 아니라 도시 관리자의 의무라는 말처럼 들리는군요."

"우리가 잠시 이야기를 나누어 보았지만, 앞으로도 기회는 있을 겁니다." 소장이 말했다. "사실 저는 불평을 들으러 온 것이 아니라, 오히려……." 그는 눈을 깜박거리며 이쪽저쪽 주머니를 뒤지다가 마침내 품속에서 학교 공책에서 찢어 낸 것이 분명한, 줄이 그어져 있는 종이를 한 장 꺼냈다.

"이곳에는 재떨이가 없군요." 그는 담배를 들고 헤매다가 재떨이가 없다는 사실을 알아차렸다. "할 수 없이 여기 소스 남은 곳에 재를 털어야겠습니다……. 자 이렇게. 아마도 불빛 때문에 눈이 좀 부시겠지요. 아마도, 만약에…… 아니, 아무것도 아닙니다, 됐습니다."

그는 펼친 종이를 뺨에 안경도 쓰지 않고 그냥 눈앞에 갖다 대고 또박또박 읽기 시작했다.

"〈수인! 이 장엄한 순간에, 모든 시선이〉……일어서는 것이 더 좋겠습니다." 그가 걱정스러운 듯 읽던 것을 멈추고 의자에서 일어났다. 친친나트도 따라 일어났다.

"〈수인! 이 장엄한 순간에, 모든 시선이 당신을 향해 있고 재판관들은 환호하고 당신은 머리가 잘려 나간 뒤 곧바로 따라오게 될 무의식적인 몸의 움직임을 준비하고 있는 이 장엄한 순간에, 저는 송별의 말과 함께 당신에게 호소합니다. 제게 주어진 역할(물론 저는 이것을 결코 잊지 않을 것입니다)은 당신이 감옥 안에서 지내는 동안 법이 허용하는 한의 다양한 편의 시설을 비치해 두는 것입니다. 고로 저는 당신의 모든 감사 표시에 기쁜 마음으로 될

수 있는 한 주의를 기울이겠지만, 바라건대 감사는 한 페이지 분량의 문서로 해주면 좋겠습니다.〉

"자," 소장이 안경을 내려놓으며 말했다. "다 끝났습니다. 더이상 당신을 잡아 두지 않겠습니다. 필요한 것이 있으면 알려주세요."

그는 면담이 끝났다는 것을 보여 주려는 듯 탁자에 앉아 빠르게 뭔가를 쓰기 시작했다. 친친나트는 밖으로 나왔다.

복도 벽 위에서는 그늘 진 의자 위에 구부정하게 앉아 있는 로디온의 그림자가 졸고 있었는데 불그스름한 털 몇 가닥의 끝부분이 아주 잠깐 확 타올랐다. 좀 더 멀리 복도 모퉁이에서는 다른 감시인이 제복 가면을 벗고 소매로 얼굴을 닦고 있었다. 친친나트는 계단을 따라 아래로 내려가기 시작했다. 돌계단은 미끄럽고 비좁았으며 손에 잡히지 않는 환영 같은 난간이 나선형으로 이어져 있었다. 바닥까지 내려간 그는 다시 복도를 따라 걸어갔다. 거울에 비친 것처럼 글자가 뒤집어진 '사무실'이라는 팻말이 달린 문이 활짝 열렸다. 달빛이 잉크 속에서 반짝거렸고 책상 밑에서는 쓰레기통이 미친 듯이 부스럭거리고 덜컹거렸다. 아마도 그 안에 쥐가 빠져 있는 모양이다. 여러 개의 문을 더 지난 친친나트는 비틀거리다가 뛰어 오르며 다양하게 부서진 달빛 조각이 가득 차 있는, 크지 않은 마당으로 나왔다. 이날 밤의 암호는 침묵이었다. 문 앞의 군인은 친친나트의 침묵에 침묵으로 반응하며 그를 통과시켜 주었고 다른 문 앞의 군인들도 모두 똑같이 행동했다. 그는 안개가 자욱한 거대한 요새를 뒤로 한 채 이슬에 젖은 가파른 잔디밭을 따라 아래로 미끄러져 내려가다가 계곡 사이로 난 잿빛 오솔길에 도달했으며, 주도로의 커브에서 두세 번 길을 건넜다. 주도로는 마침내 요새의 마지막 그림자를 털어 버리고 앞으로 곧장 자유롭게 달려가기 시작했다. 친친나트는 말라 버린 강 위의 다리를 건너 도시 안으로 들어섰다. 그는 언덕 위로 올라갔다가 사도바야 거리를 따라 왼쪽으로 방향을 돌려 회색 꽃으로 뒤덮인 관목 숲 옆을 빠르게 지나갔다. 어딘가에서 창문 불빛이 깜박거렸다. 어느 담장 너머에서는 개가 쇠사슬 소리를 내고 있었지만 짖지는 않았다. 산들바람은 전력을 다해 도망자의 드러난 목을 시원하게 해주었다. 가끔씩 밀려오는 향기가 타마린 정원이 가까이 있음을 말해 주고 있었다. 그는 이 정원을 얼마나 잘 알고 있었던가! 당시 신부였던 마르핀카는 그곳에서 개구리와 5월의 두꺼비를 보고 두려워했다. 그곳은 친친나트가 삶이 견디기 힘들 때 찾아가 입 안 가득 라일락을 죽이 되도록 씹으며 눈물을 흘리던 곳이다……. 녹색의 어린 풀로 뒤덮인 그곳, 구릉들, 연못의 나른함, 멀리서 오케스트라가 둥둥거리는 소리……. 그는 도시의 자랑거리인 고대 공장의 폐허를 지나고 소곤거리는 보리수 숲을 지나고 누군가의 명명일을 영원히 기념하는 듯 축제 분위기에 사로잡힌 전신국 노동자들의 흰색 별장도 지나서 마튜힌 거리를 따라가다가 방향을 돌려 텔레그라프 거리로 나왔다. 여기서부터 좁은 길은 산으로 이어지고 있었고 보리수 숲은 다시 억눌린 소리를 내기 시작했다. 두 남자가 작은 공원의 어둠 속에서 벤치라고 생각되는 곳에 앉아 조용히 대화를 나누고 있었다. "아무래도 그가 잘못한 것 같아." 한 남자가 말했다. 다른 남자가 알아듣기 어렵게 대답했고 두 사람은 한숨을 내쉬는 것 같았는데 그 소리는 나뭇잎들의 사락거림과 자연스럽게 뒤섞였다. 친친나트는 육면체 모양의 머리를 하고 다리는 붙어 있는, 눈사람을 닮은 유명한 시인의 동상을 달이 지키고 있는 둥근 광장으로 뛰어 나왔다. 그는 조금 더 달려서 자신의 거리에 도착했다. 오른쪽으로 똑같이 생긴 집들 벽에 달빛에 비친 나뭇가지들이 다양한 그림을 그려 놓고 있었는데 친친나트는 그림자의 모양과 창문 사이 벽에 어리는 주름만 보아도 자기 집을 알아볼 수 있었다. 위층에 있는 마르핀카 방의 창문은 어두웠지만 열려 있었다. 아이들은 아마도 매부리코 모양의 발코니에서 자고 있을 것이다. 그곳에서 뭔가 하얀 것이 어른거렸다. 친친나트는 현관 계단으로 뛰어 올라가 문을 밀치며 환하게 불이 켜 있는 자기 방으로 들어갔다. 뒤돌아보았을 때 문은 이미 잠겨 있었다. 끔찍하다! 책상 위에서 연필이 반짝거렸다. 거미가 노란색 벽 위에 앉아 있었다.

"불을 꺼주십시오!" 친친나트가 외쳤다.

그를 감시하는 창문의 불이 꺼졌다. 어둠이 정적과 어우러지기 시작했다. 그러나 시계가 끼어들어 열한 번을 울리고 잠시 생각하더니 다시 한 번 울렸다. 친친나트는 똑바로 누워서 조용히 흩뿌려져 있던 밝은 점들이 차츰 사라져 가는 어둠 속을 응시하고 있었다. 어둠과 정적의 완벽한 융합이 완성되었다. 바로 그때, 단지 그제서야 (얼마나 끔찍했는지를 도저히 설명할 수 없는 끔찍하고도 끔찍한 날을 보내고 자정이 지나 감옥 침대 위에 똑바로 누워

서야) 친친나트 C는 자신의 처지를 분명하게 평가해 보았다.

우선 세기가 시작할 때부터 밤마다 늘 그랬듯 검은색 벨벳을 두른 마르핀카의 얼굴, 그녀의 인형과 같은 홍조, 어린아이처럼 돌출된 빛나는 이마, 둥근 갈색 눈 위로 높이 솟아 있는 듬성한 눈썹이 마치 펜던트 속에 든 초상화처럼 나타났다. 그녀는 고개를 돌리면서 눈을 깜박거리기 시작했는데 부드러운 흰색 크림과 같은 목 위에는 검은색 벨벳 리본이 묶여 있었다. 벨벳 드레스는 소리없이 아래쪽으로 펼쳐지면서 어둠과 합쳐졌다. 최근에 새롭게 페인트칠을 해서 앉지 못하고 그 옆에 서 있어야 했던 피고석에 끌려 가 있는 동안 (그 사이에도 그는 에메랄드색 페인트로 손을 더럽혔고, 기자들은 그가 좌석 등받이에 남겨 놓은 손가락 흔적들을 탐욕스럽게 찍어 댔다) 그는 사람들 사이에서 그녀를 보았다. 그들의 긴장된 이마를 보았고 멋쟁이 남자들이 입고 있는 선명한 색깔의 바지와 손거울, 멋쟁이 여자들의 너울거리는 숄을 보았지만 얼굴은 분명하지 않았다. 모든 방청객들 중 단 한 사람, 둥근 눈의 마르핀카만이 기억에 떠올랐다. 둘 다 화장을 하고 있어서 매우 닮아 보이는 변호사와 검사가 (법은 그들이 아버지가 다른 형제이기를 요구했지만, 항상 그런 사람들을 뽑을 수는 없어서 그럴 때면 분장을 했다) 각자에게 정해진 대로 5천 단어를 엄청나게 빠른 속도로 말했다. 그들이 교대로 말하는 동안 판사는 빠르게 주고받는 말을 따라 고개를 좌우로 돌렸고 나머지 사람들의 머리도 그와 똑같이 움직였다. 단지 마르핀카만이 약간 돌아앉아 놀란 아이처럼 움직이지도 않은 채, 선명한 녹색 벤치 옆에 서 있는 친친나트를 향해 시선을 고정시키고 있었다. 고전적인 참수형의 지지자인 변호사가 별 어려움 없이, 참신한 처형 방법을 생각해 낸 검사에게 승리를 거두었고, 판사는 사건을 마무리했다.

'투명성'과 '불투명성'이라는 단어가 마치 물방울처럼 모여들었다가 터지는 대화의 단편들이 친친나트의 귀에 울려 퍼졌고 피가 흐르는 소리는 박수 소리로 변했다. 하지만 페던트 속 초상과 같은 마르핀카의 얼굴은 그의 시야에 여전히 그대로 남아 있다가 판사 ― 그가 얼굴을 너무 가까이 들이대는 바람에 커다랗고 거무스름한 코 위의 팽창된 모공들과 그중 가장 끝에 있는 모공에서 긴 털 하나가 자라나 있음을 알아볼 수 있을 정도였다 ― 가 축축한 목소리로 속삭일 때에야 비로소 희미해졌다. "방청객들이 친절하게 허락해 준 덕분에 당신에게는 실크해트가 씌워질 것입니다." 이 말은 법에 의해 고안된 명목상의 구절일 뿐이며 그것의 진짜 의미는 초등학생들도 다 아는 것이었다.

'그런데 나는 정말 정교하게 만들어졌군.' 친친나트가 어둠 속에서 눈물을 흘리며 생각했다. '내 척추 뼈의 굴곡은 정말 훌륭하고 정말 신비한 계산에 따라 만들어졌다. 나는 종아리에서 살아 있는 동안 아직 더 달릴 수도 있을 여러 번 단단하게 휘감겨진 거리를 느낀다. 내 머리는 너무 편안하다……'

몇 시인지는 알 수 없지만 30분을 알리는 시계 종이 울렸다.

2장

로디온이 미지근한 초콜릿 한 잔과 함께 가져온 조간신문들(지역 신문 『좋은 아침』과 좀 더 진지한 기관지인 『대중의 목소리』)은 늘 그렇듯 컬러 사진으로 가득했다. 친친나트는 첫 번째 사진에서 자기 집의 정면을 발견했다. 아이들은 발코니에서 바라보고 있었고 장인은 부엌 창문에서 바라보고 있었으며 사진사는 마르핀카의 방 창문에서 바라보고 있었다. 두 번째 사진에는 창문에서 바라본 익숙한 광경의 작은 정원과 사과나무, 열려진 쪽문, 집 정면의 사진을 찍는 사진사의 모습이 들어 있었다. 그밖에도 그는 온순한 젊은 시절의 자신의 모습을 담은 두 장의 사진을 발견했다.

친친나트는 무명의 떠돌이였던 아버지에게서 태어나 스트로피 강 너머에 있는 커다란 기숙사에서 어린 시절을 보냈다. (친친나트는 20대가 되어서야 우연히 재잘재잘 지껄이고 깡마른 데다 외모로는 아직 젊어 보이는 체칠리야 C를 만날 수 있었다. 그녀는 아주 어린 소녀였을 당시 프루드 연못 옆에서 한밤중에 그를 임신했다.) 어린 시절부터 경이로울 정도로 위험을 판별하는 데 능해진 친친나트는 자신만의 어떤 특별함을 숨기기 위해 단 한 순간도 방심하지 않고 긴장의 끈을 늦추지 않았다. 그는 다른 사람들의 광선을 통과시키지 못했고, 그렇기 때문에 한순간 방심하게 되면 서로가 서로에게 투명한 영혼인 이 세상에서 유일하게 어두운 장애물인 것 같은 기이한 인상을 풍겼다. 하지만 그는 어쨌건 비쳐 보이도록 가장하는 법을 익혔으며 이를 위해 광학적 속임수와 같은 복잡한 체계에 의지했다. 그러나 한 순간 그는 깜빡 잊고 자기가 교묘하게 빛을 비추어 영혼이 평면으로 보이도록 조작해 놓았다는 사실에 주의를 기울이지 않았으며, 바로 그때 경보가 울려 퍼졌다. 놀이가 한창일 때 그의 동급생들은 그의 시선의 선명함과 관자놀이의 하늘색이 교활한 눈속임이며, 사실 친친나트는 불투명하다는 사실을 감지한 듯 갑자기 그에게서 떨어져 나갔다. 밀려드는 침묵 사이에서 선생님은 눈가에 비축되어 있던 모든 피부를 모아 찡그리면서 짜증 섞인 의혹의 눈길로 오랫동안 그를 바라보다가 마침내 이렇게 물어보았다. "자 무슨 일이지, 친친나트?" 그 순간 친친나트는 자기 자신을 손으로 잡아 가슴에 꼭 붙이고 안전한 곳으로 데리고 갔다.

시간이 흘러감에 따라 안전한 장소는 점점 줄어들었고, 사방으로 사람들의 염려라는 상냥한 태양이 침투해 들어왔다. 방 안 전체에 문 밖 감시자의 시선이 닿지 않는 지점이 없게 하려고 문에 창문이 설치되었다. 그런 까닭에 친친나트는 그의 환영(우리들 각각 — 당신, 나, 그리고 바로 그 — 을 따라다니면서 바로 이러한 순간 우리가 하고 싶지만 할 수 없는 것을 행하는 환영)과는 달리 잡다한 신문들을 한 덩어리로 움켜쥐지도 집어던지지도 않았다. 친친나트는 조용히 신문을 내려놓고 초콜릿을 다 마셨다. 초콜릿의 매끄러운 표면을 덮고 있던 갈색의 거품이 입술 위에서 주름진 찌꺼기로 변했다. 그러고 나서 친친나트는 자신에게는 너무 긴 검은색 가운을 입고 구슬 달린 검은색 슬리퍼를 신고 검은색 사발 모자를 쓰고 감금된 첫날부터 매일 아침 그래 왔던 것처럼 방 안을 돌아다니기 시작했다.

교외 잔디밭에서의 어린 시절. 아이들은 공놀이, 돼지 놀이, 모기 놀이, 등넘기 놀이, 산딸기 놀이, 말뚝 박기를 했다……. 그는 가볍고 민첩했지만 아무도 그와 노는 것을 좋아하지 않았다. 겨울이 되면 도시의 언덕은 눈으로 매끄럽게 덮여서 유리로 만든 사부로프 썰매를 타고 아래로 질주하면 얼마나 멋지던지……. 또 밤은 어찌나 빨리 찾아왔던지, 그러면 아이들은 썰매 타던 것을 멈추고 집으로 돌아갔다……. 별들은 얼마나 멋지고, 그 위에는 얼마나 멋진 생각과 슬픔이 있었던가. 하지만 아래에 있는 그들은 아무것도 알지 못한다. 혹한의 금속성 어둠 속에서 먹음직스런 창문이 노란색과 붉은색의 불빛으로 타올랐다. 실크 드레스 위로 여우 모피 코트를 걸친 여자들이 길을 따라 이집 저집으로 뛰어다녔다. 전차들이 순간적으로 반짝이는 눈보라를 불러일으키며 눈으로 얇게 덮여 있는 궤도를 따라 질주하고 있었다.

낮은 목소리. "아르카디 일리치, 친친나트를 보시오……."

그는 밀고자들에게 화가 나지는 않았다. 그러나 그들의 숫자는 불어났으며, 어른이 되면서 그들은 더욱 두려운 존재가 되어 갔다. 그들이 보기에 마치 캄캄한 밤에서 1입방사젠*을 잘라 낸 것처럼 본질적으로 어둡고 불투명한 친친나트는 빛을 붙잡고, 빛이 통과하는 것처럼 보이게 하려고 절망적일 정도로 분주하게 노력하면서 이리 저리 방향을 바꾸었다. 주변 사람들은 한 마디의 말이면 서로를 이해했다. 왜냐하면 그들에게는 무언가 예기치 않게 고대 문자로, 즉 놀랍게도 결국 투석기나 새와 같은 단어가 되고 마는 고대 문자로 끝나는 말은 없었기 때문이다. 어린 시절 그가 이끌려 갔고 나중에는 그 자신이 아이들을 데리고 가곤 했던 제2 가로수 길에 있는 먼지투성이의 작은 박물관에는 드물지만 아름다운 것들이 모여 있었다. 그러나 그 물건들은 친친나트 이외의 모든 시민들에게는 자신들이 서로 그러하듯이 하나같이 너무나 제한되어 있고 투명했다. 이름이 없는 것은 존재하지 않는다. 유감스럽게도 모든 것은 이름이 있었다.

'무명의 존재, 무(無)대상성의 본질……' 문이 열리면 가려지는 벽 위에서 친친나트는 이러한 글귀를 읽었다.

'영원한 명명일, 나는 당신을……' 다른 곳에는 이런 말도 쓰여 있었다.

좀 더 왼쪽에는 강렬하고 깨끗한 필치로, 단 하나의 여분의 선도 없이 '언제 그들이 당신과 이야기하는지 주의를 기울여 보시오'라고 쓰여 있었다. 아쉽게도 나머지는 지워져 있었다.

옆에는 비뚤비뚤한 어린아이의 글씨로 이렇게 쓰여 있었다. '글 쓴 사람들에게 벌금을 물리겠다.' 그리고 '감옥 소장'이라는 서명.

낡고 수수께끼와 같은 구절을 하나 더 알아볼 수 있었다. '살아 있는 동안 자기 치수를 재어 보시오. 그 이후에는 늦어 버릴 테니.'

"어쨌든 내 치수는 재어졌다." 다시 길을 걷기 시작하며 앙상한 손가락으로 가볍게 벽을 두드리던 친친나트가 말했다. "하지만 정말 죽고 싶지 않다! 영혼은 베개 속에 숨었다. 아, 죽고 싶지 않다! 따뜻한 육체에서 빠져나오면 춥겠지. 죽고 싶지 않다. 제발 조금만 더 자게 해주시오."

열둘, 열셋, 열넷. 친친나트가 장난감 공장에서 일을 시작한 것은 열다섯 살 때였다. 그는 키가 작다는 이유로 그 공장에 배정되었던 것이다. 도시를 흐르는 강의 바로 이 지점에서 익사한 시네오코프 박사 이름을 따서 지은, 물 위에 떠 있는 도서관에서 그는 저녁마다 게으르면서도 황홀한 작은 물결 소리를 들으며 고서에 취해 살았다. 쇠사슬의 철컹거리는 소리, 물결 소리, 작은 화랑 안의 오렌지색 램프 갓, 물결 소리, 달빛으로 끈적거리는 물의 표면이 있었고, 저 멀리로 높이 솟아 오른 다리 위의 검은색 거미집 속을 이리저리 뛰어다니는 불빛도 보였다. 그러나 얼마 후 귀중한 책들이 습기 때문에 손상을 입기 시작했으며 결국 특별한 운하를 파서 물을 모두 스트로피 강으로 흘려보내고 강을 말려야만 했다.

작업장에서 일하는 동안 그는 정교하지만 사소한 것들과 오래 씨름하기도 했고 어린 여학생들을 위한 봉제 인형을 만들기도 했다. 인형 중에는 가죽 외투를 입은 자그마하고 털이 많은 푸슈킨도 있었고, 화려한 조끼를 입고 있는 쥐를 닮은 고골, 뚱뚱한 코에 농민 외투를 입은 늙은 톨스토이도 있었다. 그 밖에도 많은 사람들이 있었는데, 예를 들어 단추를 다 채우고 렌즈 없는 안경을 쓴 도브롤류보프도 있었다. 친친나트는 이러한 신화적인 19세기에 의도적으로 몰입하면서 고대의 안개 속에 완전히 빠져들어 그 안에서 거짓 안식처나마 찾을 준비가 되어 있었지만 다른 것이 그의 주의를 끌기 시작했다.

바로 그 작은 작업장에서 마르핀카도 일하고 있었던 것이다. 그녀는 축축한 입술을 반쯤 벌린 채 바늘귀에 실을 끼워 넣고 있었다. "안녕, 친친나티크!"* 이렇게 해서 대단히, 대단히 드넓은 (너무 넓어서 멀리 떨어져 있는 언덕이 먼 거리가 주는 황홀함 때문에 때로 흐릿해지는 적도 있었다) 타마라 정원에서의 황홀한 배회가 시작되었다. 그곳에서는 버드나무들이 별다른 이유 없이 세 개의 시냇물에서 울고 있었고, 시냇물은 크지 않은 무지개가 위에 걸려 있는 세 개의 폭포가 되어 호수로 떨어졌으며, 그 위를 백조한 마리가 물에 비친 자신의 영상과 서로 손을 잡고 헤엄쳐 다녔다. 평평한 풀밭, 진달래, 참나무 숲, 녹색 장화를 신고 하루 종일 숨바꼭질을 하고 있는 행복한 정원사들, 동굴, 세 명의 광대가 세 개의 정확한 작은 덩어리를 남겨 놓은 목가적인 벤치(이것은 갈색 칠이 된 양철로 만들어진 위조품으로 일종의 속임수이다), 가로수 길로 뛰어 나오는 순간 당신 눈앞에서 떨리는 태양의 반점으로 변해 버리는 어린 사슴, 이 모든 것들이 바로 타마라 정원의 모습이었다! 저기 저쪽에는 마르핀카의 수다 소리, 흰 스타킹에 벨벳 슬리퍼를 신은 그녀의 다리, 차가운 가슴과 산딸기 맛이 나는 장밋빛 키스가 있었다. 이곳에서 볼 수만 있다면, 적어도 나무 꼭

대기만이라도, 저 멀리 언덕의 골짜기만이라도……. 친친나트는 가운을 좀 더 단단히 여몄다. 그는 뒤로 밀려나면서 사악하게 소리 지르는 책상을 움직여 보기도 하고 끌어 보기도 하였다. 책상은 마지못한 듯 몸서리를 치며 돌바닥 위를 지나갔고 그 소리의 전율은 창문을 향해 (높이, 아주 높이 창살 너머로 비스듬한 창문 구멍이 있는 벽을 향해) 뒷걸음질 치고 있는 친친나트의 손가락과 입천장에 전해졌다. 큰 소리를 내며 숟가락이 떨어졌고 찻잔이 춤을 추기 시작했으며 연필은 굴러다녔고 책이 책 위로 미끄러지기 시작했다. 친친나트는 완강하게 저항하는 의자를 책상 위에 올려놓았다. 자신도 마침내 기어 올라갔다. 그러나 물론 아무것도 보이지 않았다. 푸른빛을 참지 못하고 사라진 구름이 남겨 놓은, 섬세하게 빗질한 백발 속에는 단지 뜨거운 하늘만이 있었다. 친친나트는 간신히 창살까지 도달할 수 있었다. 그 너머로는 창문 터널이 비스듬히 올라가 있었는데, 끝에는 다른 창살이 있었고, 돌로 된 경사면의 벗겨진 벽 위로 또 다시 빛이 반사되고 있었다. 그 옆에는 최근에 그가 읽었던 반쯤 지워진 한 구절처럼 깨끗하고 경멸적인 필체로 이렇게 쓰여 있었다. '아무것도 보이지 않는다. 나 역시 시도해 보았다.'

친친나트는 힘을 주어 새하얗게 변한 작은 손으로 검은색의 쇠막대기를 잡고 발뒤꿈치를 들고 섰다. 그의 얼굴 반쪽은 햇빛이 비치는 창살로 덮였고 그로 인해 왼쪽 수염은 황금색으로 물들었으며 거울과 같은 두 눈동자 속에는 아주 작은 황금색 새장이 비쳐 보였다. 아래 뒤쪽으로는 지나치게 큰 슬리퍼에서 뒤꿈치가 들

28

려져 있었다.

"조심하세요, 당장 넘어질 것 같습니다." 거의 30초 동안이나 옆에 서 있던 로디온이 이렇게 말하며 흔들리고 있는 의자 다리를 단단히 잡아 주었다. "괜찮아요, 괜찮아요, 내가 잡고 있으니. 이제 내려와도 됩니다."

로디온의 눈동자는 수레국화색이고 수염은 언제나 경이로운 붉은 빛을 띠었다. 이 매력적인 러시아의 얼굴은 친친나트를 올려다보고 있었으며 친친나트는 맨발로 그를 짓밟았다. 정확히 말하면 짓밟은 것은 그의 환영이며, 정작 친친나트 자신은 이미 의자에서 책상으로 내려와 있었다. 로디온은 어린아이를 대하듯 그를 안아서 조심스럽게 내려놓은 후 낑낑거리며 책상을 원래 자리로 옮겨 놓았다. 그러고는 책상 끝에 앉아 위에 있는 다리는 흔들고 다른 쪽 다리로는 바닥에 버티면서 오페라의 술집 장면에 나오는 난봉꾼처럼 짐짓 거리낌 없는 태도를 취했다. 반면 친친나트는 고개를 숙이고 가운의 허리끈을 만지작거리며 울지 않으려 애쓰고 있었다.

로디온은 눈동자를 이리저리 굴리고 빈 찻잔을 휘두르면서 베이스 바리톤으로 노래를 불렀다. 이 씩씩한 노래를 마르핀카도 예전에 부른 적이 있다. 눈물이 친친나트의 눈에서 솟구쳐 나왔다. 어딘가 클라이맥스 부분에서 로디온은 찻잔을 바닥에 쾅하고 떨어뜨리며 책상에서 벌떡 일어섰다. 이후 그는 혼자임에도 불구하고 합창으로 노래를 했다. 그러더니 갑자기 두 손을 위로 들고 나가 버렸다.

친친나트는 바닥에 앉아 눈물 사이로 위를 쳐다보았다. 그곳에 있던 창살의 그림자는 이미 자리를 바꾸었다. 그는 이미 백 여 번 정도 책상을 옮기려 해보았지만 안타깝게도 책상 다리는 개벽 이래 나사로 고정되어 있었다. 그는 말린 무화과 열매를 다 먹고 다시 방 안을 돌아다니기 시작했다.

열아홉, 스물, 스물하나. 열아홉 살에 그는 F등급의 선생님이 되어 유치원 교사로 발령받았고 그때 마르핀카와 결혼도 했다. 그가 자신의 새로운 임무(절름발이, 곱사, 사시인 아이들을 돌보는 임무)를 막 시작한 바로 그날 그는 주요 인사에 의해 2급 밀고를 당했다. 신중하게, 하나의 가정으로서 친친나트의 기본적인 불법성에 관한 의견이 개진되었다. 이 비망록과 함께 도시의 아버지들은 그의 가장 통찰력 있는 작업장 동료들이 이따금 제출했던 오래된 탄원서도 검토하였다. 교육위원회 의장과 몇몇 다른 관리들은 교대로 그와 함께 문을 잠그고 들어가 법에 지시된 실험들을 그에게 해보았다. 며칠 동안을 계속해서 잠을 재우지 않았고, 정신착란 상태에 이를 정도로 빠르게 무의미한 잡담을 하도록 강요하거나, 여러 가지 대상과 자연 현상에 관해 편지를 쓰도록 강요하기도 했으며, 일상적인 장면들을 연기해 보도록 했고, 또한 여러 가지 동물, 직업, 질병을 모방해 보도록 했다. 그는 이 모든 것을 완수했고 이 모든 것을 견뎌 냈다. 왜냐하면 그는 젊고 눈치 빠르고 생기 있었으며 살기를 갈망했기 때문에, 즉 잠시나마 마르핀카와 지내기를 갈망했기 때문이었다. 그들은 마지못해 그를 풀어 주었으며 그가 아이들과 함께 계속 일할 수 있도록 허락해 주었다. 이것은 무슨 일이 일어날지 두고 보려고 했던 것이기 때문에 그다지 유감스러울 것은 없었다. 그는 커피 분쇄기를 닮은 작은 휴대용 악기 상자를 연주하면서 아이들을 둘씩 짝지어 산책을 데리고 나갔다. 축제일에는 아이들과 그네를 타곤 했다. 아이들 무리는 모두 날아오를 때 호흡을 멈추었고 밑으로 내려오면서 빽빽거렸다. 그는 몇 명의 아이들에게는 읽는 법도 가르쳤다.

그사이 마르핀카는 결혼 첫해에 이미 그를 배신하기 시작했다. 누구하고든 어느 곳에서든. 보통 친친나트가 집에 돌아오면 그녀는 자책하듯 이상하게 축축한 미소를 띠며 풍만한 턱을 목에 붙이고 정직한 갈색 눈으로 그를 힐끗 쳐다보며 비둘기처럼 낮은 목소리로 이렇게 말했다. "오늘 마르핀카가 또다시 일을 저질렀어요." 그는 여자처럼 손바닥으로 뺨을 누르고 몇 초 동안 그녀를 쳐다보다가 잠시 후 소리 없이 울부짖으며 그녀의 친척들로 가득 찬 방을 모두 지나 화장실 문을 걸어 잠그고 들어앉아 울음소리를 감추기 위해 발을 구르기도 하고 물소리를 내기도 하고 기침을 하기도 하였다. 그녀는 가끔은 자신의 정당함을 증명하려는 듯 그에게 이런 설명을 하기도 하였다. "당신도 알다시피 나는 정말 좋은 여자예요. 이건 그저 작은 일이지만 남자들에게는 위안이 되지요."

그녀는 곧 임신을 했는데 물론 그의 아이는 아니었다. 그녀는 아들을 낳았고 지체 없이 다시 임신을 했으며 (또 다시 그의 아이는 아니었다) 이번에는 딸을 낳았다. 아들은 절름발이에 성질이 사나웠고, 둔하고 뚱뚱한 딸은 거의 장님이었다. 자신들의 장애 덕에 두 아이는 그의 유치원으로 오게 되었다. 불구 소년과 뚱보

소녀를 집으로 데려가는 민첩하고 맵시 좋은 붉은 뺨의 마르핀카의 모습은 기묘해 보이기까지 했다. 친친나트는 자신을 철저하게 감시하는 일을 점차 중단했다. 그리고 어느 날, 어떤 도시 공원의 공개된 모임에서 갑자기 경보가 울려 퍼졌고 누군가가 큰 소리로 외쳤다. "여러분, 우리들 중에 있습니다……." 뒤이어 두려운, 거의 잊혀진 단어가 이어져 나왔다. 바람이 아카시아 나무를 향해 불었다. 친친나트는 멍하게 가로수 잎을 뜯으며 일어나서 피하는 것 말고는 더 좋은 방법을 찾지 못했다. 그리고 10일 후 그는 체포되었다.

"아마도, 내일," 친친나트는 감옥 안을 천천히 돌아다니며 말했다. "아마도, 내일," 친친나트는 손바닥으로 이마를 문지르면서 침대 위에 앉았다. 석양빛은 이미 익숙한 효과를 반복하고 있었다. "아마도, 내일," 친친나트는 한숨을 쉬며 말했다. "오늘은 너무 조용했어, 하지만 이미 내일이면, 아침 일찍……."

잠시 동안 모든 것이 침묵을 지켰다. 한때는 세상의 모든 죄수들에게 물을 제공했지만 지금은 바닥에만 물이 고여 있는 점토 항아리, 마치 넷이서 들리지 않는 목소리로 사각형의 비밀을 의논하는 것처럼 서로의 어깨 위에 손을 얹고 있는 벽들, 어딘지 마르핀카를 닮은 것 같은 벨벳 거미, 책상 위의 커다란 검은 책들…….

"정말 대단한 오해야!" 친친나트는 이렇게 말하며 갑자기 웃기 시작했다. 그는 일어나서 가운과 사발 모자, 실내화를 벗었다. 아마포 바지와 셔츠도 벗었다. 가발을 벗듯이 머리를 벗었고 벨트를 벗듯이 쇄골을 벗었고 갑옷을 벗듯이 흉곽을 벗었다. 엉덩이를 벗었고 다리를 벗었고 마치 장갑처럼 양팔을 벗어서 구석으로 던져 버렸다. 그에게서 남은 것들은 간신히 공기를 물들이면서 차츰차 츰 흩어져 나갔다. 친친나트는 처음에는 그저 시원함을 즐기다가 나중에는 완전히 자신의 비밀스러운 공간에 빠져들어 그 안에서 자유롭고 즐겁게……

쇠 빗장 소리가 굉음을 내자 친친나트는 순간적으로, 사발 모자 까지 포함해서 던져 버렸던 모든 것들로 다시 뒤덮였다. 간수 로 디온이 포도나무 잎으로 장식한 둥근 바구니 안에 열두 개의 담황 색 살구를 담아 가지고 들어왔다. 이것은 감옥 소장 부인의 선물 이다.

친친나트, 너의 범죄 연습 덕분에 네 기분이 상쾌하겠구나.

3장

친친나트는 복도에서 점점 더 크게 들려오는 숙명적인 소리에 잠을 깼다.

그가 비록 전날 밤 자신을 깨우는 이런 소리에 마음의 준비를 하고 잠들었다 하더라도 터져 나오는 심장 소리와 숨소리를 어찌해볼 도리가 없었다. 심장이 보이지 않도록 앞깃으로 덮었다. "조용, 괜찮아(믿을 수 없는 재앙의 순간에 아이들에게 말하듯이)." 친친나트는 심장을 덮고 몸을 약간 일으키며 귀를 기울여 보았다. 많은 발자국들이 여러 가지 다른 소리를 내며 들려왔다. 또한 여러 가지 깊이를 가진 목소리들도 있었다. 한 목소리가 질문을 하면서 뛰어갔고 다른 목소리가 좀 더 가까운 곳에서 대답했다. 깊은 곳에서 누군가가 서둘러 뛰어오면서 마치 얼음 위를 미끄러지듯 돌 위를 미끄러져 왔다. 소음들 사이로 소장이 낮은 목소리로 불명료하지만 의심할 바 없이 명령적인 몇 마디 말을 하고 있었다. 무엇보다 두려운 것은 이러한 소란 사이로 아이의 목소리가 뚫고 나온다는 것이었다. 소장에게는 딸이 있었다. 친친나트는 자기 변호사의 투덜거리는 테너 목소리와 로디온의 중얼거림도 구별해 냈다……. 다시 뛰어가는 소리, 누군가가 웅웅거리며 질문을 했고 누군가가 웅웅거리며 대답을 했다. 신음 소리, 탁탁거리는 소리, 두들기는 소리(마치 막대기로 벤치 아래를 더듬고 있는 것 같았다). "찾지 못했나?" 소장이 이번에는 분명하게 물었다. 발소리들이 뛰어갔다. 발소리들이 뛰어갔다. 뛰어갔다가 되돌아왔다. 친친나트는 지쳐서 다리를 바닥에 내려놓았다. 결국 그들은 그와 마르핀카를 만나게 해주지 않았다……. 옷을 입기 시작해야 할까, 아니면 그들이 입혀 주려나? 아, 제발, 들어들 오시오…….

그러나 그들은 2분 정도 더 그를 괴롭혔다. 갑자기 문이 열리며 변호사가 미끄러지듯 날아 들어왔다.

그의 머리카락은 헝클어져 있었고 땀투성이였다. 그는 왼쪽 커프스를 잡아당기며 눈을 이리저리 굴렸다.

"단추를 잃어버렸습니다." 그는 개처럼 빠르게 헐떡거리면서 외쳤다. "뭔가에 부딪쳤는데……. 아마도…… 사랑스러운 엠모치카와 함께 있을 때…… 항상 개구쟁이라서…… 소맷자락 뒤로…… 매번 돌려놓는데…… 요점은 내가 무슨 소리를 듣기는 했는데…… 주의를 기울이지 않았다는 것이지요……. 보십시오, 사슬이 분명 보이지요…… 아주 아끼던 겁니다. ……. 하지만, 이제 어쩔 도리가 없군요……. 아마도 한 번 더…… 모든 경비들에게 약속을 했습니다만…… 유감스럽게도……."

"잠에서 덜 깨 어리석은 실수를 했군." 친친나트가 조용하게 말했다. "공연한 소란을 괜히 오해했네. 심장에 해롭겠어."

"아, 아닙니다. 고맙습니다. 별거 아닙니다." 변호사는 딴 데 정신을 판 채 중얼거렸다. 그동안에도 그는 눈으로는 감옥 구석구석을 이리저리 살펴보고 있었다. 귀중한 물건을 잃어버렸다는 사실이 그를 슬프게 하고 있음이 분명했다. 그 물건은 비싼 것이었다. 그는 물건을 잃어버렸기 때문에 슬퍼하고 있었다.

친친나트는 가벼운 신음 소리와 함께 침대 위에 도로 누웠다. 다른 한 사람은 그의 발치에 앉았다.

"나는 당신을 만나러 왔습니다." 변호사가 말했다. "나는 원래 원기 왕성하고 즐거운 사람인데…… 지금 이 사소한 일이 나를 혼란스럽게 만들어 버렸습니다. 당신도 동의하시겠지만 이건 결국 사소한 일이니까요. 더 중요한 일들도 있지요. 자, 기분은 어떻습니까?"

"솔직한 대화를 나눌 수 있는 상태입니다." 눈을 감으며 친친나트가 대답했다. "내가 내린 결론 몇 가지를 당신과 나누고 싶습니다. 나는 사람이 아니라 뭔가 비참한 유령들에 둘러싸여 있어요. 그들은 그저 무의미한 환영, 불쾌한 꿈, 쓰레기 같은 헛소리, 악몽의 잡동사니들이 괴롭힐 수 있는 만큼 나를 괴롭힙니다. 이론적으로는 잠에서 깨어났으면 싶어요. 하지만 다른 사람의 도움 없이는 깨어날 수가 없는데, 한편으로는 이러한 도움이 미치도록 두렵습니다. 게다가 나의 영혼은 게을러졌고 꽉 조이는 덮개에 익숙해져 버렸습니다. 나를 에워싸고 있는 모든 유령들 중에서 로만 비사리오노비치, 당신이 가장 비참해 보입니다. 하지만 다른 한편으로 우리들의 가공의 일상 속에서 당신의 논리적인 위치를 생각한다면 당신은 어느 정도는 충고자이고 옹호자입니다……."

"분부만 내리십시오." 변호사는 친친나트가 마침내 입을 열기 시작했다는 사실에 기뻐하면서 이렇게 말했다.

"그렇다면 당신에게 묻고 싶은 것이 있습니다. 무슨 근거로 나에게 정확한 형 집행 날짜를 알려주지 않는 겁니까? 잠깐만요, 아직 안 끝났습니다. 소장이라는 사람이 직접적인 대답을 회피하고 뭔가를 구실로 삼고 있는데…… 잠깐만요! 첫째, 날짜 지정은 누구의 권한인지 알고 싶습니다. 둘째, 이 기관이나 개인, 아니면 개인들의 모임으로부터 뭐든 좀 알아낼 수 있을지 알고 싶습니다……."

방금 전까지 발작적으로 말하던 변호사는 이제는 무슨 일인지 침묵을 지켰다. 파란색 눈썹과 긴 언청이 입술을 가진 그의 화장한 얼굴은 특별한 생각의 움직임을 보여 주지는 않았다.

"소매를 그만 만지작거리고 집중 좀 해주십시오." 친친나트가 말했다.

로만 비사리오노비치는 발작적으로 몸의 위치를 바꾸었고 불안정한 손가락들로 깍지를 끼었다. 그는 애처로운 목소리로 말했다. "그 어조는 또 뭔지……."

"날 사형에 처하겠지요." 친친나트가 말했다. "알고 있습니다. 계속하십시오!"

"화제를 바꾸도록 하지요, 제발 부탁합니다." 로만 비사리오노비치가 외쳤다. "대체 당신은 왜 지금만이라도 허용된 테두리 안에 머물지 못하는 것입니까? 정말 두렵습니다. 내 힘을 넘어서는 것이에요. 나는 그저 당신에게 무언가 합법적인 청원이 없나 알아보기 위해 들렀을 뿐입니다⋯⋯. 예를 들어(이제 그의 얼굴은 생기를 되찾았다), 당신은 혹시 법정에서 낭독된 판결문을 인쇄물 형태로 가지고 싶으신지요? 그것을 원한다면 당신은 속히 해당 청원서를 제출해야 합니다. 당신과 나 둘이서 도대체 몇 부의 판결문이 어떤 목적으로 필요한지 동기를 정확히 설명하는 내역을 지금 함께 작성했으면 싶은데요. 마침 내게 시간도 있으니, 제발, 아, 제발 함께 작성하지요, 부탁합니다! 특별한 봉투까지 준비해 왔습니다."

"그냥 심심풀이로⋯⋯" 친친나트가 중얼거렸다. "하지만 그보다 먼저⋯⋯ 정말로 답을 들을 수는 없는 겁니까?"

"특별한 봉투까지 준비해 왔다고요." 변호사는 유혹하듯 다시 말했다.

"좋습니다, 이리 주십시오." 이렇게 말하며 친친나트는 내용물이 든 두툼한 봉투를 갈기갈기 찢어 버렸다.

"아니 그런 쓸데없는 짓을," 변호사가 거의 울먹이는 소리로 외쳤다. "정말 쓸데없는 짓을 하시는군요. 당신이 무슨 일을 저질렀는지 이해도 못할 겁니다. 봉투 안에 사면 허가서가 들어 있었을지도 모르는데. 또다시 얻는 것은 불가능하단 말입니다!"

친친나트는 찢어진 봉투 한 움큼을 집어 들고 단 하나의 조리가 닿는 문장이라도 만들어 보려 했지만 몽땅 뒤죽박죽 훼손되고 분해되어 있었다.

"당신은 항상 이런 식으로." 변호사는 관자놀이를 누르고 방 안을 돌아다니며 으르렁거렸다. "당신의 구원이 당신 손 안에 있었을지도 모르는데, 당신은 그것을…… 끔찍하군요! 자, 이제 뭘 할까요? 써야 할 일은 없어졌으니…… 하지만 나로서는 오히려 만족스럽군요……. 어쨌든 당신에게 마음의 준비를 시켰으니 말입니다……."

"들어가도 되겠습니까?" 소장이 문을 열고 길게 늘어지는 목소리로 물어보았다. "방해가 되는 것은 아닌지?"

"들어오십시오, 로드리그 이바노비치, 들어오십시오." 변호사가 말했다. "들어오십시오, 친애하는 로드리그 이바노비치. 우리는 그다지 즐겁지 않을 뿐입니다……."

"우리의 사형수 친구는 어떠신가?" 우아하면서도 풍채 좋은 소장이 자신의 살찐 연보랏빛 손으로 친친나트의 작고 차가운 손을 꽉 쥐면서 농담했다. "다 좋습니까? 아픈 곳은 없으신지? 우리의 지칠 줄 모르는 로만 비사리오노비치와 잡담은 끝났습니까? 아 그런데 친애하는 로만 비사리오노비치…… 당신을 기쁘게 해줄 수 있게 되었습니다. 나의 장난꾸러기가 방금 계단에서 당신의 소매 단추를 찾았어요. *La voici* (자 여기). 이건 정말 프랑스 금인 것 같은데, 그렇지 않은가요? 정말로 우아하군요. 칭찬을 잘 하지 않는 편이지만 이 말은 해야겠습니다……."

두 사람은 구석으로 가서 매력적인 물건을 들여다보는 듯한 표정을 지으며 단추의 역사와 가격을 헤아려 보고 그것에 놀라워했다. 친친나트는 이 기회를 이용하여 침대 밑에서 가느다란 구슬 소리를 내다가 마침내는 더듬거리며 무언가를 꺼내려 했다.

"정말 훌륭한 취향입니다, 훌륭한 취향이에요." 소장이 변호사의 팔을 잡고 구석에서 돌아오며 같은 말을 반복했다. "그러니까 당신은 건강하지요, 젊은이?" 그는 침대 위로 다시 기어 올라가고 있는 친친나트를 향해 무의미하게 물어보았다. "하지만 어쨌든 변덕을 부려서는 안 됩니다. 대중은, 그리고 대중의 대표자로서 우리 모두는 당신이 평안하기를 바랍니다. 이것은 분명한 사실입니다. 우리는 심지어 당신의 외로움을 덜어 주자는 의미에서 당신의 요구에 응할 준비도 되어 있습니다. 조만간 우리의 무료 감방 중 하나에 새로운 죄수가 들어 올 것입니다. 그 사람과 친해지면 즐거울 겁니다."

"조만간이요?" 친친나트가 다시 물어보았다. "그렇다면 아직 며칠이 더 남아 있다는 말인가요?"

"아니, 이런……" 소장이 웃기 시작했다. "이 사람은 모든 것을 알아야 하는 모양입니다. 그렇지요, 로만 비사리오노비치?"

"아, 친구, 말도 하지 마십시오." 변호사가 한숨을 쉬었다.

"그렇습니다." 소장이 열쇠들을 딸그락거리며 말을 이었다. "선생, 당신은 좀 더 유순해져야겠습니다. 항상 거만하고 분노에 차 있고 사람을 깔보기만 하니. 저는 어제 저녁 그분께 살구를 가져다주었습니다만, 무슨 일이 있었는지 아십니까, 전혀 드시지를 않고 피하시더군요. 그렇습니다. 나는 지금 당신에게 새로운 죄수 이야기를 꺼낸 것입니다. 당신도 곧 그분과 많은 이야기를 나누게 될 것이니 침울해할 필요 없습니다. 그렇지 않습니까, 로만 비사리오노비치?"

"그렇습니다, 로디온,* 그렇습니다." 변호사가 억지웃음을 지으며 그의 말을 확인해 주었다.

로디온은 수염을 쓰다듬으며 말을 계속했다. "나는 저 양반이 정말 불쌍해지기 시작했습니다. 들어와서 보니 책상 겸 의자 위에 올라서서 작은 손발을 창살을 향해 뻗고 있는 모습이 마치 병든 원숭이 같더군요. 하지만 하늘은 파랗고 제비들은 날아다니고 게다가 구름까지, 얼마나 대단한 축복이고 기쁨입니까! 그래서 저 양반을 이렇게 어린아이처럼 책상 위에서 내려 주었습니다. 그리고는 고함쳤지요, 그래요 고함, 이 말이 딱 적격입니다.⋯⋯. 정말 딱해서 견딜 수가 없었단 말입니다."

"그를 위로 데려가 보는 것이 어떨까요?" 변호사가 주저하며 제안했다.

"물론 가능한 일이지요." 조금씩 진정되고 있던 로디온이 느릿느릿 말했다. "언제나 가능합니다."

"가운을 입으십시오." 로만 비사리오노비치가 말했다.

친친나트가 말했다. "당신들 말을 따르겠습니다, 환영, 늑대 인간, 패러디 들이여. 당신들 말을 따르겠습니다. 하지만 어쨌든 요청합니다, 제발 요청합니다." (다른 친친나트는 슬리퍼를 잃어버릴 정도로 히스테릭하게 발을 구르기 시작했다.) "내가 얼마 동안 살아 있을 수 있는지⋯⋯ 내게 아내를 만나게 해줄 것인지 알려주시기 바랍니다."

"아마도 만나게 해줄 겁니다." 로만 비사리오노비치가 로디온과 시선을 교환하며 대답했다. "단 그렇게 말을 많이 하지는 마십시오. 자, 가시지요."

"제발." 로디온이 이렇게 말하며 잠겨 있지 않던 문을 어깨로 밀었다.

세 명 모두 밖으로 나왔다. 맨 앞에 오래되어 색이 바라고 엉덩이가 축 처진 통 넓은 바지를 입은 로디온이 걸어가고, 그 뒤로 셀룰로이드 옷깃에 깨끗하지 않은 얼룩이 묻어 있고 검은색 가발이 끝나는 목덜미 부분에 장밋빛 모슬린 천을 덧댄 프록코트를 입은 변호사가 걸어가고, 끝으로 맨 뒤에 실내화를 잃어버리고 가운의 앞깃을 여민 친친나트가 걸어갔다.

복도 모퉁이에서 이름을 알 수 없는 다른 감시자가 그들에게 친절하게 경례를 했다. 창백한 돌과 같은 불빛이 어둠의 영역으로 바뀌었다. 그들은 걷고 또 걸었고 (하나의 모퉁이를 돌면 또 다른 모퉁이가 나타났다) 벽에 습기 때문에 생긴, 늑골이 튀어나온 늙은 말처럼 보이는 똑같은 무늬들을 몇 번이나 지나갔다. 어디서든 전깃불을 켜야만 했다. 먼지투성이 램프가 위에서 옆에서 지독한 노란색 빛을 내며 타오르고 있었다. 하지만 불이 꺼져 있는 경우도 있었는데 그러면 그들은 뻑뻑한 어둠 속을 발을 끌며 걸어갔다. 갑작스럽고 설명하기도 어렵게 태양 광선이 위로부터 떨어져 내려와 꺼칠꺼칠한 금속판에 부딪치며 연기와 함께 밝은 빛을 내고 있는 한 장소에서 소장의 딸인 엠모치카가 빛나는 체크무늬 옷에 체크무늬 양말을 신고 (그녀는 어린아이였지만 어린 무용수들처럼 다리가 대리석 같았다) 공놀이를 하고 있었다. 공은 리드미컬하게 벽에서 튕겨 나왔다. 그녀는 돌아서서 넷째와 다섯째 손가락으로 뺨에 붙은 엷은 빛깔의 머리카락을 쓸어 넘기며 짧은 행렬을 지켜보았다. 로디온은 지나가면서 다정하게 열쇠를 흔들어 주었고 변호사는 그녀의 빛나는 머리카락을 살짝 쓰다듬어 주었다. 하지만 그녀는 놀란 듯한 미소를 보내고 있는 친친나트를 쳐다보았다. 복도의 다음 모퉁이에 도달하자 세 사람은 함께 뒤돌아보았다. 엠모치카는 밝게 빛나는 붉은색과 푸른색이 뒤섞인 공을 튕기면서 그들을 바라보고 있었다.

그들은 다시 어둠 속을 한참 걸어서 돌돌 말린 소화 펌프 위로 붉은색의 전등이 비치고 있는 막다른 골목에 이르렀다. 로디온이 아래쪽의 쇠문을 열었다. 문 뒤로 돌계단이 위를 향해 급하게 꺾여 있었다. 여기서 순서가 약간 바뀌었다. 로디온이 제자리걸음을 하며 변호사를 그 다음에 친친나트를 앞으로 보내고 가볍게 발걸음을 옮기며 행렬의 후위를 맡았다.

위로 올라갈수록 안개가 천천히 옅어지기는 했지만 급경사의 계단을 따라 오르는 것은 쉽지 않았다. 한참을 올라가던 친친나트는 할 일도 없고 해서 계단의 숫자를 세기 시작했는데 세 자리 숫자까지 세다가 그만 발을 헛디뎌서 숫자를 잊어버리고 말았다. 공기가 점차 희박해졌다. 기진맥진한 친친나트는 어린아이처럼 계속 같은 쪽 발을 내디디면서 기어 올라갔다. 한 번 더 모퉁이를 돌자 갑자기 바람이 거세게 휘몰아치고 여름 하늘이 눈을 멀게 할 정도로 활짝 펼쳐졌으며 제비들의 울음소리가 날카롭게 울려 퍼지기 시작했다.

우리의 여행자들은 자기들이 탑 꼭대기에 있는 넓은 테라스로 나왔음을 알게 되었다. 이곳에는 숨이 멎을 만큼 광활한 전경이 펼쳐져 있었는데 이는 단지 탑이 거대해서뿐만 아니라 요새 전체가 거대한 절벽 위에 거대하게 우뚝 서 있고 그로 인해 마치 기괴한 생물처럼 보였기 때문이다. 저 멀리 아래로 거의 수직에 가까운 포도밭이 보였다. 크림색 길은 빙글빙글 돌며 물이 없는 강 아래쪽으로 이어져 있었고 활처럼 휜 다리 위로는 붉은색 옷을 입은 아주 작은 사람 하나가 걸어가고 있었다. 그 앞으로 뛰어가는 점이 보였는데 아마 개였을 것이다.

더 멀리 햇볕이 강하게 내리쬐는 곳에 도시가 커다란 반원형으로 자리 잡고 있었다. 여러 색깔의 집들은 둥근 나무들을 동반한 채 일렬로 걸어가기도 했고 자신의 그림자를 밟으며 경사를 따라 구불구불 기어가기도 했다. 제1가로수길 위의 교통 상황, 또 유명한 분수가 장난치고 있는 길 끝의 특별히 희미한 반짝임까지 구별할 수 있었다. 좀 더 멀리 연기를 내며 지평선으로 연결되고 있는 주름진 언덕을 향해 참나무 숲의 어두운 잔물결이 펼쳐졌고, 여기저기에서 호수가 반짝이는 것이 마치 손거울 같았다. 선명한 타원형의 또 다른 물들은 부드러운 안개 속에서 타오르며 저기 멀리 구불구불한 스트로피 강의 삶이 시작되는 서쪽으로 몰려들고 있었다.

친친나트는 손바닥을 뺨에 대고 움직일 수도 없고 설명할 수도 없이 모호한, 혹은 더없이 행복하기까지 한 절망에 빠져 타마라 정원의 반짝임과 안개를, 그 뒤로 녹아드는 비둘기 빛 언덕을 바라보았다. 아, 그는 오랫동안 눈을 뗄 수가 없었다……

그에게서 몇 발자국 떨어진 곳에서 모험심이 강하다고 할 수 있는 풀들로 뒤덮인 넓은 돌난간에 변호사가 팔꿈치를 기대고 서 있었는데 그의 등은 석회로 더럽혀져 있었다. 그는 니스 칠을 한 왼쪽 신발로 오른쪽 신발을 밟고 아래쪽 눈꺼풀이 뒤집어질 정도로 뺨을 손가락으로 잡아당기며 생각에 잠겨 허공을 바라보고 있었다. 로디온은 어딘가에서 빗자루를 찾아 조용히 테라스 바닥을 쓸었다.

"모든 것이 정말 매혹적이야." 친친나트가 정원과 언덕을 바라보며 말했다. (바람에 대고 '매혹적'이라는 단어를 두 번 반복해 보니 왠지 기분이 좋아졌다. 그것은 마치 어린아이가 귀를 눌렀다가 다시 열어서 새롭게 들려오는 세상의 소리에 즐거워하는 것과 같았다.) "정말 매혹적이야! 이렇게 비밀스러운 언덕들을 결코 본적이 없어. 정말 저 주름 속에, 저 그늘진 계곡 속에 내가 있어서는 안 되는 것인가. 아니, 더 이상 생각하지 말아야겠다."

그는 테라스를 한 바퀴 돌았다. 북쪽으로 평야가 펼쳐져 있고 구름 그림자가 그 평야를 따라 달려가고 있다. 초원은 밭으로 바뀌었다. 굽이치는 스트로피 강 너머로 풀이 무성하게 자란 비행장의 윤곽이, 그리고 붉은 날개에 얼룩 천 조각이 덧대어진 훌륭한 비행기를 보관하고 있는 격납고가 반쯤 보였다. 비행기는 아직도 가끔씩 축제 때면 사용되곤 했는데, 주로 불구자들을 즐겁게 하기 위해서였다. 물질은 지쳐 있었고, 시간은 달콤하게 졸고 있다. 약사인 한 남자가 도시에 있었는데, 그의 증조부가 상인들이 어떻게 비행기를 타고 중국으로 오고 갔는지에 대한 기록을 남겼다고 한다.

친친나트는 테라스를 돌아 다시 남쪽 난간으로 왔다. 그의 시선은 가장 불법적인 산책을 마쳤다. 그는 이제 꽃이 피어 있는 관목, 새, 담쟁이 차양 밑으로 사라져 가는 오솔길을 구별할 수 있을 것 같은 생각이 들었다.

"이제 됐습니다." 소장이 빗자루를 구석으로 내던지고 다시 자신의 프록코트를 입으며 친절하게 말했다. "자, 집으로 돌아가시지요."

"네, 시간이 되었군요." 시계를 보고나서 변호사가 대답했다.

이렇게 작은 행렬은 길을 되돌아가기 시작했다. 앞에는 소장 로드리그 이바노비치가, 그 다음 변호사 로만 비사리오노비치가, 그 뒤로 신선한 공기를 마신 후 신경질적으로 하품을 하는 수인 친친나트가 걸어갔다. 소장의 프록코트 뒷자락이 석회로 더럽혀져 있었다.

4장

그녀는 아침에 로디온이 나타날 때를 이용해서 쟁반을 들고 있는 그의 팔 아래로 숨어 들어왔다.

"후―후―후." 로디온이 초콜릿 폭풍을 몰아내며 경고하듯 이런 소리를 냈다. 그는 수염 사이로 '이런 장난꾸러기……' 라고 중얼거리면서 한쪽 발로 살짝 문을 닫았다.

엠모치카는 그사이 책상 뒤에 웅크리고 앉으며 그에게서 몸을 숨겼다.

"책을 읽고 있습니까?" 로디온이 친절하게 미소 지으며 그에게 관심을 보였다. "좋은 일입니다."

친친나트는 페이지에서 눈을 떼지 않은 채 얌브*로 우물우물 긍정의 표시를 했지만 눈은 이미 글자를 보고 있지 않았다.

로디온은 광선 아래 춤추고 있는 먼지를 걸레로 닦고 거미에게 먹이를 주는 등의 어렵지 않은 자신의 임무를 완수한 후 나갔다.

엠모치카는 여전히 웅크리고 있었지만 조금 더 자유롭게 스프

링을 단 것처럼 몸을 약간 흔들면서 솜털이 보송보송한 맨팔로 팔짱을 끼고 장밋빛 입은 반쯤 벌린 채 길고 창백한, 심지어 회색으로 보이기까지 하는 눈썹을 깜박거리며 책상 위로 문 쪽을 쳐다보았다. 이미 알고 있는 동작이 나왔다. 그녀는 아무 손가락으로나 재빨리 관자놀이에서 아마색 머리카락을 쓸어 올리며 친친나트를 곁눈질로 쳐다보았다. 그는 책을 내려놓고 무슨 일이 벌어질지 기대하고 있었다.

"그는 나갔단다." 친친나트가 말했다.

그녀는 웅크리고 있던 자세를 폈지만 몸은 여전히 구부린 채 문 쪽을 쳐다보았다. 당황스러웠는지 어쩔 줄을 몰라 했다. 갑자기 이를 드러내고 발레리나 같은 종아리를 반짝이며 문을 향해 돌진했지만, 물론 문은 잠겨 있었다. 그녀의 물결무늬 허리띠가 방 안 공기를 소생시켰다.

친친나트는 두 가지 일반적인 질문을 했다. 그녀는 얼굴을 찡그리며 자신의 이름을 말했고 나이는 열두 살이라고 대답했다.

"내가 불쌍해 보이니?" 친친나트가 물어보았다.

이 질문에 그녀는 아무 대답도 하지 않았다. 대신 구석에 있던 점토 항아리를 들어 얼굴로 가져갔다. 항아리는 비어 있었고 공허한 소리를 냈다. 그녀는 항아리 밑바닥에 대고 우우 소리를 내보다가 곧 다시 뛰어다니기 시작했다. 그러더니 어깨뼈와 팔꿈치만으로 벽에 버티고 서서 슬리퍼를 신은 발바닥에 힘을 주며 앞으로 밀어내 보았다. 그리고 다시 몸을 똑바로 세웠다. 그녀는 혼자 웃다가 다시 발바닥 밀어내기를 계속하면서 낮게 드리워진 태양을 보는 것처럼 얼굴을 찌푸리며 친친나트를 쳐다보았다. 이 모든 것으로 판단해 보건대 그녀는 길들여지지 않은 산만한 아이였다.

"정말 내가 불쌍하지 않니?" 친친나트가 말했다. "그럴 리가 없어. 인정할 수가 없구나. 자, 이리 오너라, 어린 사슴아, 내가 언제 죽게 될지 알려 다오."

그러나 엠모치카는 아무 대답도 하지 않고 바닥으로 내려가서 바짝 당겨 올린 무릎 위에 턱을 괴고 얌전히 앉았다. 무릎 위로 옷자락을 잡아당기는 바람에 아래쪽으로 부드러운 넓적다리가 드러났다.

"말해 다오, 엠모치카. 정말 부탁이다……. 너는 아마 모든 것을 알고 있겠지. 네가 알고 있다는 느낌이 드는구나……. 아버지가 식사를 하며 말했거나 어머니가 부엌에서 말했을 테지……. 모두가, 모두가 말하고 있어. 어제 신문에는 정교하게 잘려 나간 곳이 있었다. 즉 모두가 이것에 관해 말하고 있는데 나 한 사람만은……."

그녀는 마치 회오리바람에 날려 올라간 것처럼 바닥에서 벌떡 일어나더니 문 쪽으로 달려가서 손바닥이 아니라 거의 팔꿈치로 문을 두드리기 시작했다. 실크처럼 창백하게 풀어헤친 그녀의 머리카락은 끝부분에서 길게 말려 올라가 있었다.

'네가 어른이라면…….' 친친나트는 생각했다. '너의 영혼이 조금이나마 나의 엷은 막과 함께한다면, 너는 고대의 시에 나오는 것처럼 좀 더 어두운 밤을 골라 간수를 곯아떨어지게 할 텐데…….'

"엠모치카!" 그가 소리쳤다. "제발 부탁인데, 내게 말해 다오.

물러서지 않겠다. 내가 언제 죽을지 말해 다오."

그녀는 손가락을 물어뜯으며 책이 쌓여 있는 책상으로 다가갔다. 책 한 권을 활짝 펼쳐서 거의 페이지를 뜯어낼 것처럼 탁탁 소리를 내며 페이지를 넘기다가 덮고 다른 책을 집어 들었다. 무언가 잔물결이 그녀의 얼굴을 따라 지나갔다. 먼저 주근깨투성이의 코를 찡긋 움직이더니 그다음에는 입안에서 혀를 놀려 뺨을 부풀렸다.

문이 철컥거렸다. 아마도 감시창으로 들여다본 듯 로디온이 상당히 화가 나서 들어왔다.

"쳇, 꼬마 아가씨! 이러면 내가 벌을 받게 돼."

그녀는 날카롭게 깔깔거리며 게와 같은 그의 손을 피해 열린 문으로 달려갔다. 매혹적이고 정확한 춤동작을 취하며 갑자기 문간에 멈추어 서더니 키스를 공중에 날려 보내지도 않고 침묵의 동맹을 맺지도 않은 채 그냥 어깨 너머로 친친나트를 바라보았다. 그러더니 똑같은 리듬으로 문에서 떨어져 나와 도약을 준비하는 듯한 크고 높고 탄력 있는 발걸음으로 도망가 버렸다.

로디온은 툴툴거리고 중얼거리면서 힘겹게 그녀의 뒤를 따라나갔다.

"잠깐만!" 친친나트가 소리쳤다. "책을 다 읽었습니다. 다른 목록을 가져다주십시오."

"책이라고……." 로디온은 냉소를 지으며 일부러 큰 소리로 문을 닫고 나가 버렸다.

정말 우울하군. 친친나트, 정말 우울해! 얼마나 단단한 우울함인가, 친친나트. 무자비한 시계 소리, 살찐 거미, 노란색 벽, 검은색 양모 담요의 꺼칠함. 초콜릿 위의 얇은 막, 그 한 가운데를 두 손가락으로 잡아 표면 위로 한꺼번에 잡아당기면 이미 평평한 덮개가 아니라 주름진 갈색의 작은 치마가 된다. 막 아래 초콜릿은 냉기만 면했을 뿐이고 어정쩡한 단맛을 내며 굳어 가고 있다. 거북이 등이 되어 버린 세 개의 토스트 조각. 소장의 이니셜을 찍어 놓은 버터 조각. 얼마나 우울한가, 친친나트. 침대 위에는 얼마나 많은 조각들이 있는가.

그는 잠시 슬퍼하고 잠시 한숨을 쉬고는 모든 관절이 부서지는 소리를 내며 침대에서 일어나 혐오스러운 가운을 입고 어슬렁거리기 시작했다. 어딘가 새로운 것을 찾겠다는 희망으로 벽 위에 있는 비문들을 모두 다시 조사해 보았다. 나무 그루터기 위의 새끼 까마귀처럼 오랫동안 의자 위에 서서 고개를 들고 거지 밥그릇만 한 하늘을 가만히 쳐다보기도 했다. 그리고 다시 걸어 다녔다. 이미 다 외워 버린 여덟 개의 수인 규칙을 다시 읽어 보았다.

1. 옥사(獄舍) 이탈을 절대 금지한다.
2. 죄인들의 온순함은 감옥의 자랑이다.
3. 매일 오후 1시부터 3시까지는 정숙을 지켜야 한다.
4. 여자들을 끌어들이는 것을 금지한다.
5. 간수들과 노래하고 춤추고 농담하는 것은 서로의 동의하에 정해진 날에만 허용한다.
6. 수인들이 죄수로서의 상황이나 신분에 맞지 않는 내용의 꿈을

꾸는 것, 즉 화려한 풍경, 지인들과의 산책, 가족 식사, 그리고 실제로 깨어 있는 상황에서는 접근이 허용되지 않는 인물과의 성적 접촉(이것은 법에 의해 폭행으로 간주된다) 등과 같은 꿈을 꾸는 일이 절대 없기를, 만약 꿈꾸게 된다면 즉시 차단하기를 바란다.

7. 감옥의 환대를 받고 있으므로 수인은 자신이 참여하도록 제안 받는 경우 감옥 직원들이 하는 청소나 그밖에 다른 작업들에 함께 참여하는 것을 기피해서는 안 된다.

8. 관리단은 물건 분실에 대해, 수인이 사라지는 경우와 똑같이 어떠한 경우에도 책임지지 않는다.

우울하다, 우울해, 친친나트. 가운을 벽이나 의자에 스치면서 조금만 더 걸어라, 친친나트, 우울하다! 책상 위에 쌓인 책들은 이미 다 읽었다. 모든 책을 다 읽었다는 것을 알면서도 친친나트는 두꺼운 책을 찾아 뒤적이다가 앉지도 않고 이미 보았던 부분을 다시 훑어보았다.

이것은 언젠가, 거의 상상의 세기에 출판된 잡지였다. 책의 수량이나 희소성에 있어서 도시에서 두 번째로 간주되는 감옥 도서관은 이처럼 몇몇 진기한 책들을 소장하고 있었다. 그것은 가장 단순한 대상들이 젊음과 타고난 오만함(이러한 오만함은 그들을 제작하는 데 바쳐졌던 노동을 존경하는 마음에서 우러나온 것이다)을 뽐내던 멀리 떨어진 세계였다. 그것은 보편적인 유동성의 세계였다. 이 세계에서 기름칠한 금속은 소리 없는 곡예를 했고, 신사복의 조화로운 선들은 근육질 몸매들이 드러내는 전대미문의 탄력성에 의해 지배를 받았다. 흐르는 물과 같은 거대한 창유리는 집들의 모퉁이에서 둥글게 구부러졌다. 수영복을 입은 처녀가 수영장 위로 제비처럼 자유롭게 날아가고 있었는데, 반짝이는 수영장 위로 그녀가 아주 높이 날고 있어서 그런지 수영장은 접시보다 더 커 보이지는 않았다. 높이뛰기 선수는 이미 최고조의 긴장 상태에 이르러 얼굴을 위로 하고 허공에 떠 있었으며, 만약 그의 세로줄 무늬 수영복의 깃발과 같은 주름이 없었다면 나른한 정적처럼 보였을 것이다. 물은 끝없이 흘러내렸고 미끄러져 갔다. 떨어지는 물의 우아함, 눈이 멀 것 같은 욕실의 정교함, 양 날개의 그림자가 드리워진 태양의 매끄러운 잔물결. 모든 것이 빛나고 희미하게 번쩍였다. 모든 것은 단 하나 마찰의 부재로만 정의되는 일종의 완성을 향해 열정적으로 이끌렸다. 원형의 모든 유혹에 취해 버린 삶은 현기증 상태에 이르렀으며, 그 결과 땅은 미끄러지고 떨어지고 구역질과 피곤함으로 힘을 잃고 발아래에서 사라져 버렸다⋯⋯. 말해야 할까? 마치 다른 차원에 있는 것 같은 느낌이 들었다⋯⋯. 그렇다, 물질은 늙어 버렸고 피곤에 지쳤으며 전설의 시간으로부터 거의 살아남지 못했다(두세 대의 자동차, 두세 개의 분수 정도만이 남았다). 어느 누구도 과거를 아쉬워하지 않았고 '과거'에 대한 이해 자체도 다른 것으로 바뀌었다.

친친나트는 생각했다. '아마도 내가 이 장면들을 잘못 해석하고 있는지도 모르겠다. 시대에 사진의 속성을 부여하고 있으니 말이다. 이것은 그림자의 풍부함, 빛의 흐름, 햇볕에 그을린 어깨의 광택, 희박한 반영물, 하나의 자연현상으로부터 다른 자연현상으로의 유동적인 전환이다. 이 모든 것은 아마도 사진에만, 어떤 특별한 사진 기법에만, 이러한 예술의 독특한 형태에만 관계되는 것이리라. 사실 서둘러 조립되고 색칠이 된 오늘날의 세상을 우리의 정직한 카메라들이 자기 방식으로 형상화하는 것처럼 꼭 그렇게 세상은 구불구불하거나 축축하거나 빠른 것만은 아니다.'

'아마도' 친친나트는 격자무늬 종이 위에 빠르게 써 내려가기 시작했다. '내가 잘못 해석하고 있는지도 모르겠다······. 시대에 부여한다······. 이 풍부함······ 흐름들······ 유려한 전환······ 그리고 세상은 전혀······ 정확히 우리와 같은 그러한······ 하지만 과연 이러한 추측들이 나의 우울함에 도움을 줄 수 있을까. 나의 우울함이여, 너를, 나를 어떻게 해야 하나? 어떻게 그들은 감히 나에게 숨길 수 있는가? 극도로 괴로운 시련을 겪어야만 하는 나는, 비록 외면적이기는 하지만 (어쨌든 무언의 창백함 너머로 가지는 않을 것이다. 어쨌든 나는 영웅이 아니니까······) 위엄을 지키기 위해 이러한 시련의 시간에 자신의 모든 능력을 통제해야만 하는 나는, 나, 나는······ 천천히 힘을 잃어 가고 있다······. 모르고 있음이 두렵다. 자, 이제 말해 주시오······. 그렇지 않으면 당신들은 매일 아침 나를 죽게 하는 것이오······. 그런데 어느 정도의 시간이 남았는지 안다면 어떻게든 해볼 텐데······ 나의 짧은 작품을······ 진실임이 입증된 생각들의 기록을······ 언젠가는 누군가가 읽게 될 것이고 낯선 나라에서 맞는 첫날 아침과 같은 느낌을 받게 될 것이다. 그러니까 내가 하고 싶은 말은 아마도 내가 그로 하여금 갑자기 행복의 눈물을 흘리게 만들고, 그러면 그의 눈이 녹아내릴지도 모른다는 것이다. 그가 이것을 경험하고 나면 세상은 더 깨끗해지고 더 신선해질 것이다. 그러나 시간이 충분할지 알지 못하는데 어떻게 쓰기를 시작할 것인가. 하지만 고통은 자기 자신에게 〈어제라면 시간이 있었는데〉라고 말할 때, 다시 말해 〈바로 어제라면……〉이라고 생각할 때 시작된다. 필요하고 분명하고 정확한 작업 대신에, 또한 영혼이 아침 기상의 순간(이때 그대 영혼에게는 세수를 할 수 있도록 형리의 양동이가 주어질 것이다)을 단계적으로 준비하는 대신에…… 그 대신에 당신은 무심결에 탈주에 대한, 아, 탈주에 대한…… 진부하고 미친 꿈에 열중하게 된다. 그녀가 오늘 발을 구르고 큰소리로 웃으면서 달려들어 왔을 때, 그러니까 내가 말하고 싶은 것은…… 아니, 어쨌든 뭔가를 기록으로 남겨 두어야 한다. 나는 평범한 사람이 아니니까…… 나는 당신들 중에서 살아 있는 사람이니까…… 나는 시각뿐만 아니라 청각도 미각도 다르며(사슴과 같은 후각뿐만 아니라 박쥐와 같은 촉각도 있다), 중요한 것은 이 모든 것을 한 점으로 결합시키는 재능이 있다는 것이다……. 아니, 비밀은 아직 밝혀지지 않았다. 이것조차 단지 부싯돌에 불과하다. 나는 불의 발생에 관해서, 불 자체에 관해서는 아직 이야기를 시작도 하지 않았다. 나의 삶. 언젠가 어린 시절 원거리 학교 소풍에서 나는 다른 아이들과 떨어져 (아마도 꿈을 꾼 것인지도 모르겠지만) 아주 무더운 정오에 졸음에 빠져 있는 작은 도시에 남겨진 적이 있었다. 도시는 완전히 졸음에 빠져 있어서 하얗게 빛바랜 담 벽 아래 벤치 위에서 꾸벅꾸벅 졸고 있던 사람이 나를 울타리까지 데려다 주기 위해 마침내 일어섰을 때 벽 위에 있던 그의 푸른색 그림자가 바로 따라오지 못할 정도였다……. 아, 물론 그것은 내가 부주의 해서 잘못 본 것이며, 사실은 그림자가 우물쭈물한 것이 아니라, 그냥 벽의 울퉁불퉁함에 걸렸던 것임을 나는 알고 있다……. 하지만 이렇게 표현하고 싶다. 그의 움직임과 뒤처진 그림자의 움직임 사이에(이 중음부, 이 중략된 음 사이에), 그 안에 내가 살고 있는 드문 종류의 시간이 있다고. 이것은 휴지(休止)이며, 반복적인 중단이다. 그때 심장은 깃털처럼…… 그 밖에 나는 계속적인 떨림에 관해서…… 항상 나의 생각의 일부분은 세상을 무언가, 내가 아직 말하지 않은 무언가와 연결시키는, 눈에 보이지 않는 탯줄 주위에 몰려 있다는 것에 관해서 써야겠다……. 그러나 시간도 없고 헛되이 자극만 할까 두려운데 어떻게 이것을 쓸 수 있겠는가……. 그녀가 오늘 달려 들어왔을 때(그녀는 아직 어린아이이지만 ― 이것이 내가 말하고 싶은 것이다 ― 나의 생각을 위한 어떤 개구멍을 가지고 있는 어린아이이지만), 나는 고대 시어로 생각해 보았다. 그녀가 간수를 실컷 취하게 해서…… 나를 구해 줄지도 모른다고. 그냥 어린아이로 남아 있으면서 동시에 성숙하게 이해를 할 수 있게 된다면, 그렇다면 성공할지도 모르겠다. 타오르는 뺨, 바람이 부는 칠흑 같은 밤, 구원, 구원…… 이 세상에 나의 은신처는 없다고 반복해서 말하고 있지만 그것은 잘못된 것이다……. 있다! 찾아낼 것이다! 사막 속의 꽃이 가득한 협곡을! 바위산 그림자 속에 있는 약간의 눈을! 하지만 내가 하고 있는 이 일은 정말 해로운 일이다. 나는 허약한데도 불구하고 스스로를 흥분시키면서 내 자신의 마지막 힘을 소진시키고 있는 것이다. 얼마나 우울한가, 아, 얼마나…… 내가 아직 나의 두려움으로부터 마지막 한 꺼풀을 제거하지 못한 것이 분명하다.'

그는 생각에 잠겼다. 그러다가 연필을 집어던지고 일어나서 돌아다니기 시작했다. 시계추 소리가 들렸다. 그 소리에 맞추어 마치 플랫폼에서처럼 발걸음들이 표면 위로 떠올랐다. 플랫폼은 떠다녔고 발걸음들은 멈추어 섰다. 그리고 그들이 감방 안으로 들어왔다. 수프를 든 로디온과 목록을 든 사서님께서.

사서는 체구는 건장했지만 창백했고, 눈에는 그림자가 드리워져 있었으며, 검은색 왕관처럼 주변에만 머리카락이 남은 대머리에, 군데군데 색이 바래고 팔꿈치에는 짙은 청색의 헝겊 조각을 덧댄 푸른색 스웨터를 긴 몸통 위에 걸친, 병색이 완연한 남자였다. 그는 커다란 검은색 가죽 장정을 한 책을 겨드랑이 밑에 끼고서 지독하게 꽉 끼는 바지 주머니에 손을 넣고 있었다. 친친나트는 이미 한 번 그를 보는 즐거움을 가진 적이 있었다.

"목록이요." 사서가 말했다. 그의 말에서는 도전적인 간결성 같은 것이 유난히 두드러졌다.

"알겠습니다, 여기 두세요." 친친나트가 말했다. "골라 보겠습니다. 만약 기다리시겠다면, 앉으시지요, 부탁합니다. 하지만 만약 가시겠다면……."

"가겠소." 사서가 말했다.

"알겠습니다. 그러면 목록은 나중에 로디온에게 전해 드리겠습니다. 이것은 가져가셔도 좋습니다……. 이 고대 잡지들은 훌륭하고 감동적이더군요……. 아시겠지만, 마치 짐을 든 것처럼 이 무거운 책들과 함께 시간의 바닥까지 내려가 보았습니다. 황홀한 느낌이었지요."

"아니요." 사서가 말했다.

"좀 더 가져다주십시오, 몇 년도 잡지들인지 써 드리겠습니다. 그리고 좀 더 최근의 소설도 아무거나 부탁드립니다. 벌써 가시려고요? 전부 챙기셨습니까?"

혼자 남겨진 친친나트는 수프를 먹기 시작했다. 그러면서 그는 목록의 책장을 넘겼다. 책장의 핵심 부분은 정교하고 아름답게 인쇄되어 있었다. 하지만 인쇄된 텍스트 사이로 작지만 분명하게 붉은색 잉크를 사용해서 손으로 쓴 제목들이 많이 보였다. 알파벳순이 아니라 책장의 숫자에 따라 책 제목을 배열해 놓았기 때문에 전문가가 아니고서는 목록을 이해하기가 어려웠다. 게다가 이러저러한 책에 얼마만큼의 여분의 페이지가 첨부되어 있는지도 (중복을 피하기 위해) 기입되어 있었다. 그런 까닭에 친친나트는 특정한 목적 없이 그저 마음에 드는 것이 있나 하고 찾아보았다. 목록은 모범적일 정도로 깨끗하게 보존되어 있었다. 하지만 놀랍게도 앞 책장들 중 어느 한 쪽의 하얀 이면에 어린아이의 솜씨로 일련의 그림들이 연필로 그려져 있었는데, 친친나트에게는 그 의미가 바로 이해되지는 않았다.

5장

"진심으로 축하드립니다." 다음 날 아침 소장이 친친나트의 방 안으로 들어오면서 느끼한 저음으로 말했다. 로드리그 이바노비치는 평소보다 훨씬 말쑥하게 차려입은 것 같았다. 의식용 프록코트의 등은 마부의 코트처럼 솜을 넣어 두툼하게 만들어 넓고 평평하고 뚱뚱해 보였다. 가발은 새 것처럼 반들거렸고 기름진 턱 반죽 위에는 흰 빵처럼 가루가 뿌려져 있었으며 단추 구멍에는 반점이 찍힌 입을 가진 장밋빛의 밀랍 꽃이 꽂혀 있었다. 그의 균형 잡힌 형상 뒤로 (그는 문지방에 당당하게 멈춰 섰다) 역시나 축제일처럼 차려 입고 역시나 머릿기름을 바른 감옥 근무자들이 호기심 어린 눈초리로 들여다보고 있었다. 로디온조차 무슨 작은 훈장을 달고 있었다.

"준비하고 있었습니다. 이제 옷을 입겠습니다. 오늘이라는 것을 알고 있었습니다."

"축하합니다." 소장이 친친나트의 분주한 움직임에 주의를 기울이지 않고 다시 말했다. "당신에게 이제 이웃이 생겼다는 사실을 보고하는 영광을 가지게 되었습니다. 그렇습니다, 그래요, 방금 들어왔습니다. 아마도 기다림에 지쳤겠지요? 괜찮습니다. 이제 놀 때도 일할 때에도 친구와 함께, 동료와 함께여서 그다지 지루하지 않을 테니까요. 또 하나, 그러나 이것은 물론 우리 사이에서 엄격하게 지켜져야 하는 것인데, 당신이 부인과 면회할 수 있도록 허가가 내려졌다는 사실을 알려 드릴 수 있게 되었습니다. *demain matin* (내일 아침에)."

친친나트는 다시 침대 위에 몸을 눕히며 말했다. "알겠습니다, 좋습니다. 감사합니다, 이 인형아, 마부야, 화장한 빌어먹을 인간아…… 미안합니다만 내가 좀……."

이때 마치 물결치는 수면에 비친 것처럼 감옥의 벽이 휘어지면서 움푹 꺼지기 시작했다. 소장이 진동하기 시작했고 침대는 배로 변했다. 친친나트는 떨어지지 않으려고 끝을 꽉 잡았는데 노대가 손에 잡혔다. 그는 수천의 얼룩무늬 꽃들 사이에서 목까지 잠겨 헤엄쳐 가다가 혼란에 빠져 가라앉기 시작했다. 그들은 소매를 걷어 올리고 막대와 쇠갈고리를 이용해 그를 찔러 가며 강변으로 끌어올리려 하였다. 그리고 마침내 끌어올렸다.

"우리는 소녀처럼 초조했습니다." 감옥 의사, 일명 로드리그 이바노비치가 웃으며 말했다. "자유롭게 숨을 쉬어 보십시오. 아무거나 드셔도 됩니다. 한밤중에 땀이 흐른 적이 있습니까? 그 상태로 지내시면 됩니다. 만약 당신이 아주 온순해진다면 아마도, 아마도 우리는 당신이 한쪽 눈으로 신참을 볼 수 있도록 허락해 줄 수도 있겠는데 말입니다……. 그러나 명심하십시오, 한쪽 눈으로만입니다……."

"얼마나 오랫동안…… 이 만남은…… 얼마 동안 주어집니까.……." 친친나트는 힘겹게 중얼거렸다.

"곧이요, 이제 곧. 그렇게 서두르지도 마세요, 흥분하지 마세요. 보여 주겠다고 약속한 이상 보여 드릴 테니. 슬리퍼를 신고 머리를 좀 정리하시지요. 내 생각에는……" 소장은 뭔가 묻는 듯한 표정으로 로디온을 쳐다보며 고개를 끄덕거렸다. "부탁인데, 무슨 일이 있어도 침묵만은 지켜 주십시오." 그는 다시 친친나트에게 주의를 돌렸다. "그리고 아무것도 손으로 잡지 마세요. 자, 일어나시지요, 일어나세요. 당신은 이런 대접을 받을 가치가 없는데, 친구, 당신은 어리석게 행동하고 있습니다. 하지만 그럼에도 당신은 허락을 받았습니다……. 이제 한 마디도 안 됩니다, 조용히……."

로드리그 이바노비치가 두 팔로 균형을 잡으며 까치발을 한 채 방을 나섰고 친친나트는 커다란 슬리퍼를 질질 끌며 그의 뒤를 따라갔다. 복도 깊숙한 곳, 위압적인 꺾쇠가 달린 문 옆에서는 로디온이 이미 등을 굽히고 서서 감시창의 덮개를 젖히고 안을 들여다보고 있었다. 그는 눈을 떼지 않은 채 더욱 더 큰 침묵을 요구하는 손짓을 해보이더니 어느새 반대로 가까이 오라는 손짓으로 바꾸었다. 소장은 더 높이 까치발을 하고 위협적으로 찡그리며 뒤를 돌아보았지만 친친나트는 아주 조금씩 발을 질질 끌지 않을 수가 없었다. 통로의 어스름 속에서 감옥 근무자들의 어렴풋한 형상들이 군데군데 모여 서서 등을 구부리고, 마치 무언가 멀리 있는 것을 분간하려는 듯 손바닥을 차양처럼 눈 위에 올려놓고 있었다. 실험실 조수 로디온이 로드리그 이바노비치에게 초점을 맞춘 렌즈를 들여다보도록 해주었다. 등에서 끽끽거리는 소리를 내며 로드리그 이바노비치가 렌즈에 시선을 고정시켰다……. 그사이 회색의 암흑 속에서는 흐릿한 형상들이 소리 없이 이리저리 뛰어다니다가 소리 나지 않게 서로를 부르면서 열을 지어 섰다. 그들의 수많은 가벼운 다리들은 움직일 준비를 하면서 이미 피스톤처럼 제자리걸음을 하고 있었다. 소장은 마침내 천천히 뒤로 물러나 자기가 마치 교수라도 되는 양 잠깐 들른 문외한 친친나트의 소매를 끌어당겨 현미경 표본을 들여다보도록 이끌었다. 친친나트는 얌전하게 밝은색 원을 향해 고개를 숙였다. 그는 처음에는 태양빛의 거품과 줄들만을 보았다. 그러나 그다음에 자기 방 안에 있는 것과 같은 모양의 침대를 보았다. 침대 주변에는 빛나는 자물쇠가 달린 두 개의 질 좋은 트렁크와 마치 트롬본을 넣기 위한 것처럼 보이는 크고 약간 긴 케이스가 놓여 있었다…….

"자, 뭐 보이는 게 있습니까?" 소장이 가까이 고개를 숙이고 열려 있는 관 속의 백합과 같은 향기를 내면서 속삭였다. 친친나트는 아직 중요한 것을 보지는 못했지만 고개를 끄덕거렸다. 그는 시선을 왼쪽으로 돌렸고, 그때 진짜로 뭔가를 보았다.

수염이 없는 땅딸막한 남자가 설탕 조각처럼 가만히 의자에 걸터앉아 책상에 몸을 비스듬히 기대고 있었다. 그는 30세 정도로 보였으며, 구식이지만 깨끗하게 새로 다림질 된, 전체적으로 줄무늬가 있는 죄수복과 줄무늬 양말, 새로 만든 모로코가죽 슬리퍼를 신고 있었다. 짧은 한쪽 다리를 다른 쪽 다리 위로 포개 놓고 포동포동한 손으로 종아리를 잡은 채 처녀와 같은 발바닥을 드러내 보이고 앉아 있었다. 작은 손가락에서는 투명한 아콰마린 보석이 광채를 내고 있었으며 밝은 아마색 머리카락은 놀라울 정도로 둥근 머리 위에서 5 대 5 가리마로 나누어져 있었다. 긴 속눈썹은 게루빔의 뺨에 그림자를 드리웠고 검붉은색 입술 사이로는 기묘할 정도로 고른 흰색 이빨이 비처 보였다. 전체적으로 그는 약간의 광채로 덮여 있는 것처럼 보였는데 위로부터 흘러내리고 있는 한줄기 태양광선 아래에서 살짝 녹아 있었다. 책상 위에는 가죽 틀의 세련된 여행용 시계 이외에는 아무것도 없었다.

"이제 됐습니다." 소장이 미소를 지으며 속삭였다. "저도 보고 싶군요." 그는 이렇게 말하며 다시 달라붙었다. 로디온은 친친나트에게 방으로 돌아갈 시간이 되었음을 신호로 알려주었다. 흐릿한 형상들이 예의바르게 한 줄로 관리자에게 다가왔다. 소장 뒤에는 들여다보고 싶어하는 사람들이 이미 길게 꼬리를 물고 섰다. 어떤 사람들은 장남까지 데려왔다.

"우리가 당신을 망쳐 놓고 있군요." 로디온이 결국 중얼거렸다. 그는 오랫동안 친친나트의 방문을 열지 못해서 문에 대고 러시아어 주문을 외워 보기까지 했는데 이것이 효과를 발휘했다.

모든 것이 조용해졌다. 모든 것은 전과 똑같았다.

"아니, 모든 것은 아니다. 내일 당신이 올 테니." 친친나트는 최근에 있었던 구역질 때문에 여전히 몸을 떨면서 큰 소리로 말했다. '당신에게 무슨 말을 하지?' 친친나트는 부들부들 떨리는 몸으로 중얼거리며 계속 생각했다. '당신은 내게 무슨 말을 할까? 모든 것을 거역해 가면서까지 나는 당신을 사랑했다, 그리고 사랑할 것이다. 무릎을 꿇고 등을 뒤로 젖히고 사형집행인을 향해 발뒤꿈치를 드러낸 채 거위와 같은 목을 긴장시키는 순간에도 여전히. 그다음에, 아마도, 무엇보다도 그다음에도 나는 당신을 사랑할 것이다. 언젠가 우리 사이에는 진정하고 완벽한 설명이 성립될 것이다. 그때 당신과 나는 여하튼 맺어질 것이고 서로에게 기대서 퍼즐을 풀고 있을 것이다. 하나의 점으로부터 다른 점으로 선을 긋기…… 단 한 번도…… 다시 말해, 연필을 떼지 않고…… 혹은 어떻게든…… 두 점을 연결시켜 선을 그을 것이고, 그렇게 해서 나로부터, 당신으로부터 내가 갈망하던 우리의 유일한 무늬가 얻어질 것이다. 만약 그들이 매일 아침 나에게 이렇게 한다면, 그들은 나를 훈련시키는 것이 될 것이고, 나는 완전히 나무처럼 될 것이다……'

친친나트는 연이어 하품을 했다. 눈물이 뺨을 따라 흘러내렸고, 입에서는 다시 언덕이 자라났다. 이것은 신경이다. 그는 자고 싶지 않았다. 내일까지 뭔가에 열중해야만 한다. 새 책들은 아직 오지 않았지만 그에게는 반납하지 않은 목록이 있었다……. 그래, 작은 삽화들이 있었지! 하지만 이제 내일의 만남에 비추어 보면…….

엠모치카의 것임이 분명한 어린아이의 솜씨로 내용이 서로 연결된 이야기들, 약속, 환상의 견본품 (어제 친친나트에게는 그렇게 생각되었다) 등 일련의 그림들이 그려져 있었다. 먼저 지평선, 즉 돌바닥과 그 위의 곤충을 닮은 기본적인 의자, 그 위로 육각형의 격자창이 있다. 똑같은 그림이 하나 더 있는데, 여기에는 격자창 뒤로 양쪽 입 꼬리가 불만에 찬 듯 밑으로 처져 있는 보름달이 첨가되어 있다. 그다음에 세 개의 선으로 그려진 걸상 위에 눈이 없는 간수, 즉 잠자는 간수가 있고 바닥에는 여섯 개의 열쇠가 달린 고리가 놓여 있다. 똑같은 열쇠 고리 그림 또 하나, 그러나 이번에는 좀 더 굵었고 짧은 소매에 다섯 개의 손가락이 완전히 달려 있는 손이 그곳을 향해 뻗어 있다. 재미있는 일이 시작되고 있는 것이다. 문이 반쯤 열려 있고 그 뒤로 마치 새의 발톱과 같은 것이 보인다. 이 모든 것은 도망가는 죄수의 눈에 보이는 것들이다. 죄수는 머리에 곱슬머리 대신 세미콜론을 달고, 그림 그리는 사람의 수준에 맞게 이등변 삼각형으로 묘사된 검은색의 짧은 실내 가운을 걸친 친친나트였다. 어린 소녀가 그를 이끌고 있다. 소녀는 젓가락처럼 마른 다리에 파도처럼 너울대는 짧은 치마를 입고 양 갈래 머리를 하고 있다. 똑같은 그림이 하나 더 있는데 이번에는 그림 초안이다. 사각형의 방, 경로를 나타내는 점선과 끝에 아코디언과 같은 계단이 있는 구부러진 복도가 있다. 마지막으로 에필로그에는 검은 탑과 그 위로 만족해하는 달(달의 입 꼬리가 위로 올라가 있다)이 있다.

아니다, 이것은 자기기만이고 헛소리이다. 어린아이가 생각 없이 낙서한 것에 지나지 않는다……. 제목을 고른 뒤 목록은 제쳐두자. 그래 어린아이가…… 혀를 오른쪽으로 쑥 내밀고 몽당연필을 단단히 쥐고 힘을 주어 새파랗게 된 손가락으로 그 위를 누르면서…… 이렇게 성공적으로 선을 연결시킨 다음 몸을 뒤로 젖히고 머리를 이리 저리 움직여 보고 어깨뼈를 돌려보기도 하다가 다시 종이에 매달려 혀를 왼쪽으로 내밀고…… 그렇게 열심히 그린 것이다……. 이건 헛소리다, 이제 그만 해야겠다…….

무슨 일을 할까, 지루한 시간을 어떻게 보낼까 궁리하던 친친나트는 내일 마르핀카와의 만남을 위해 자신의 외모를 신선하게 바꾸어 보기로 결심했다. 로디온은 친친나트가 재판 전날 밤 씻을 때 사용했던 것과 같은 대야를 다시 끌어다 주겠다고 했다. 친친나트가 물을 기다리면서 책상 앞에 앉아 있는 동안 오늘은 책상이 약간 흔들렸다.

'면회, 면회는,' 친친나트는 이렇게 써 내려갔다. '십중팔구 나의 무서운 아침이 이미 가까이 와 있음을 의미한다. 모레, 바로 이 시간에 나의 방은 비워질 것이다. 하지만 나는 당신을 볼 것이기에 행복하다. 우리는 서로 다른 두 개의 계단을 따라, 남자들은 한쪽 계단으로 여자들은 다른 쪽 계단으로 작업장까지 올라 다녔는데, 꼭대기 바로 아래 층계참에서 마주치게 되어 있었다. 나는 더이상 마르핀카를 처음 만났던 당시의 모습으로는 마음속에 그려볼 수가 없다. 그러나 그녀가 웃기 직전에 짧은 순간 입을 벌린다는 사실을 금방 알아차렸던 것과 그녀의 둥근 갈색 눈, 그리고 산호 귀고리는 기억하고 있다. 완전히 새롭고 단단했던 (그 후 점차 부드러워지기는 했지만) 당시의 그녀 모습을 얼마나 되살려 내고 싶은지, 그녀가 내게로 고개를 돌릴 때 보이던 이미 온기 가득하고 거의 살아 있는 것 같던 뺨과 목 사이의 주름을 얼마나 되살려 내고 싶은지. 그녀의 세계. 그녀의 세계는 단순하게 결합된 단순한 부분들로 구성되어 있었다. 아마 요리 책에 나오는 가장 단순한 요리도 그녀가 노래를 부르면서 매일 매일 자신을 위해, 나를 위해, 모든 사람을 위해 구워 낸 이 세계보다는 복잡할 것이다. 그러나 어디에선가, 이미 초기부터, 어디에선가 그녀의 사악함과 고집이 나타났다. 갑자기…… 부드럽고 재미있고 따뜻했던 그녀가 갑자기…… 처음에는 다른 사람이 그녀의 입장이라면 얼마나 화가 나고 고집을 부릴지 보여 주기 위해 일부러 그러는 것이라고 생각했다. 그러나 이것이 바로 그녀의 진짜 모습임이 드러났을 때 내가 얼마나 놀랐을지 상상이나 할 수 있겠는가! 그것도 하찮은 이유 때문이라니. 나의 어리석은 여인아. 정수리에는 처녀다운 윤기가 흐르고 전체적으로 순결한 매끄러움이 전해지는 아마색의 숱 많은 머리카락 속을 만져 보았을 때 당신의 머리는 얼마나 작던지. "당신의 조그마한 아내는 조용하고 평온해 보이지만 깨무는 버릇이 있습니다." 잊지 못할 그녀의 첫 번째 연인이 내게 이렇게 말한 적이 있는데, 이 말이 천박하게 들리는 이유는 그 형용사가 비유적인 의미로 사용된 것이 아니기 때문이다……. 그녀는 어떤 순간에 정말로 그랬다……. 이것은 곧장 쫓아 버려야만 하는, 그렇지 않으면 나 자신을 제압하고 부숴 버리게 될 기억들 중의 하나이다……. "마르핀카가 오늘 또……." 언젠가 나는 보았다, 나는 보았다, 나는 보았다, 발코니로부터, 나는 보았다. 그 이후로 나는 내가 다가가고 있음을 알리기 위해 멀리서부터 기침이나 무의미한 외침 소리를 내지 않고는 결코 어떤 방에도 들어간 적이 없다. 일그러짐이나 숨이 헐떡거리는 조급함을 얼핏 보게 될까 봐 얼마나 두려웠던지. 그 모든 것은 타마라 정원의 그늘진 비밀 장소에서는 나의 것이었지만 그 후로 나에게서 사라져 버렸다. 그녀에게 그런 일이 얼마나 많았을지 세어 보는 것은…… 그녀의 다양한 애인들과 식사하며 대화하기, 즐거운 것처럼 보이기, 호두 까먹으며 지껄이기, 이러한 것들이야말로 영원한 고문이었다. 우연히 식탁 아래에서 괴물의 아래 부분을 보게 되지 않을까 싶어 몸을 구부리는 것이 죽을 만큼 두려웠다. 그들의 위쪽 부분은 대단히 단정하며, 분명 식탁에 앉은 허리 위로는 조용하게 식사하고 이야기를 나누는 젊은 여자와 젊은 남자이다. 하지만 아래쪽 부분은 무언가 광포하게 뒤얽혀 있는 네 개의 다리였다……. 나는 떨어진 냅킨을 따라가다가 지옥으로 떨어진 적이 있다. 나중에 마르핀카는 이렇게 말하곤 했었다(이럴 때면 그녀는 복수 주어를 사용했다). "누군가 우리를 보는 것이 정말 부끄러워요." 그러면서 입술을 삐죽거리곤 했다. 하지만 그럼에도 불구하고 나는 당신을 사랑한다. 한없이, 치명적으로, 되돌리기 어려울 만큼 당신을, 그 정원들에 참나무가 서 있는 한 나는 당신을……. 나라는 존재가 바람직하지 않으며 회피 대상이라는 사실을 그들이 당신에게 일목요연하게 증명했을 때 당신은 어떻게 그동안 아무것도 눈치 채지 못했는지 놀라워했다. 하지만 당신에게 숨기기는 어찌나 쉽던지! 내가 정말 무엇을 고쳐야만 하는지, 이것이 대체 어떻게 이루어지는지 본질적으로 전혀 이해하지 못한 채 당신은 내게 고치라고만 애원했던 일이 기억난다. 여전히 당신은 아무것도 이해하지 못하고 있으며 자신이 이해를 하는지 못하는지조차 생각하지 않고 있다. 당신은 놀랄 때 거의 기분 좋게 놀란다. 하지만 재판 감독관이 모자를 들고 법정 방청객들 주위를 돌기 시작했을 때 당신도 역시 모자 안에 종이쪽지를 던져 넣었다.'

선착장에 있던 흔들거리는 대야 위로 아무 죄도 없는 양 명랑하고 유혹적으로 수증기가 솟아올랐다. 친친나트는 발작적으로 (빠르게 두 번으로 나누어서) 한숨을 쉬며 다 쓴 페이지들을 옆에 내려놓았다. 그는 자신의 소박한 트렁크에서 깨끗한 수건을 꺼냈다. 너무도 작고 가느다란 몸매의 친친나트는 대야 안에 완전히 들어가 앉을 수 있었다. 그는 쪽배 같은 곳에 앉아서 조용히 떠 다녔다. 불그스레한 저녁 광선은 증기와 뒤섞이면서 돌로 된 감옥의 크지 않은 세계 속에 잡다한 색깔의 떨림을 불러일으켰다. 해안에 도착한 친친나트는 일어나서 육지로 나왔다. 몸을 닦으면서 그는 현기증, 가슴 두근거림과 싸웠다. 그는 너무 말라 있었으며, 그래서 늑골의 그림자를 강조하는 석양빛 아래에서 그의 흉강 구조는 오히려 보호색의 승리처럼 보였다. 왜냐하면 그것은 그의 환경, 즉 감옥의 본질이랄 수 있는 격자무늬를 표현하고 있었기 때문이다. 나의 불쌍한 친친나트. 그는 몸을 닦는 중에 기분 전환을 위해 노력하면서 자신의 혈관을 하나하나 들여다보다가 어쩔 수 없이 조만간 그의 코르크 마개가 뽑히고 이 모든 피가 흘러나올 것이라는 생각을 하지 않을 수가 없었다. 그의 뼈는 가볍고 가늘었다. 발위의 얌전한 발톱(너 역시 사랑스럽고, 너 역시 죄가 없다)은 뭔가를 기대하듯 어린아이와 같은 주의력으로 아래에서 위를 향해 그를 응시하고 있었다. 벌거벗은 채 미추골에서 경추까지 빈약한 등 전체를 문밖의 감시자들에게 드러내 보이며 (그곳에서는 속삭임 소리가 들려왔는데 뭔가를 의논하는 것 같았고 바스락거리는 소리도 들려왔다. 하지만 별것 아니다. 그냥 두자) 침대에 앉아 있는 친친나트는 병든 소년처럼 보일 법도 했다. 심지어 뒷목의 긴 홈과 머리카락 끝자락이 젖어 있는 그의 뒷덜미는 어린아이처럼 보였으며, 또한 예외적으로 익숙한 모습이었다. 친친나트는 트렁크에서 작은 거울과 마르핀카가 옆구리에 끼고 다니던 이상하게 털이 많은 쥐새끼를 항상 기억나게 하는 향기로운 탈모제 병을 꺼냈다. 그는 교묘하게 수염을 피해 가면서 뻣뻣한 뺨을 닦아 냈다.

이제 기분도 좋고 깨끗해졌다. 그는 깊은 숨을 내쉬며 아직도 집에서 세탁한 냄새가 나는 상쾌한 저녁 가운을 입었다.

어두워졌다. 그는 누워서 여전히 떠다니기를 계속했다. 로디온은 평상시와 같은 시간에 불을 켜고 양동이와 대야를 치웠다. 거미가 거미줄을 따라 내려와 그의 손가락에 앉았다. 로디온은 카나리아를 대하듯 이 털 많은 짐승과 대화를 나누며 손가락을 내밀었다. 그사이 복도로 나 있는 문이 약간 열려 있었는데 그 사이로 뭔가가 언뜻 보였다……. 순간적으로 창백한 고수머리 끝이 늘어지는가 싶더니 로디온이 고개를 들어 서커스 장의 돔 아래로 아주 작은 곡예사가 떠나가는 것을 보면서 움직이기 시작하자 그것은 사라지고 말았다. 문은 여전히 4분의 1정도 열려 있었다. 가죽 앞치마를 입고 곱슬곱슬한 붉은 수염을 한 무거운 로디온은 방을 따라 천천히 움직이다가 (직통 연결로 인해 이제는 더욱 가까워진) 시계가 치기 직전 목쉰 소리를 내기 시작하자 허리춤 어딘가에서 두꺼운 회중시계를 꺼내 시간을 확인했다. 그러고 나서 친친나트가 자고 있다고 생각했는지 빗자루가 도끼창이라도 되는 듯 기대어 서서 꽤 오랫동안 그를 바라보았다. 어떤 결론에 도달했는지는 알 수 없지만 그는 다시 조금씩 움직이기 시작했다……. 그사이 문안으로 소리 없이, 그다지 빠르지 않게 적청색의 고무공이 튀어 들어와 침대 아래 삼각형 다리의 한쪽을 따라 쭉 굴러가다가 순식간에 사라졌다. 그러다가 공은 다시 덜컹거리면서 다른 쪽 삼각형 다리를 따라, 즉 로디온을 향해 굴러 나왔다. 하지만 그는 이것을 전혀 눈치 채지 못하고 걸음을 옮기던 중 우연히 그것을 발로 찼다. 그러자 공은 삼각형의 빗변을 따라 자신이 들어왔던 문 틈 사이로 되돌아 나갔다. 로디온은 빗자루를 어깨에 메고 방을 떠났다. 불이 꺼졌다.

친친나트는 잠들지 않았다, 잠들지 않았다, 잠들지 않았다, 아니, 잠들었다. 그러나 신음 소리를 내며 다시 힘겹게 기어 나왔다. 그리고 다시 잠들지 않았다, 잠들었다, 잠들지 않았다. 그러다가 모든 것이 뒤죽박죽이 되어 버렸다. 마르핀카, 단두대, 벨벳, 이것은 어떻게 될 것인가, 무엇이 될 것인가? 사형일까 아니면 면회일까? 모든 것이 결국 뒤얽혀 버렸다. 그러다 불이 켜졌기 때문에 그는 다시 순간적으로 실눈을 떴다. 로디온이 발뒤꿈치를 들고 들어와 탁자 위에 있던 검은색 목록을 들고 나가면서 불을 껐다.

6장

이게 무엇인가, 한밤중의 무섭고 둔중한, 모든 것을 관통하고 있는 이것은 대체 무엇인가? 마지막으로 그것은 육중하고 거대한 잠의 수레에 마지못해 길을 비키느라 옆으로 한 발 물러섰다가 이제 다시 다른 것보다 먼저 뛰쳐나왔다. 정말 기분 좋구나 기분 좋아. 부풀어 오르고 밝아지고 온기로 뒤덮인 심장. 이제 마르핀카가 올 것이다!

이때 로디온이 마치 연극에서처럼 연보랏빛 편지를 쟁반에 받쳐 들고 들어왔다. 친친나트는 침대 위에 앉아서 다음과 같은 내용을 읽었다. '대단히 죄송합니다! 용서할 수 없는 큰 실수가 있었습니다! 법 조항을 확인해 보니 면회는 재판이 있고 나서 1주일이 지나야만 허용된다고 합니다. 그러니 면회는 내일까지 연기하겠습니다. 부디 건강하십시오. 이곳은 항상 이렇습니다. 걱정거리가 끊이지를 않습니다. 감시 초소에 칠하라고 보내 온 페인트는 역시나 아무 데도 어울리지 않았습니다. 이런 내용을 써보냈는데

도 아무 소용이 없었습니다.'

로디온은 애써 친친나트를 보지 않으려 하면서 탁자 위에 남아 있던 어제의 음식 접시를 치우고 있었다. 날씨는 분명 흐린 것 같았다. 위에서 스며드는 빛은 회색이었고, 그래서 동정심이 많은 로디온의 어두운 가죽 옷은 축축하고 칙칙해 보였다.

"아, 알겠습니다." 친친나트가 말했다. "좋으실 대로…… 어쨌든 내게는 힘이 없으니까요." 좀 더 작은 다른 친친나트는 몸을 웅크리고 울고 있었다. "그러니까 내일, 내일이란 말이지요. 하지만 좀 불러 주셨으면 좋겠는데요……."

"지금 당장 부르죠." 로디온은 이 순간만을 갈망하고 있었던 듯 단숨에 준비된 말을 내뱉고는 밖으로 달려 나갔다. 그러나 문 밖에서 초조하게 기다리고 있던 소장이 근소한 차이로 조금 일찍 나타났기 때문에 그들은 부딪치고 말았다.

로드리그 이바노비치는 벽걸이 달력을 손에 들고 있다가 어디다 두어야 할지 몰라 쩔쩔 맸다.

"대단히 죄송합니다." 그가 소리쳤다. "용서할 수 없는 큰 실수가 있었습니다! 법조항을 확인해 보니……." 자신의 메모를 토씨 하나까지 다시 읽고 난 로드리그 이바노비치는 친친나트의 발치에 앉으며 서둘러 이렇게 덧붙였다. "어쨌든 당신은 탄원서를 제출할 수 있습니다. 그러나 가장 가까운 대의원회는 가을에나 있으리라는 것을 미리 알려 드리는 게 의무일 것 같군요. 그때까지는 많은 시간이 흘러야겠지요. 아시겠습니까?"

"탄원할 생각은 없습니다." 친친나트가 말했다. "대신 궁금한 것이 있습니다. 이 허위의 세계를 구성하고 있는 허위의 사물들의 허위의 본질 속에 과연 당신이 자신의 약속을 지키리라는 것을 보증해 줄 수 있는 그런 것이 단 하나라도 존재합니까?"

"약속이라니요?" 소장이 달력(석양 속 감옥을 그린 수채화) 마분지로 부채를 부치던 것을 멈추고 놀라서 되물었다. "무슨 약속 말입니까?"

"아내가 내일 방문하는 것에 관해서 말입니다. 이 상황에서 당신이 내게 보장을 해주지 않는 것은 그렇다 치지요. 하지만 좀 더 포괄적으로 질문하겠습니다. 이 세상에 어떤 종류의 보장이, 무언가에 대한 보증이 존재하기는 하는 겁니까? 혹은 존재할 수 있는 건가요? 아니면 보장이라는 개념 자체가 이곳에서는 낯선 것입니까?"

휴지(休止).

"불쌍한 우리의 로만 비사리오노비치." 소장이 말했다. "들었습니까? 감기에 걸려 몸져눕더니 병세가 상당히 심각해진 것 같습니다……."

"무슨 일이 있어도 당신이 내게 대답을 해주지는 않으리라는 느낌이 드는군요. 그게 논리적이기는 하지요. 왜냐하면 무책임함이 결국은 자신의 논리를 만들어 내니까요. 지난 30년 동안 손에 만져질 만큼 빽빽한 환영들 사이에서 내가 살아 있는 실재적 존재라는 사실을 숨기고 지내 왔습니다. 그러나 발각이 된 지금은 꺼릴 것이 아무것도 없습니다. 적어도 당신들 세상의 모든 비실체성을 몸소 확인해 보겠습니다."

소장은 기침을 했다. 그리고 마치 아무 일도 없었던 것처럼 이야기를 계속했다. "그의 상태가 너무 심각해서 의사로서 나는 그가 참석할 수 있을지, 즉 그때까지 건강해질 것인지, *bref* (간단히 말해) 당신들의 흥행 쇼에 나갈 수 있을지 확신할 수가 없군요……."

"나가 주십시오." 친친나트가 힘을 주어 말했다.

"낙심하지 마십시오." 소장이 계속했다. "내일, 내일이면 당신이 꿈꾸던 일이 이루어질 것입니다……. 이 달력은 사랑스럽지 않습니까? 한편의 예술 작품이네요. 아니, 당신에게 주려고 가져온 것은 아닙니다."

친친나트는 눈을 감았다. 그가 다시 쳐다보았을 때 소장은 그에게 등을 돌리고 방 한가운데에 서 있었다. 의자 위에는 로디온이 두고 간 것이 분명한 가죽 앞치마와 붉은색 수염이 여전히 널려 있었다.

"오늘 당신의 거처를 특별히 잘 청소해야만 합니다." 그가 돌아보지도 않고 말했다. "내일의 만남에 대비해서 모든 것을 정돈해야 하지요……. 우리가 여기 바닥을 닦을 동안, 부탁 드리겠습니다……. 부탁 드리겠습니다……."

친친나트는 다시 눈을 감았지만 기어 들어가는 목소리는 계속되었다. "……복도에 좀 나가 계셨으면 하는데요. 그리 오래 걸리지는 않을 겁니다. 내일 적당히 깨끗하고 단정하게, 또 잔치 분위기가 날 수 있도록 모든 노력을 기울이겠습니다……."

"나가 주십시오." 친친나트가 반쯤 일어선 상태로 온 몸을 부들

부들 떨며 소리쳤다.

"어떻게 해볼 도리가 없구먼." 로디온이 앞치마 끈을 만지작거리면서 또박또박 말했다. "여기서 일을 좀 해야겠는데. 이 먼지 좀 보시오……. 고맙다고 말하게 될 거요."

그는 주머니 거울을 들여다보며 뺨 위 수염을 부풀려 올리고는 마침내 침대 쪽으로 다가와 친친나트에게 입을 옷들을 건네주었다. 슬리퍼 속에는 약간 뭉쳐진 종이들이 조심스럽게 집어넣어져 있었고 가운의 앞깃은 정확하게 접혀서 핀이 꽂혀 있었다. 친친나트는 비틀거리며 옷을 입고 로디온의 팔에 가볍게 기대어 복도로 나왔다. 복도에서 그는 환자처럼 소매 속에 손을 집어넣고 걸상에 앉았다. 로디온은 병실 문을 활짝 열고 청소를 하기 시작했다. 의자는 탁자 위에 올려졌다. 침대에서 시트가 뜯겨져 나왔다. 양동이 손잡이가 딸그락거렸다. 틈새 바람이 탁자 위 종이들을 날려서 그중 한 장이 공중회전을 하며 마룻바닥에 내려앉았다. "도대체 왜 그렇게 풀이 죽어 있습니까?" 로디온이 물소리, 철벅거리는 소리, 쿵쿵거리는 소리 위로 목소리를 높여 외쳤다. "복도를 따라 잠시 산책을 해보시지요……. 자, 걱정하지 마시고. 만일의 경우를 대비해 내가 여기 있을 테니 당신은 그냥 소리만 지르세요."

친친나트는 고분고분 걸상에서 일어섰다. 그러나 요새를 떠받치고 있는 절벽으로 이어지는 것이 분명한 차가운 벽을 따라 그가 움직이자마자 몇 걸음 (얼마나 약하고 무게가 없고 온순한 발걸음인지!) 떼지도 않아서, 또한 로디온과 열린 문과 양동이가 그의 눈앞에서 막 뒷걸음질 치는 순간, 친친나트는 자유의 물결을 느꼈다. 그가 모퉁이를 돌자 자유는 더 넓게 넘실거렸다. 벌거벗은 벽들에는 땀에 전 무늬들과 균열 이외에 아무런 생기도 없었다. 단지 한 곳에만 누군가가 황토를 가지고 칠장이와 같은 붓놀림으로 이렇게 써 놓았다. '붓 시험 중, 부* 시험 중.' 그 아래로 페인트 자국이 지저분하게 흘러내려 있었다. 혼자 걷는 게 익숙하지 않아서인지 친친나트의 근육들은 풀어졌으며 옆구리가 따끔거리기 시작했다.

바로 그때 친친나트는 가던 길을 멈추고 돌로 만들어진 이 외진 곳에 지금 막 맞닥뜨린 사람처럼 주위를 둘러보면서 모든 의지를 모아 자신의 삶을 힘닿는 데까지 상상해 보았고, 자신의 상황을 최대한 정확하게 이해하려고 노력했다. 범죄 중에서 가장 두려운 범죄, 즉 영지주의(靈知主義)적인 간악함 때문에 기소된 사람은 대단히 드물고 또한 말로 표현해서는 안 되기 때문에 비투시성, 불투명성, 장애 등과 같은 에두른 표현을 사용해야만 한다. 그러한 범죄로 인해 사형 선고가 내려진 자, 언제일지 모르지만 분명 가까이 있고 피할 수 없는 형 집행을 기다리며 감옥에 갇혀 있는 자(그는 이 처형이 머리는 이빨이고 몸통은 염증투성이의 잇몸으로 되어 있는 이빨 괴물이 가하는 비틀기, 잡아당기기, 부수기일 것이라고 분명하게 예감하고 있었다), 멎어 가는 심장과 함께 지금 감옥 복도에 서 있지만 아직은 살아 있고 아직은 손상되지 않았고 아직은 친친나트적인 자, 이 친친나트 C는 자유를 향한, 다시 말해 가장 단순하고 물질적이며, 물질적으로 실현가능한 자유를 향한 맹렬한 욕망을 느끼고 있었다. 그리고 순간적으로 이 모든 것이 코로나〔白光〕모양으로 흘러나오는 그의 존재의 발산물인 것처럼 그렇게 감각적으로 분명하게 점점 얕아지는 강물 너머의 도시를 상상해 보았다. 즉 각각의 지점들에서 때로는 이렇게 때로는 저렇게 때로는 더 선명하게 때로는 더 푸르게 지금 그가 머물고 있는 높은 요새가 보이는 바로 그 도시를 상상해 보았다. 자유의 물결은 너무나 강렬하고 달콤해서 모든 것이 현실에서보다 나아 보였다. 사실 모든 사람이기도 한 그의 간수들은 더 유순해 보였다……. 삶의 비좁은 환영들 속에서 이성은 가능성이 있는 오솔길을 찾아냈다……. 눈앞에서는 어떤 환영이 춤을 추고 있었다……. 니켈로 도금한 구(球) 위로 눈부시게 반사되는 태양빛을 에워싸고 있는 천 개의 무지갯빛 바늘처럼……. 그는 감옥 복도에 서서 이제 막 느긋하게 숫자를 세기 시작한 시계의 묵직한 소리를 들으며 오늘처럼 신선한 아침에 늘 있어 왔던 일상적인 도시의 삶을 상상해 보았다. 마르핀카가 눈을 내리깐 채 집에서 바구니를 들고 나와 하늘색 인도를 따라 걸어가고 있으며 그녀 뒤로 세 발자국 떨어져서 검은 수염의 경박한 젊은이가 따라가고 있다. 백조나 보트 모양을 본떠 만든 전차가 가로수 길을 따라 이리저리 헤엄치고 있고 당신은 마치 회전목마의 요람에 탄 듯 그 안에 앉아 있다. 가구 창고에서는 바람을 좀 쐬게 하려고 소파와 의자를 밖으로 끌어다 놓았는데 지나가던 학생들이 그 위에 앉아 쉬고 있다. 연습장과 책으로 가득 찬 수레를 끄는 왜소한 당직자는 성인 협동 조합원처럼 이마를 닦고 있다. 물을 뿌려 신선해진 포장도로를 따라 태엽 장치가 달린 2인승 '시계'(이 지방에서는 이렇게 불린다)가 딸깍딸깍 돌아다닌다. (그러고 보니 이것은 과거의 기계, 다시 말해 화려하게 니스 칠을 한 조가비 모양 자동차의 퇴보한 후예가 아닌가……. 그런데 왜 이 사실이 떠올랐을까? 그래, 잡지에 사진이 있었지.) 마르핀카가 과일을 고른다. 이미 오래전부터 지옥의 광경을 보고도 놀라지 않게 된 노쇠하고 무시무시한 말들은 공장에서 도시 배급소로 물건들을 나르고 있다. 금빛 얼굴에 흰 셔츠를 입고 빵을 파는 노점상들은 크게 외쳐 가며 흰 빵을 위로 높이 던져 올렸다가 다시 잡아서 빙글빙글 돌리는 묘기를 부리고 있다. 무성하게 자란 등나무로 뒤덮인 창가에서 네 명의 쾌활한 전신 기사들이 노래를 부르고 잔을 부딪치며 지나가는 사람들의 건강을 위해 건배를 하고 있다. '작은 푸르드' 연못 정자에서는 유명한 익살꾼으로 붉은색 실크 바지를 입고 광대 모자를 쓴 탐욕스러운 노인이 불에 구운 꾀꼬리를 게걸스럽게 먹고 있다. 이때 구름이 갈라지고 그 사이로 나타난 얼룩진 태양이 취주악단의 음악 연주를 배경으로 경사진 도로를 따라 달려가며 골목길을 힐끗 쳐다본다. 통행인들은 빠르게 지나간다. 보리수 냄새, 탄 냄새, 축축한 먼지 냄새가 난다. 손니 대장 묘 옆에 있는 영원의 분수가 대장 석상, 그의 코끼리 같은 다리 옆의 부조물, 하늘거리는 장미꽃 위로 떨어지면서 주변을 넓게 적시고 있다. 마르핀카가 눈을 내리 깐 채 가득 찬 바구니를 들고 집으로 돌아가고 있으며 그녀 뒤로 세 발자국 떨어져서 금발의 멋쟁이가 따라가고 있다……. 친친나트는 시계가 울리는 동안 벽을 통해 이러한 것들을 보고 듣고 있었다. 사실 이 도시의 모든 것이 친친나트의 비밀스러운 삶이나 그의 범죄의 불꽃과 비교해 볼 때 항상 완전히 죽어 있는 것이고 끔찍한 것이라 하더라도, 또한 그가 이 사실을 분명히 알고 있고 희망이 없다는 것도 알고 있다 하더라도, 이 순간 그는 익숙하고 현란한 거리와 마주치고 싶었다……. 그러나 이때 시계는 울리는 것을 멈추었고 상상의 하늘은 구름에 가렸고 감옥은 다시 힘을 얻었다.

친친나트는 숨죽여 움직이다가 다시 멈추어 서서 귀를 기울였다. 어딘가 저 멀리 앞쪽에서 톡톡 치는 소리가 들려왔다.

이것은 리듬에 맞춰 작게 톡톡 거리는 소리였는데 모든 신경이 떨리기 시작한 친친나트는 그 소리가 자신을 초대하고 있음을 감지했다. 그는 매우 주의 깊게, 가볍고 희미한 빛을 내며 앞으로 계속 걸어갔다. 얼마나 많은 모퉁이를 돌았는지 모르겠다. 톡톡 하는 소리가 그쳤다. 그러나 곧 다시 눈에 보이지 않는 딱따구리처럼 더 가까이 날아든 것 같았다. 톡, 톡, 톡. 친친나트는 걸음을 빨리했고 어두운 복도는 다시 구부러졌다. 비록 낮처럼 환하지는 않았지만 갑자기 주위가 좀 더 밝아졌고 이제 톡톡 하는 소리는 분명해지고 자기만족적인 소리로 바뀌어 있었다. 앞 쪽에서 불빛에 창백해진 엠모치카가 벽에 공을 던지고 있었다.

이곳의 통로가 넓어서 그런지 친친나트에게는 처음에 왼쪽 벽에 크고 깊은 창이 있어 그곳에서 이 이상한 여분의 불빛이 흘러 들어오고 있는 것처럼 보였다. 공도 들어 올리고 양말도 끌어 올리려고 몸을 숙이던 엠모치카는 교활하면서도 수줍은 시선으로 뒤를 돌아보았다. 그녀의 맨 팔과 정강이를 따라 밝은색 솜털이 곤두서 있다. 흰색 눈썹 사이로 눈동자가 반짝거렸다. 이제 그녀는 공을 잡았던 손으로 아마색 고수머리를 얼굴에서 걷어 내며 일어섰다.

"여기서 돌아다니면 안돼요." 엠모치카가 말했다. 입 안에 뭔가가 있었는데 그것이 볼 안쪽에서 딱 소리를 내며 이빨에 부딪쳤다.

"뭘 빨아먹고 있니?" 친친나트가 물었다.

엠모치카가 혀를 내밀었다. 혼자 살아 움직이는 혀끝에는 아주 선명한 매발톱나무 사탕이 놓여 있었다.

"몇 개 더 있는데 하나 줄까요?" 엠모치카가 말했다.

친친나트는 고개를 저었다.

"여기서 돌아다니면 안 돼요." 엠모치카가 다시 말했다.

"왜?" 친친나트가 물었다.

그녀는 어깨를 으쓱했다. 그리고는 얼굴을 찡그리며 공을 든 팔을 접고 종아리에 힘을 주더니 그가 벽감과 창문이라고 생각했던 쪽으로 다가갔다. 그녀는 그곳에서 머뭇머뭇하다가 갑자기 종아리를 길게 뻗으며 창턱처럼 보이는 돌로 된 돌출부 위에 자리를 잡았다.

아니, 이것은 단지 창문처럼 보였을 뿐이다. 사실은 진열장이었으며, 그 뒤로 (어찌 이것을 몰라볼 수 있겠는가!) 타마라 정원의 광경이 펼쳐져 있었다. 몇 번에 걸쳐 덧칠이 되어 있고 전체적으로 지저분한 녹색 톤에 숨겨진 램프 불빛에 반사되고 있는 이 풍경화는 사육장이나 극장 모형보다는 전력을 다해 연주하는 취주악단의 배경을 연상시켰다. 배치나 원근법으로 보자면 모든 것은 제법 정확하게 전달되고 있었다. 만약 생기 없는 색채, 움직이지 않는 나무 꼭대기, 활기 없는 불빛만 아니었다면 이곳 감옥 탑의 창문을 통해 저쪽에 있는 정원을 실눈 뜨고 바라보는 것 같다는 생각이 들 수도 있었다. 관대한 시선은 거리들, 구불구불한 녹색의 숲, 오른쪽의 주랑, 듬성듬성한 버드나무, 심지어 호수의 불확실한 푸른빛 한가운데 있는 창백한 얼룩(아마도 백조인 듯하다)도 알아보았다. 저 깊숙이 양식화된 안개 속에는 산들이 둥글게 모여 있으며, 비극의 배우들이 살기도 하고 죽기도 하는 세상을 자기 아래 품고 있는 검푸른 하늘에는 움직이지 않는 구름 덩어리들이 있다. 이 모든 것들은 웬일인지 신선하지 않았고, 낡은 채 먼지로 뒤덮여 있었다. 친친나트가 바라보고 있는 유리 역시 얼룩투성이였는데 그중 어떤 유리창에서는 어린아이의 다섯 손가락을 복원해 낼 수 있을 정도였다.

"어쨌든 나를 저곳으로 데려다 다오." 친친나트가 속삭였다. "제발 부탁이다."

그는 돌로 된 벽감 위에 엠모치카와 나란히 앉았고, 두 사람은 진열창 너머 인공적으로 만들어진 먼 곳을 자세히 바라보았다. 그녀는 구불구불한 오솔길을 수수께끼처럼 손가락으로 따라가고 있었는데, 그녀의 머리카락에서는 바닐라 냄새가 났다.

"아빠가 온다." 그녀는 갑자기 목 쉰 소리로 빠르게 중얼거리며 주위를 둘러보다가 바닥으로 뛰어내려 숨어 버렸다.

실제로 친친나트가 왔던 곳과는 반대 방향(처음에는 거울이라고 생각되었던 곳)에서 로디온이 열쇠를 짤랑거리며 다가왔다.

"집에 가셔야지요." 그가 농담하듯 말했다.

진열창 안의 불은 꺼졌고 친친나트는 자신을 이곳으로 인도해 주었던 같은 길을 따라 되돌아가려고 발걸음을 옮겼다.

"어디로 가십니까, 어디로." 로디온이 소리쳤다. "곧장 가세요, 그래야 더 가까우니."

바로 그 순간 친친나트는 복도 모퉁이가 그를 어느 곳으로도 데려가지 않으며, 그저 넓은 다각형 모양임을 알아차렸다. 왜냐하면 모퉁이를 돌아서자마자 안쪽 깊숙한 곳에 있는 자신의 방문을 보았기 때문이다. 방으로 가기 전에 새로운 죄수가 갇혀 있는 방 앞을 지나가게 되었다. 방문은 활짝 열려 있고 안에는 호감 가는 외모의 낯익은 땅딸보 사내가 줄무늬 파자마를 입고 의자 위에 서서 달력을 벽에 고정시키고 있었다. 딱따구리처럼 톡 톡 하면서.

"한눈팔지 마세요, 아름다운 아가씨." 로디온이 친절하게 말했다. "집으로 가시지요. 집으로. 우리가 당신 방을 잘 치웠지요, 네? 이제 손님을 맞아도 부끄럽지 않을 겁니다."

그는 특히 거미가 지금 막 지어진 것이 분명한, 깨끗하고 나무랄 데 없이 정확한 거미줄에 앉아 있다는 사실이 자랑스러운 것 같았다.

7장

    매혹적인 아침이다! 이전과는 달리 아무런 마찰도 없이 아침은 자유롭게 로디온이 어제 닦아 놓은 격자 유리를 통해 스며들어 왔다. 노란색의 끈적끈적한 벽에서는 더할 나위 없는 유쾌함이 풍겨 왔다. 아직 공기가 들어 있어 가라앉지 않은 신선한 식탁보가 탁자를 덮고 있었다. 흠뻑 젖어 있는 돌바닥은 분수와 같은 신선함을 내뿜고 있었다.

    친친나트는 가지고 있던 옷 중에서 제일 좋은 옷을 꺼내 입었다. 그가 축제 공연 때 교사 자격으로 신을 수 있었던 흰색의 실크 스타킹을 당겨 신는 동안 로디온은 소장의 정원에서 가져온 포동포동한 작약을 담아 놓은 크리스털 꽃병을 들고 와서 탁자 한가운데 놓았다. 아니, 완전히 한가운데는 아니었다. 그는 뒷걸음질로 나갔다가 몇 분 후에 걸상과 예비 의자를 하나 들고 돌아왔다. 가구는 마구잡이가 아니라 나름의 식견과 취향에 따라 배치되었다. 그는 몇 번을 들락거렸지만 친친나트는 '곧 끝납니까' 라고 차마 물어볼 수가 없었다. 축제 때처럼 단장을 하고 손님을 기다리는 동안 그 무엇에도 집중할 수 없고 또 특별히 할 일도 없는 경우 늘 그러하듯 그는 익숙하지 않은 한 쪽 구석에 앉아 있거나 꽃병에 있는 꽃들을 정리하면서 어슬렁거렸다. 그러다가 마침내 로디온이 자리에 앉았고 이제 얼마 남지 않았다고 말했다.

정각 10시에 자신의 가장 좋은 기념비적인 프록코트를 입은 로드리그 이바노비치가 갑자기 화려함과 오만함을 뽐내고 흥분을 억누르며 나타났다. 그는 묵직한 재떨이를 내려놓고 사방을 둘러보았다. (여기에서 친친나트 한 사람만은 제외되었다. 로드리그는 생명이 있는 것은 스스로가 알아서 치장하도록 내버려 두고 생명이 없는 재고 목록을 말끔히 하는 데만 온통 주의를 기울이는, 자기 일에 푹 빠진 집사처럼 행동했다.) 그는 고무 배〔船〕 모양의 추가 달린 녹색 플라스크 병을 들고 오다가 발에 친친나트가 걸리자 상당히 무례하게 그를 밀어젖히고는 요란한 소리를 내며 소나무 향을 뿌려 대기 시작했다. 로드리그 이바노비치는 의자들을 로디온과는 다르게 배열하고 나서 오랫동안 눈을 부릅뜨고 등받이를 바라보았다. 그것들은 서로 다른 모양을 하고 있었는데, 하나는 리라 모양이었고 다른 하나는 네모꼴로 되어 있었다. 마침내 그는 볼을 부풀렸다가 휘파람 소리와 함께 공기를 내뱉으며 친친나트 쪽으로 돌아섰다.

"자, 준비됐습니까?" 그가 물었다. "필요한 것은 다 찾았나요? 신발 버클도 채워져 있겠지요? 여기가 왜 이렇게 구겨져 있습니까? 에, 당신은…… 손바닥을 보여 주세요. *Bon* (좋습니다). 이제부터는 더러워지지 않도록 하세요. 이제 얼마 남지 않은 것 같습니다."

그는 밖으로 나갔으며 복도에서 곧 그의 축축하고 권위 있는 저음의 목소리가 천둥소리처럼 울려 퍼지기 시작했다. 로디온은 방문을 활짝 열어젖히더니 그 상태로 문을 고정시키고 문지방에 가로줄 무늬 매트를 펼쳐 놓았다. "오고 있습니다." 그는 윙크를 하며 속삭이고는 다시 사라졌다. 이때 어딘가 자물쇠 속에서 열쇠가 세 번 찰칵거렸고 목소리들이 뒤섞여 들려왔으며 바람이 휙 하고 지나갔다. 바람에 친친나트의 머리카락이 살짝 흔들렸다······.

그는 매우 흥분했으며 떨리는 입술은 계속해서 웃는 것 같은 모습을 띠었다. "이쪽으로, 이제 거의 다 왔습니다." 소장의 저음의 목소리가 들리는가 싶더니 다음 순간 그는 줄무늬 옷을 입은 통통한 죄수의 팔꿈치를 정중하게 잡고 나타났다. 죄수는 들어오기 전에 매트 위에 멈추어 서서 조용히 모로코가죽 신발을 모으고 우아하게 인사했다.

"므슈 피에르를 소개하겠습니다." 소장은 기뻐서 어쩔 줄 몰라 하며 친친나트에게 말했다. "들어오시지요, 들어오시지요, 므슈 피에르, 우리가 당신을 얼마나 기다렸는지 상상도 못하실 겁니다······. 인사를 나누시지요. 신사 여러분······ 오랫동안 기다려왔던 만남입니다······. 교훈적인 광경이군요······. 사양하지 마십시오, 므슈 피에르, 변변치 못하지만······."

그는 자신이 무슨 말을 하는지도 몰랐다. 목이 메어 하며 무거운 몸으로 껑충거렸고, 손을 비비면서 달콤한 당황함으로 터질 듯

했다.

므슈 피에르가 매우 조용하고 침착하게 다가와서 다시 인사를 했다. 친친나트는 기계적으로 그와 악수를 나누었는데, 므슈 피에 르는 보통 사람들보다 2분의 1초 정도 더 오랫동안, 마치 중년의 상냥한 의사가 악수를 오래 끌듯이 부드럽고 감칠맛 나게 자신의 부드럽고 작은 앞발로 빠져나가려는 친친나트의 손가락을 잡고 있었다. 그리고 나서야 놔주었다.

노래하듯 섬세한 목소리로 므슈 피에르가 말했다. "마침내 당신 과 알게 되어 나 역시 이루 말할 수 없이 기쁩니다. 감히 바라건대 우리가 좀 더 빨리 가까워졌으면 합니다."

"그겁니다, 바로 그겁니다." 소장이 큰 소리로 웃기 시작했다. "아, 앉으시지요……. 집이라고 생각하세요……. 당신의 동료는 자기 방에서 당신을 만난 것이 너무 기뻐 할 말을 찾지 못하고 있 군요."

므슈 피에르는 자리에 앉았지만 그의 다리는 바닥에 닿기에는 턱없이 짧았다. 그러나 이러한 사실이 그에게서 자연이 몇몇 선택 된 뚱보들에게 부여하는 위풍당당함이나 특별한 우아함을 빼앗아 가지는 못했다. 그는 번쩍번쩍 빛나는 눈으로 친친나트를 예의 바 르게 쳐다보았다. 탁자 옆에 앉아서 만족감에 취해 킥킥거리기도 하고 재촉하기도 하던 로드리그 이바노비치 역시 손님의 말 한마 디 한마디가 친친나트에게 어떤 인상을 불러일으키는지 탐욕스럽 게 주시하면서 시선을 이리저리 굴리고 있었다.

므슈 피에르가 말했다. "당신은 놀라울 정도로 당신 어머니를 닮았군요. 개인적으로 그분을 만날 기회는 한 번도 없었지만 로드리그 이바노비치가 친절하게 그분의 사진을 보여 주기로 약속했습니다."

"분부대로 하겠습니다. 우리가 구해 보겠습니다." 소장이 말했다.

므슈 피에르는 말을 이었다. "그건 그렇다 치고 저는 어렸을 때부터 주로 사진에 빠져 지내 왔습니다. 제 나이가 지금 서른입니다만 당신은 어떻게 되시는지요?"

"그도 정확히 서른 살입니다." 소장이 말했다.

"그것 보십시오, 내가 정확하게 맞췄군요. 혹시 관심이 있다면 지금 보여드리도록 하지요……."

그는 익숙한 동작으로 민첩하게 파자마 웃옷 가슴 주머니에서 빵빵한 지갑을 꺼내 그 안에 들어 있던 가장 작은 크기의, 아마추어 솜씨로 찍은 두툼한 사진 뭉치를 꺼냈다. 그가 카드놀이를 할 때처럼 사진들을 섞은 후 한 장씩 탁자 위에 내려놓기 시작하자 로드리그 이바노비치는 그것들을 집어 들고 황홀감에 소리 지르며 오랫동안 들여다보았다. 그는 천천히 사진에 도취되어 바라보거나 아니면 이내 다음 사진으로 손을 뻗으면서 한 장씩 옆 사람에게 (비록 다른 사람들은 여전히 움직이지도 않고 말도 없었지만) 건네주었다. 사진에는 전부 다양한 포즈의 므슈 피에르, 므슈 피에르, 므슈 피에르가 있었다. 그는 상으로 받은 토마토를 손에 들고 정원에 서 있기도 했고, 어떤 난간에 한쪽 엉덩이만 걸친 채 앉아 있기도 했으며(입에 파이프를 물고 있는 옆모습으로), 빨대가 든 컵을 옆에 두고 흔들의자에 앉아 책을 읽고 있기도 했다…….

"대단하군요. 훌륭합니다." 로드리그 이바노비치는 아첨하듯 고개를 까딱까딱 거리며 사진 한 장 한 장을 뚫어지게 바라보기도 하고 한꺼번에 두 장을 들고 이쪽저쪽으로 시선을 빠르게 움직이기도 하면서 말했다. "오호, 이거 정말 대단한 이두박근입니다! 당신처럼 우아한 체격에 누가 생각이나 할 수 있겠습니까. 정말 놀랍군요! 작은 새와 이야기를 나누는 당신의 모습은 또 얼마나 매력적인지!

"애완용 새입니다." 므슈 피에르가 말했다.

"정말 재미있습니다! 저 그런데…… 이건 뭐지요……. 수박을 드시고 있는 것 같은데!"

"정확하게 보셨습니다." 므슈 피에르가 말했다. "그걸 벌써 다 보셨군요. 자 여기 또 있습니다."

"그야말로 매력적이군요. 이 사진 다발은 여기에 두시지요. 그가 아직 보지 못했으니……."

"사과 세 개로 묘기를 부리는 중입니다." 므슈 피에르가 말했다.

"대단합니다!" 소장은 혀쩔배기소리까지 내면서 말했다.

"아침 차를 마시는 중인데." 므슈 피에르가 말했다. "이것이 나고 이분은 돌아가신 아버지입니다."

"물론, 알아보다마다요……. 아주 고상한 주름이네요!"

"스트로피 강가입니다." 므슈 피에르가 말했다. "그곳에 가보셨습니까?" 그가 친친나트를 향해 물어보았다.

"아마 가보지 못했을 겁니다." 로드리그 이바노비치가 대답했다. "그런데 여기는 어디지요? 정말 우아한 외투군요! 그런데 말입니다, 이 사진은 실물보다 나이가 좀 더 들어 보이는데요. 잠깐만요, 급수통이 있는 사진을 다시 한 번 봤으면 합니다."

"자 여기…… 이것이 내가 가지고 있는 전부입니다." 므슈 피에르가 말했다. 그리고 다시 친친나트를 향해 말했다. "만약 당신이 이 사진들에 그렇게 관심을 가질 줄 알았다면 좀 더 가지고 올걸 그랬습니다. 열 권 정도 되는 앨범이 쌓여 있거든요."

"대단하군요. 놀랍습니다." 로드리그 이바노비치가 연보라 빛 수건으로 이 모든 행복한 웃음과 탄식, 심적 체험으로 축축해진 눈을 닦으면서 반복하여 말했다.

므슈 피에르는 지갑을 접었다. 갑자기 그의 손에서 카드 한 벌이 나타났다.

"아무 카드나 한 장 생각해 보십시오." 탁자 위에 카드를 펼쳐 놓으며 그가 제안했다. 그는 팔꿈치로 재떨이를 밀어 내고 계속해서 카드를 펼쳐 놓았다.

"생각해 냈습니다." 소장이 의기양양하게 말했다.

므슈 피에르는 약간의 속임수를 써가며 손가락을 이마에 댔다. 그러고 나서 재빠르게 카드를 모았다가 대담하게 타닥 하는 소리를 내며 3점 패를 던졌다.

"이거 놀랍습니다." 소장이 소리쳤다. "그저 놀라울 따름입니다!"

카드 한 벌은 나타났을 때와 마찬가지로 어느새 사라지고 없었다. 태연한 표정을 지으며 므슈 피에르가 말했다. "한 노파가 의사를 찾아 왔습니다. 그녀가 말하기를, 〈의사 선생님, 저한테 아주 심각한 병이 있는데 그것 때문에 죽을까 봐 너무 무서워요……〉 〈어떤 증상이 있으신가요?〉 〈머리가 계속 흔들려요, 의사 선생 님.〉 므슈 피에르는 중얼중얼하는 소리와 함께 머리를 흔들면서 노파를 흉내 냈다.

로드리그 이바노비치는 숨넘어갈 듯 웃으며 주먹으로 탁자를 내리치다가 하마터면 의자에서 떨어질 뻔했다. 그는 기침을 하고 신음 소리를 내며 간신히 진정했다.

"므슈 피에르, 당신은 모임의 중심입니다." 그가 눈물을 흘리며 말했다. "진정한 중심이에요! 이렇게 우습기 짝이 없는 이야기는 태어나서 처음 들어봅니다!"

"우리는 얼마나 슬프고 얼마나 부드러운 존재인가요." 므슈 피 에르가 부루퉁해 있는 어린아이를 웃기려는 것처럼 입술을 내밀 고 친친나트에게 말했다. "우리는 여전히 침묵을 지키고 또 지키 고 있지만, 우리의 수염은 떨리고 목 위의 혈관은 두근거리고 눈 은 흐릿해지고……."

"너무 기뻐서 그런 것이지요." 소장이 서둘러 일어섰다. "*N'y faites pas attention* (신경 쓰지 마세요)."

"그래요, 달력의 빨간 날처럼 정말로 즐거운 날입니다." 므슈 피에르가 말했다. "나의 영혼이 끓어오르고 있어요……. 자랑하 고 싶지는 않지만, 동료 여러분, 당신들은 내게서 외적인 사교성 과 내적인 섬세함, 수다스러움과 침묵을 지키는 능력, 장난기와 진지함의 드문 결합을 발견하게 될 것입니다……. 누가 흐느껴 우는 아이를 위로하고 누가 그 아이의 부서진 장난감을 붙여 줄 것입니까? 므슈 피에르입니다. 누가 과부의 편을 들어 줄 것입니까? 므슈 피에르입니다. 누가 진지한 충고를 해주고 누가 약을 추천해 주고 누가 기쁜 소식을 가져다 줄 것입니까? 누구입니까? 누구입니까? 므슈 피에르입니다. 모든 것이 므슈 피에르 덕분입니다."

"훌륭합니다! 대단한 재능이에요!" 마치 시낭송을 들은 것처럼 소장이 환호했다. 하지만 그러는 사이에도 그는 여전히 눈썹을 움직이며 친친나트를 바라보고 있었다.

"제 생각은 그렇습니다만," 므슈 피에르가 계속 말했다. "한데 그나저나……" 그는 자신의 말을 가로막았다. "숙소는 마음에 드십니까? 밤에 춥지는 않은지요? 식사는 충분히 제공되고 있습니까?"

"저와 똑같은 식사를 제공받고 있습니다." 로드리그 이바노비치가 대답했다. "식탁은 훌륭합니다."

"훌륭한 호두나무 식탁이군요." 므슈 피에르가 농담했다.

소장은 다시 한 번 굴러 떨어질 준비를 했다. 그러나 그때 문이 열리면서 음울하고 멀대같은 사서가 겨드랑이 밑에 책 한 더미를 끼고 나타났다. 그의 목에는 모직 머플러가 둘러져 있었다. 그는 아무와도 인사를 나누지 않은 채 책들을 침대 위에 쏟아 놓았으며, 그 순간 먼지로 만들어진, 이 책들의 입체 기하학적인 환영이 허공에 잠깐 매달렸다. 그것들은 공중에 매달려서 떨다가 흩어졌다.

"잠깐만요." 로드리그 이바노비치가 말했다. "두 분은 서로 초면인 것 같군요."

사서는 돌아보지도 않고 고개만 끄덕였지만 예의 바른 므슈 피에르는 의자에서 일어났다.

"므슈 피에르, 제발." 소장이 가슴에 손을 얹고 간청했다. "제발, 그에게 당신의 마술을 보여 주세요!"

"아, 그만한 가치가 있을지…… 이건 정말 별거 아닌데……." 므슈 피에르가 겸손하게 말하기 시작했지만 소장은 물러서지 않았다.

"그건 기적입니다! 붉은 마법*과 같습니다! 우리 모두가 이렇게 간청합니다! 자, 제발 한 번만 보여 주세요……. 잠깐, 잠깐." 그는 문을 향해 걸어가고 있는 사서를 향해 소리쳤다. "므슈 피에르가 이제 뭔가를 보여 줄 겁니다. 제발 부탁인데, 가지 마세요!……"

"이 카드 중의 한 장을 생각해 보십시오." 므슈 피에르가 우스꽝스럽게 거드름을 피우며 말했다. 그는 카드를 섞은 후 5점 패를 던졌다.

"아닙니다." 사서는 이렇게 말하고 나가 버렸다.

므슈 피에르는 둥그스름한 어깨를 으쓱했다.

"곧 돌아오겠습니다." 이렇게 중얼거리며 소장도 따라 나갔다.

친친나트와 손님 이렇게 단 둘만 남게 되었다.

친친나트는 책을 펼쳐 들고 그것에 몰두하기 시작했다. 다시 말해 계속해서 첫 절만을 되풀이해 읽고 있었다. 므슈 피에르는 친친나트에게 평화를 제안하듯 발바닥이 보이도록 탁자에 올려놓고 친절한 웃음을 띠며 그를 바라보았다. 소장이 돌아왔다. 그는 주먹 안에 모직 스카프를 단단히 쥐고 있었다.

"므슈 피에르, 아마 당신에게 쓸모가 있을 것 같습니다." 소장은 스카프를 건네주고 자리에 앉아 말처럼 요란하게 숨을 내쉬며 커다란 손가락을 들여다보았다. 그 끝에는 초승달 모양으로 반쯤 잘려 나간 손톱이 비죽 나와 있었다.

"그런데 우리가 무슨 이야기를 하고 있었지요?" 마치 아무 일도 없었던 것처럼 매혹적인 박자에 맞춰 므슈 피에르가 소리 높여 말했다. "그렇지, 사진에 관해 말하고 있었군요. 아무튼 내 카메라를 가지고 와서 당신들 사진을 찍어 드리겠습니다. 재미있을 겁니다. 당신이 뭘 읽고 있는지 봐도 될까요?"

"책은 옆에 내려놓았으면 합니다." 소장이 갈라지는 목소리로 주의를 주었다. "손님이 와 계시지 않습니까?"

"그냥 두시지요." 므슈 피에르가 웃으며 말했다.

침묵이 찾아왔다.

"늦겠는데요." 소장이 시계를 보며 우물우물 말했다.

"자, 이제 갑시다……. 후, 상당히 까다로운 사람이군요……. 그를 한 번 보시지요. 보세요, 입술이 떨리고 있습니다……. 태양이 살짝 얼굴을 내밀고 있는 것 같군요……. 정말 까다로운 사람입니다. 까다로운 사람이에요!"

"가시지요." 소장이 일어나면서 말했다.

"잠깐……. 이 자리가 너무 편해서 엉덩이가 떨어지지가 않는군요. 아무튼, 친애하는 이웃 분, 당신을 자주 자주 방문할 수 있도록 허가를 받아 보겠습니다. 물론 당신이 허락해 준다면 말입니다. 허락해 주시겠지요, 네? 그럼 안녕히 계십시오. 안녕히 계십시오! 안녕히 계십시오!"

누군가를 모방한 듯 우스꽝스럽게 인사하며 므슈 피에르가 물러갔다. 소장은 음탕한 콧소리를 내며 또다시 그의 팔꿈치를 잡았다. 그들은 떠났다. 그러나 마지막 순간에 이런 소리가 들려왔다. "죄송합니다만, 잊은 것이 있습니다. 곧 따라 가겠습니다." 소장은 방으로 들이닥쳐 친친나트에게 가까이 다가왔는데 그의 연보랏빛 얼굴에서는 순식간에 웃음이 사라져 있었다. "수치스럽군요." 그가 이빨 사이로 쉬쉬하는 소리를 내며 말했다. "당신 때문에 수치스럽습니다. 당신 행동은 마치……. 가겠습니다, 가겠습니다." 그가 다시 한 번 번쩍거리며 소리쳤다. 그리고 탁자에서 작약 꽃병을 집어 들어 물을 쫙 뿌리고는 나가 버렸다.

친친나트는 여전히 책을 들여다보고 있었다. 페이지 위에 물방울이 떨어졌다. 물방울을 통해 보이는 몇몇 글자는 마치 누워 있는 확대경 아래 있는 것처럼 부풀어 올라 8포인트 활자에서 12포인트 활자로 변했다.

8장

(감자 껍질을 벗기듯 연필을 자기 쪽으로 깎는 사람들이 있는가 하면 막대기를 깎아 내듯 바깥쪽으로 깎는 사람들도 있다……. 로디온은 후자에 속했다. 그에게는 몇 개의 날과 코르크 뽑개가 달린 오래되고 균형 잡힌 칼이 있었다. 코르크 뽑개는 바깥쪽에서 잠자고 있었다.)

'오늘은 8일째다.' 3분의 1 이상 짧아진 연필로 친친나트는 이렇게 썼다. '나는 아직 살아 있을 뿐만 아니라, 즉 나 자신의 영역은 여전히 제한적이고 흐릿할 뿐만 아니라, 모든 죽어야 할 운명에 처한 사람들처럼 나 자신의 죽음의 경계를 모른다. 또한 모든 사람들에게 공통된 공식을 나에게도 적용할 수 있다. 그것은 미래가 있을 가능성은 미래가 이론적으로 멀어질수록 그 늘어나는 거리에 반비례해서 줄어든다는 것이다. 사실 내 경우에 신중한 성격 때문에 나는 남은 날이 얼마 되지 않는다고 생각할 수밖에 없다. 그러나 괜찮다, 괜찮다, 나는 살아 있다. 오늘 밤 나에게는 특이한 일이 일어났는데, 이것이 처음은 아니다. 나는 내 껍데기를 한 꺼풀씩 벗겨 냈다. 그리고 마침내…… 이것을 어떻게 묘사해야 할지 모르겠지만 어쨌든 나는 알고 있다. 나는 하나씩 벗겨 내면서 더 이상 분리되지 않고 빛을 발하는 단단한 마지막 점까지 걸어간다. 그리고 이 점이 말한다. 〈나는 존재한다!〉 상어의 피투성이 지방 속에 박혀 있는 진주 반지처럼. 오, 나의 진실한, 나의 영원한…… 내게는 이 점이면 충분하며, 사실 더 이상 아무것도 필요 없다. 미래 세기의 시민이자 시간에 앞서 도착한 손님(여주인은 아직 일어나지도 않았다)일 수도 있고 멍한 상태의 희망 없는 축제에서의 카니발적 괴물일 수도 있는 나는 고통스러운 삶을 살아왔다. 나는 이 고통을 묘사하고 싶다. 그러나 시간이 충분치 않을 것 같아 두렵다. 나 자신을 기억할 수 있게 된 그때부터, 불법적으로 명료하게 자신을 기억할 수 있게 된 그때부터 나는 자신에 관해 너무 많은 것을 알게 되었고, 그래서…… 그래서 위험해진 나의 공범이 되었다. 나는 타는 듯한 어둠에서 유래되었으며, 불꽃과 같은 강한 추진력을 가진 팽이처럼 회전하고 있기 때문에 지금까지도 태곳적의 떨림을, 첫 번째 낙인을, 나 자신의 '나'가 가진 원동력을 느끼고 있다(때로는 꿈속에서, 때로는 아주 뜨거운 물속에 가라앉으면서). 나는 미끌미끌하고 벌거벗은 상태인데 어떻게 빠져나갈 것인가! 그러니까 다른 사람들에게는 금지되어 있고 접근할 수도 없는 영역으로부터 말이다. 그렇다, 나는 무언가를 알고 있다. 그렇다…… 그러나 어쨌든 모든 것이 끝나 버린 지금도, 지금도…… 나는 누군가를 유혹하게 될까 두려워하고 있는 것인가? 아니면 내가 말하고자 하는 것에서 아무것도 얻지 못하게 되고, 그저 교살된 난어들의 검은 시체들만이 교수형 당한 사람처럼…… 알파벳 G*의 저녁 윤곽과 교수형 당한 악인처럼 남겨질 것이다……. 나라면 밧줄을 더 좋아할 것 같다. 왜냐하면 도끼로 형이 집행되리라는 사실을 너무도 분명히 알고 있기 때문이다. 약간의 시간을 벌어 놓았는데, 그것이 지금 내게는 대단히 귀중한 것이어서 매번의 짧은 휴식과 유예조차 소중하게 여겨진다……. 생각의 시간, 다시 말해 나의 생각이 사실로부터 환상으로, 그리고 또 그 반대로 공짜 여행을 할 수 있게 해주는 휴가를 말하고 있는 것이다. 나는 아직 많은 것을 염두에 두고 있지만 글 쓰는 능력의 부족, 서두름, 흥분, 허약함 때문에……. 나는 뭔가를 알고 있다. 나는 뭔가를 알고 있다. 그러나 표현하기가 너무 어렵다! 아니, 할 수가 없다……. 그만두고 싶다. 하지만 그와 동시에 우유처럼 끓어오르고, 어떻게든 표현하지 않고는 근질거림 때문에 미칠 것만 같은 느낌이 있다. 오, 아니다. 나는 나의 개성에 대해 만족스러운 듯 입맛을 다시지도 않고 어두운 방 안에서 영혼과 뜨거운 소란을 피우지도 않는다. 세상의 모든 침묵에 도전하며 내 생각을 진술하는 것 외에는 아무런, 아무런 소망도 없다. 이 얼마나 두려운가. 얼마나 역겨운가. 그러나 어느 누구도 나로부터 나를 떼어내지는 못한다. 나는 두렵다. 방금 잡았다고 느꼈던 어떤 실을 잃어버렸다. 그것은 어디 있는가? 미끄러져 나갔다! 나는 심이 있는 데까지 연필을 깎아먹으면서, 꿰뚫을 듯한 시선이 내 뒤통수를 콕콕 찌르고 있는 문에서 숨기 위해 몸을 구부리면서,

종이 위에서 떨고 있다. 이제 곧 모든 것을 뭉쳐서 찢어 버려야만 할 것 같다……. 나는 실수로 이곳에, 다시 말해 감옥이 아니라 이 두렵고 줄무늬 진 세계로 오게 된 것이다. 이것은 아마추어 예술의 꽤 훌륭한 모델인 것 같지만 사실은 불행, 공포, 광기, 실수이다. 거대하게 조각된 곰이 나무망치로 나를 내려쳤다. 아주 어린 시절부터 나는 이런 꿈을 꾸었다……. 꿈속에서 세상은 고결하고 고무되어 있다. 현실에서 내가 많이 두려워했던 사람들이 그곳에서는 가물가물 굴절되어 나타났는데, 그 모습이 마치 무더운 날에 사물의 외형에 생기를 주는 공기의 진동으로 물들고 둘러싸인 것과 같았다. 그들의 목소리, 걸음걸이, 눈의 표현, 심지어 옷의 표현조차 가슴을 두근거리게 할 만큼 의미심장함을 띠었다. 간단히 말해 꿈속에서 세상은 매혹적일 정도로 장엄하고 자유롭고 공기처럼 가벼워지면서 생기를 얻었기 때문에, 그 후 이미 그려져 있는 이 삶의 먼지를 호흡하는 것이 내게는 숨 막힐 듯 답답했다. 게다가 나는 오래 전부터 꿈이라고 불리어지는 것이 반(半) 현실, 현실에 대한 약속, 현실의 발단이자 한 번 부는 바람이라는 생각에 익숙해 있었다. 즉 꿈은 자신의 매우 불명료하고 희박한 상황 속에 우리의 자랑스러운 실제보다 훨씬 더 진실된 현실을 포함하고 있다. 반면 자랑스러운 실제는 의식의 경계 밖에서 흐르던 현실 세계의 소리와 형상들이 이상하고 기괴하게 변화되면서 침투해 들어가는 반쯤 잠든 상태, 불쾌한 비몽사몽의 상태가 된다. 벽을 따라 바스락거리는 실제 나뭇가지 소리 때문에 꿈속에서 교활하고 위협적인 이야기를 듣게 되는 경우나 담요가 미끄러져 떨어졌기 때문에 눈 속에 떨어지는 자신을 보게 되는 경우가 있는 것처럼 말이다. 하지만 나는 정말 잠을 깨는 것이 두렵다! 그 순간, 더 정확히 말하면 도끼 휘두르는 자의 끙끙거리는 소리와 함께 내가 잘려 나갈 그 순간의 반이 정말로 두렵다……. 하지만 두려워할게 뭐가 있겠는가? 내게 있어 이것은 단지 도끼의 그림자에 지나지 않으며, 굴러 떨어지는 소리를 이 귀로는 듣지 못할 것이다. 하지만 어쨌든 두렵다! 그렇게 쉽게는 쓰지 못할 것이다. 게다가 미래의 구멍이 내 생각을 계속해서 빨아들이는 것 역시 좋지 않다. 다른 것에 관해 생각하고 싶다, 다른 것을 설명하고 싶다……. 그러나 나는 푸슈킨의 시적 결투자라도 된 것처럼 어둡고 침울하게 쓰고 있다. 내 목 뒤 부서지기 쉬운 추골 사이로 금방이라도 세 번째 눈이, 즉 윤기 나는 안구 위에 팽창된 동공과 장밋빛 핏줄을 가진 광기 어린 눈이 눈을 크게 뜨고 나타날 것만 같다. 건드리지 마! 더욱 강하고 목쉰 소리로. 만지지 마! 나는 모든 것을 예감하고 있다! 그리고 내 귀에는 자주 나의 미래의 오열과 새로운 참수자가 내는 이상하게 끓어오르는 기침 소리가 들린다. 그러나 이 모든 것은 논점이 아니며, 꿈과 실제에 관한 논의 역시 논점이 아니다……. 잠깐! 내 생각들을 진짜로 말하다가 단어들을 또 다시 궁지에 몰아넣을 것 같다는 느낌이 든다. 슬프게도 아무도 나에게 이러한 사냥 법을 가르쳐 주지 않았으며, 고대에 태어난 쓰기 기술은 오래전에 사라졌다. 그것은 학교에서 필요 없게 되자 불이 난 것처럼 타올랐다가 도망가 버렸다. 그리고 이제 그것은 빠른 속도로 소곤거리거나 갑자기 세상을 거대하고 반짝거리는 순수한 조각들로 분쇄시키던 괴물과 같은 피아노에서 한때 추출되곤 했던 음악처럼 불가능해 보인다. 나 자신은 이 모든 것을 분명하게 상상한다. 그러나 당신은 내가 아니며, 바로 여기에 돌이킬 수 없는 불행이 있다. 나는 글을 쓸 줄 모르지만 범죄적인 본능으로 단어를 어떻게 배열할 것인지를 추측해 본다. 또한 평범한 단어에 생기를 불어넣기 위해서, 또 그 단어가 옆 단어로부터 광채와 열기와 그림자를 차용하고 역으로 자기 안에 옆 단어를 반영함으로써 원래의 단어를 새롭게 하도록 하기 위해서 (이렇게 해서 모든 문장은 살아 있는 광택을 얻게 된다) 어떻게 행동해야 하는지를 추측해 보기도 한다. 그러나 이와 같은 단어의 인접성을 추측하면서도 나는 이를 성취할 수가 없으며, 그것은 지금 이곳의 것이 아닌 다른 곳에서의 나의 임무를 위해 필요하다. 이곳은 아니다! 불분명한 '이곳', 쌍으로 떠받으며 앞뒤를 막고 있는 T,* 억제할 수 없을 정도로 울부짖는 공포가 갇혀 있는 어두운 감옥은 나를 사로잡고 억누르고 있다. 그러나 밤마다 어떠한 미광이, 어떠한…… . 나의 꿈의 세계, 그것은 존재한다. 이것은 없을 수가 없으니 왜냐하면 서투른 복사본이 존재한다면 원본도 있어야 하기 때문이다. 꿈속인 양 부풀어 오른 푸른색의 그것이 천천히 나에게로 향한다. 이것은 마치 흐린 날 눈을 감고 똑바로 누워 있는데 갑자기 눈꺼풀 아래에서 어둠이 움직이기 시작하며 처음에는 지친 듯한 미소로, 그리고 점차 뜨거운 행복감으로 변해 갈 때 당신은 지금 태양이 구름 뒤에서 나오고 있음을 알게 되는 것과 같다. 바로 그러한 느낌과 함께 나의 세계는 시작된다. 연기로 가득 찬 공기가 점점 선명해지고, 빛을 내며 전율하는 친절함이 그 안을 가득 채우면 나의 영혼은 태어난 영역 안에서 가지런하게 펼쳐진다. 그러나 그다음에는, 그다음에는? 그렇다, 이것이 내가 그 뒤로 넘어 가면 힘을 잃게 되는 선이다……. 공기 중으로 끌려 나온 단어는 마치 어둡고 압축된 심연에서만 숨을 쉬고 빛을 내는 둥그런 물고기들이 그물 안에 갇혔을 때 튀어 오르듯이 그렇게 튀어 오른다. 그러나 나는 마지막 노력을 기울였고, 마침내 포획을 한 것 같다. 오 이런, 포획물이 순간적으로 보였을 뿐이다! 그곳에서는 사람의 시선이 흉내 낼 수 없는 분별력으로 빛난다. 그곳에서는 이곳에서 괴로움을 당한 기인들이 자유롭게 돌아다닌다. 그곳에서 시간은 무늬가 있는 양탄자처럼 (이 양탄자의 양쪽을 접어 임의의 두 개의 무늬가 서로 맞닿도록 할 수 있다) 원하는 대로 모양을 이룬다. 다시 양탄자가 펼쳐지고, 당신은 삶을 이어가거나 혹은 옷에 어울리는 벨트를 고르는 여성과 같은 게으르고 느긋한 집중력을 발휘하여 끝없이, 끝없이 미래의 장면을 과거의 장면 위에 올려놓는다. 이제 그녀, 즉 모든 것을 이해하고 있는 그녀, 또한 내가 이해하고 있는 그녀는 무릎으로 벨벳을 리드미컬하게 밀어내면서 미끄러지듯 내가 있는 쪽으로 움직여 왔다. 그곳에, 바로 그곳에 우리가 이곳에서 배회하고 몸을 숨기곤 했던 정원들의 원형이 있다. 그곳에서는 모든 것이 자신들의 매혹적인 명료함과 완벽한 선(善)의 단순함으로 사람들을 놀라게 한다. 그곳에서는 모든 것이 영혼을 위로하고, 모든 것은 아이들이 알고 있는 즐거운 장난으로 충만해 있다. 그곳에서는 벽에 반사된 햇빛을 가끔씩 이곳으로 전달해 주는 거울이 빛나고 있다……. 하지만 내가 말하려는 것은 이것이 아니다, 전혀 아니다. 나는 혼란스러움에 제자리걸음을 하며 말도 안 되는 이야기를 하고 있다. 물 속 모래 바닥에서 반짝이는 것을 찾아 여기저기 돌아다니며 뒤적일수록 물은 더욱 혼탁해지고, 그에 따라 반짝이는 것을 발견하여 손에 넣으리라는 확실성은 더욱 줄어든다. 아니, 나는 아직 아무것도 말하지 않았거나 혹은 그저 책에서 나올 만한 말들만 했다……. 결국에는 포기해야 할지도 모르며, 만약 지금 존재하는 누군가를 위해서 노력해야 하는 것이라면 포기하고 말았을 것이다. 그러나 이 세상에는 나의 언어로 말하는 사람이 단 한 명도 존재하지 않기 때문에, 더 간단히 말해, 말하는 사람이 단 한 명도 존재하지 않기 때문에, 좀 더 간단히 말해, 단 한 명도 존재하지 않기 때문에 나는 그저 나 자신에 대해, 내 생각을 말하도록 강요하는 그 힘에 대해서만 신경을 써야겠다. 나는 춥고 허약하고 두려우며, 나의 뒤통수는 깜박거리며 실눈을 떴다가 다시 미친 듯이 집중해서 바라보고 있다. 하지만 어쨌든 나는 급수대에 매달린 컵처럼 이 탁자에 쇠사슬로 묶여 있으니, 내 생각을 말할 수 있을 때까지는 일어나지 않겠다……. 반복하건대(반복적인 주문과 같은 리듬으로 새로운 힘을 모아), 반복하건대, 나는 무엇인가를 알고 있다. 무엇인가를 알고 있다, 무엇인가를…… 아직 어린아이였을 때, 아직 카나리아 빛의 크고 추운 집에서 ─ 그곳에서는 나를 포함해 수 백 명의 아이들을 성인 우상(偶像)들처럼 결함이 없는 비존재가 되도록 단련시켰고, 나의 동갑내기들은 모두 힘들이지 않고 고통도 없이 그러한 우상으로 변해 갔다 ─ 살고 있을 때, 아직 넝마와 같은 책들과 선명하게 색칠이 되어 있는 교과서들, 그리고 영혼을 파고 드는 틈새 바람 사이에서 머물던 저주받은 그 시절에 나는 아는 것이 불가능한 것을 알고 있었으니, 그것을 알지 못한 채 알고 있었고 놀라움 없이 알고 있었고 사람이 자신을 알고 있는 것처럼 알고 있었다. 아마도 지금 알고 있는 것보다 더 분명하게 알고 있었던 것 같다. 왜냐하면 그동안 삶이 나를 몹시 피곤하게 만들었기 때문이다. 나의 삶은 계속적인 떨림, 지식의 은폐, 위선, 두려움, 약해지지 않고 소리 내지 않으려는 모든 신경의 고통스러운 노력의 연속이었다……. 이러한 노력의 첫 시작이 깊이 새겨져 있는 기억의 장소, 즉 나에게 진정한 것으로 보였던 것들이 사실은 금지된 것이고 불가능한 것이며 그에 관한 어떤 생각이든 범죄가 된다는 사실을 이해하게 된 첫 순간이 아직까지도 고통스럽게 느껴진다. 어쨌든 그러한 날이 기억난다는 것은 좋다! 새끼손가락에 끼고 있던 구리 반지가 기억나는 것을 보니 나는 아마도 그때 막 단어들을 완성하는 법을 배웠던 것 같다. 이 반지는 페튜니아, 플록스, 금잔화 등이 긴 격언을 만들어 내는 교정의 화단으로부터 이미 단어들을 베낄 수 있게 된 아이들에게 주어졌던 것이다. 나는 낮은 창턱에 무릎을 꿇고 앉아서 동급생들이 나와 똑같은 긴 핑크색 셔츠를 입고 교정 잔디밭에서 손에 손을 잡고 리본이 달린 기둥 주위를 도는 것을 내려다보고 있었다. 벌을 받고 있었던 것일까? 아니 오히려 다른 아이들이 나를 놀이에 끼워 주기 꺼려했다는 사실과, 그들과 어울렸을 때 내가 느꼈던 극도의 거북함과 수치심, 우울함이 나로 하여금 반쯤 열린 창틀의 그림자로 날카롭게 둘러싸인 창턱의 흰색 구석을 선호하도록 만들었던 것 같다. 나는 놀이에서 요구되는 환호성과 명령조로 울려 퍼지는 붉은 머리 여교사의 목소리를 들었고, 그녀의 고수머리와 안경을 쳐다보았다. 그리고 한 번도 나를 버린 적이 없는 신경질적인 공포심에 사로잡혀 그녀가 작은 아이들을 더 빨리 돌도록 떼밀고 있는 것을 지켜보았다. 여교사, 그리고 줄무늬 기둥, 그리고 갑자기 열정적으로 무언가를 찾는 듯한 빛을 쏟아 내며 열린 창문 유리에 번쩍번쩍 반사되고 있는 태양을 미끄러지듯 통과시키는 흰색의 구름들…… 한마디로 나는 내 안으로 가라앉아 숨어 버리거나 나를 운반하는 무의미한 삶으로부터 브레이크를 밟고 빠져나가고 싶을 정도로 공포와 슬픔을 느꼈다. 바로 그때 내가 앉아 있던 돌 회랑 끝으로 이름은 기억나지 않지만 가장 나이 많은 교사가 나타났는데, 뚱뚱하고 땀에 젖은 데다 거무스름한 털로 뒤덮인 가슴을 가진 그는 목욕을 하러 가는 중이었다. 그는 한참 멀리에서 음향 효과에 의해 더욱 커진 목소리로 나에게 정원으로 가라고 소리치고는 수건을 흔들며 빠르게 다가왔다. 나는 계단을 따라 정원으로 내려가는 대신에(회랑은 3층에 있었다) 슬픔 속에서 방심한 가운데 무감각하고 순진하게, 내가 뭘 하는지 생각하지도 않고 그야말로 온순하고 심지어 고분고분하게 창턱에서 내려와 곧장 부풀어 오른 공기 속으로 나아갔다. 나는 벗은 발의 반(半)감각 이외에는 아무것도 느끼지 못한 채 (비록 신발을 신고 있었지만) 천천히 움직였고, 아침에 가시가 박힌 손가락을 계속 산만하게 빨다가 들여다보다가 하면서 가장 자연스러운 모습으로 앞으로 걸음을 내딛었다…… 그러나 갑자기 평상시와 다른, 귀가 멍멍해지는 침묵이 나를 몽상으로부터 끌어냈으며, 나는 창백한 데이지 꽃처럼 나를 올려다보고 있는 아이들의 굳어 버린 얼굴과 뒤로 쓰러질 것 같은 교사를 내려다보았다. 둥글게 깎인 관목들과 아직 잔디밭에 채 떨어지지 않은 수건을 보았으며, 나 자신, 즉 장밋빛 셔츠를 입고 공중에 똑바로 굳은 채 서 있는 소년을 보았고, 돌아서서 나에게서 세 발자국 떨어진 곳에 방금 떠나온 창문과 불길한 경악에 휩싸여 뻗어 나와 있는 털북숭이 손을 보았다……'

(유감스럽게도 이때 방 안의 불이 꺼졌다. 로디온이 정각 10시에 꺼버린 것이다.)

9장

그리고 하루는 또 다시 울려 퍼지는 목소리들과 함께 시작되었다. 로디온은 침울한 표정으로 지시를 내렸고, 세 명의 근무자가 그를 도와주고 있었다. 마르핀카의 가족 전체가 면회를 하기 위해 자기네 가구를 하나도 남김없이 들고 나타났던 것이다. 우리는 오랫동안 기다려 왔던 만남이 이런 식이라고는, 이런 식일 것이라고는 생각해 본 적이 없다……. 그들이 어떤 몰골로 들이닥쳤던지! 거대한 대머리에 눈 밑에는 두툼한 지방 덩어리를 달고 검은 지팡이로 고무 소리를 내는 마르핀카의 늙은 아버지, 완전한 일란성 쌍둥이이지만 한 명은 황금 수염을 기르고 다른 한 명은 타르처럼 검은 수염을 기른 마르핀카의 남동생들, 너무 늙어서 이제는 몸 안이 훤히 들여다보이는 마르핀카의 외조부모, 무엇 때문인지 마지막 순간에 허가를 받지 못한 세 명의 쾌활한 종자매들, 마르핀카의 절름발이 아들 디오메돈과 병적으로 뚱뚱한 딸 폴리나, 끝으로 외출용 검은 드레스를 입고 차가운 흰 목 주위에 벨벳 리본을

두르고 손에는 거울을 든 마르핀카 자신과 그녀 옆에 끈기 있게 붙어 있는 나무랄 데 없는 외모를 가진 매우 예의바른 젊은이가 그들이었다.

장인은 지팡이에 의지해서 자신이 가져 온 가죽 의자에 앉으며 스웨드 가죽으로 감싼 뚱뚱한 다리를 간신히 걸상 위에 올려놓고, 머리를 흔들면서 무거운 눈꺼풀 밑으로 심술궂게 친친나트를 응시했다. 장인의 따뜻한 외투에 달려 있는 브란덴부르크인(人) 장식과 마치 영원한 혐오감을 표현하는 듯한 입가의 주름, 힘줄이 많은 관자놀이 혈관 바로 위쪽으로 커다란 건포도처럼 부풀어 있는 검붉은색의 점을 보자 익숙한 둔한 감정이 그를 사로잡았다.

할아버지와 할머니는 (할아버지는 남루한 옷차림에 헝겊을 덧댄 바지를 입은 채 떨고 있었고, 뒷머리를 짧게 깎은 백발의 할머니는 너무 말라서 실크로 된 우산 주머니 안에 들어갈 정도였다) 높은 등받이를 가진 두 개의 똑같은 의자에 나란히 자리 잡고 앉았다. 할아버지는 털북숭이의 작은 손에서 황금 틀 안에 들어 있는 자기 어머니의 육중한 초상화, 즉 역시 어떤 초상화를 들고 있는 흐릿한 젊은 여인의 초상화를 내려놓지 않았다.

그러는 사이 가구와 세간, 심지어 벽의 각 부분들까지도 계속해서 도착했다. 자기 자신만의 영상(즉 부부 침실의 한쪽 구석, 바닥 위를 비추는 한 줄기 태양 빛, 떨어진 장갑, 저 멀리 열려 있는 문)을 담은 커다란 거울장이 나타나서 번쩍거렸다. 정형 외과적인 부착물을 단 유쾌하지 않은 세발자전거가 굴러 들어왔다. 상감이 새겨져 있는 작은 탁자 위에는 벌써 10년이 된 평평한 석류석 병과 머리핀이 놓여 있다. 마르핀카는 장미가 수놓아진 자신의 검은색 침대 의자 위에 앉았다.

"슬픈 일이다, 슬픈 일이야!" 장인이 지팡이를 내리치면서 말했다. 할아버지와 할머니는 놀란 듯이 미소를 지었다. "아빠, 그만 하세요. 천 번이나 되풀이했던 이야기잖아요." 마르핀카가 조용히 말하며 추운 듯 어깨를 움츠렸다. 그녀의 젊은 남자가 술 달린 숄을 건네주었지만 그녀는 가는 입술의 한쪽 입 꼬리로 부드럽게 미소 지으며 그의 민감한 손을 옆으로 치웠다. ('나는 남자를 보면 맨 먼저 손을 본다네.') 그는 검은색의 멋진 전신국 직원 유니폼을 입고 있었으며 몸에서는 제비꽃 향수 냄새가 났다.

"슬픈 일이다!" 장인은 힘주어 되풀이했고, 시시콜콜하고 능수능란하게 친친나트를 저주하기 시작했다. 녹색 바탕에 흰 물방울 무늬가 그려진 폴리나의 옷이 친친나트의 시선을 끌었다. 붉은 머리에 사시인 데다가 안경을 끼고 있으며, 물방울무늬와 포동포동함 때문에 웃음보다는 슬픔을 불러일으키는 폴리나는 감색의 양모 스타킹과 단추 달린 신발을 신은 뚱뚱한 다리로 참석해 있는 사람들에게 뒤뚱뒤뚱 다가가더니 마치 그들을 하나하나 연구하듯 콧잔등 쪽으로 모여 있는 작고 검은 눈으로 진지하고 조용하게 들여다보았다. 불쌍한 아이는 냅킨을 매고 있었는데, 아침 식사 후에 풀어 버리는 것을 잊은 것이 분명했다.

장인은 숨을 고르고는 다시 지팡이를 내리쳤다. 그때 친친나트가 말했다. "네, 말씀하시지요."

"조용히 해, 무례한 인간 같으니." 장인이 소리질렀다. "비록 자네가 오늘 죽음의 문턱에 서 있을지라도 나는 자네한테 약간의 공손함을 기대할 권리가 있어. 단두대까지 가게 되다니 아주 잘한 짓이다……. 나에게 한번 설명해 보지, 자네가 어떻게 그럴 수 있었는지, 자네가 감히……."

마르핀카는 자신의 젊은 남자에게 조용히 뭔가를 물어보았다. 그가 자기 주변과 앉아 있던 침상을 더듬거리며 조심스럽게 뒤적이고 있었기 때문이다. "아니, 아니, 아무것도 아니에요." 그가 조용히 대답했다. "아마도 오는 길에 떨어뜨린 것 같아요. 괜찮습니다, 나오겠지요……. 그런데 혹시 춥지는 않으신지요?" 마르핀카는 안 춥다는 표시로 고개를 저으며 부드러운 손바닥을 그의 손목에 내려놓았다. 그러나 금방 손을 떼고는 무릎 위 옷을 바로 잡으며 거칠지만 낮은 소리로 아들의 이름을 불렀다. 그녀의 아들은 자신을 떼어 내려는 삼촌들에게 달라붙어서 그들이 듣는 것을 방해하고 있었다. 회색 블라우스와 엉덩이에 고무를 덧댄 바지를 입은 디오메돈은 리듬에 따라 온 몸을 뒤틀며 일그러뜨리고 있었지만, 그럼에도 불구하고 상당히 빠르게 그들과 어머니 사이의 거리를 통과했다. 그의 왼쪽 다리는 건강하고 붉은색을 띠었다. 오른쪽 다리는 총신과 혁대 등 복잡한 장비를 갖춘 무기를 닮아 있었다. 둥근 밤색의 눈과 듬성듬성한 눈썹은 엄마를 닮았지만, 불도그의 늘어진 입을 닮은 얼굴 아래쪽 부분, 이것은 물론 다른 사람의 것이었다. "여기 앉아라." 마르핀카는 작은 목소리로 말했고, 짧게 찰싹하는 소리와 함께 침대 의자에서 떨어지는 손거울을 잡았다.

"말해 보게." 장인이 계속 말했다. "어떻게 자네가 감히, 화려한 가구, 훌륭한 아이들, 사랑하는 아내와 같이 행복한 가족을 가진 자네가 어떻게 감히 이런 것들을 고려해 보지 않을 수 있었는지 모르겠네. 어쩌자고 생각을 고쳐먹지 않았나? 악당 같으니라고. 가끔은 내가 아무것도 이해하지 못하는 그저 늙은 멍청이에 지나지 않는다는 생각이 드네. 왜냐하면 그렇지 않다면 그런 깊은 혐오감을 인정해야만 했을 테니 말일세…… 조용!" 그가 으르렁거렸다. 노인네들은 다시 움찔하며 미소를 지었다.

뒷발에 힘을 주고 몸을 쭉 뻗으며 친친나트의 다리에 옆구리를 비비던 검은고양이가 어느새 자기가 눈길을 주고 있던 찬장 위에 나타났다. 그러고는 지금 막 소리도 없이 발끝으로 걸어 들어와 구석 쪽 푹신한 벨벳 의자 위에 자리 잡고 앉은 변호사의 어깨 위로 뛰어 내렸다. 심한 감기에 걸려 있던 그는 미리 준비해 온 손수건으로 코를 막고 마치 경매가 진행되는 것 같은 인상을 풍기는 방 안 참석자들과 가정의 다양한 일상 용품들을 가린 수건 위로 바라보았다. 그러다가 고양이가 그를 놀라게 하자 화들짝 놀라며 고양이를 집어던졌다.

장인은 부글부글 화를 내며 여러 번 저주를 퍼붓더니 어느새 목이 쉬어 꺽꺽거리기 시작했다. 마르핀카는 손으로 눈을 가렸고, 그녀의 젊은 남자는 턱 밑의 혹을 만지작거리면서 그녀를 바라보았다. 등받이가 구부러진 안락의자 위에는 마르핀카의 남동생들이 앉아 있었다. 전체적으로 노란색 옷을 입고 옷깃은 열어젖힌 검은 머리의 동생은 아직 음표가 그려지지 않은 악보를 말아서 들고 있었는데, 그는 이 도시에서 제일가는 가수들 중 하나였다. 감청색의 승마 바지를 입고 있는 멋쟁이 풍자가인 또 다른 동생은 밀랍으로 만들어진 선명한 빛깔의 과일이 담긴 꽃병을 매형에게 선물로 가져왔다. 그 밖에도 그는 소매에 크레이프 완장을 달고 와서 친친나트의 시선을 끌려고 손가락으로 그것을 가리키고 있었다.

분노에 찬 웅변이 절정에 달하자 장인은 갑자기 숨을 헐떡이며 의자를 뒤흔들었고, 그 때문에 옆에 서서 그의 입을 바라보고 있던 조용한 폴리나가 의자 뒤로 넘어졌다. 아이는 아무도 알아채지 못했기를 바라면서 제자리에 누워 있었다. 장인은 딱딱 소리를 내며 담뱃갑을 열기 시작했다. 모두들 침묵을 지키고 있었다.

뭔가 짓밟히는 소리들이 점차 정돈되기 시작했다. 마르핀카의 검은 머리 남동생은 목을 가다듬고 낮은 소리로 노래를 부르기 시작했다. "*Mali è trano t'amesti* (죽음은 달콤하다, 이것이 비밀이다)……." 그러다가 노래를 멈추고 무서운 눈초리를 하고 있는 자신의 형제를 쳐다보았다. 무엇인가에 미소를 짓고 있던 변호사는 다시 손수건에 집중했다. 침상에 앉아 있던 마르핀카는 숄을 걸치라고 간청하는 파트너와 속삭임을 주고받았다. 감옥 안 공기가 축축해졌다. 그들은 당신이라는 존칭을 사용하고 있었는데, 뭔가 부드러운 중량감을 가진 '당신'이라는 말은 간신히 알아들을 수 있는 그들 대화의 수평선에서 헤엄치고 있었다……. 노인은 무섭게 몸을 떨며 의자에서 일어나 초상화를 노파에게 건네주고는 자신처럼 떨고 있는 불꽃을 감싸 쥐고 자신의 사위, 즉 친친나트의 장인에게 다가가 불을 붙여 주려 했다……. 그러나 불꽃은 꺼졌고, 화가 난 사위는 얼굴을 찌푸렸다.

"바보 같은 라이터를 가지고 사람 귀찮게 하는군요." 그가 무뚝뚝하게 말했지만 이미 분노는 사라져 있었다. 그러자 공기는 완벽하게 생기를 되찾았고, 모두가 한꺼번에 말하기 시작했다. "*Mali è trano t'amesti* (죽음은 달콤하다, 이것이 비밀이다)……." 마르핀카의 남동생은 목청껏 노래를 불렀다. "디오메돈, 고양이를 당장 내려 놔라." 마르핀카가 말했다. "그저께 벌써 한 마리를 목 졸라 죽였잖니. 매일 죽여서는 안 돼. 사랑하는 빅토르, 저 아이한테서 고양이를 떼어내 주세요." 분위기가 전체적으로 활기를 띠자 이때를 이용하여 폴리나가 안락의자 밑에서 기어 나와 조용히 일어섰다. 변호사가 친친나트의 장인에게 다가가 불을 붙여 주었다.

"〈불평〉이라는 단어를 한 번 말해 봐요." 풍자가인 처남이 친친나트에게 말했다. "이번에는 거꾸로 한 번 읽어 봐요, 응? 재미있죠?* 그래, 매형은 좋지 않은 일에 말려 든 거야. 사실, 뭐가 매형을 이렇게 충동질했을까?"

그러는 사이 문이 소리도 없이 열렸다. 문지방 앞에 므슈 피에르와 소장 두 사람이 똑같은 자세로 뒷짐을 지고 서 있었다. 그들은 조용하고 섬세하게 눈동자만을 굴리면서 좌중을 둘러보았다. 그들은 문 앞을 떠나기 전 잠깐 동안 그렇게 쳐다보았다.

"무슨 말인지 알겠어요?" 처남이 뜨거운 숨을 내쉬며 말했다. "이 흑갈색 친구의 말을 들어요. 회개해요, 친친나티크. 자, 제발 부탁이에요. 아마도 그들이 매형을 용서해 주지 않을까요? 머리가 잘릴 때 기분이 얼마나 불쾌할지 생각해 봐요. 매형에게 가치 있는 것이 뭔가요? 회개해요, 얼간이 짓 하지 말고."

"안녕하십니까, 안녕하십니까, 안녕하십니까." 변호사가 다가오며 말했다. "나에게 키스하지 마십시오, 아직 감기에 심하게 걸려 있으니까요. 무슨 이야기를 하고 계신지요? 제가 뭘 도와드릴 일이 있습니까?"

"좀 지나가게 해주십시오." 친친나트가 속삭였다. "아내에게 몇 마디를 해야만……."

"이보게나, 이제 재산 문제를 논의해 보세." 기분이 좀 나아진 장인이 이렇게 말하며 지팡이를 앞으로 내밀었기 때문에 친친나트는 그것에 걸리고 말았다. "잠깐, 잠깐, 자네와 할 말이 있다고!"

친친나트는 계속 걸어갔다. 침상에 기대고 있는 마르핀카에게 다가가기 위해서는 10인용으로 차려진 커다란 식탁을 돌아 병풍과 찬장 사이를 빠져나가야만 했다. 젊은 남자가 숄로 그녀의 다리를 덮어 주고 있었다. 친친나트가 거의 다 도달했을 무렵, 바로 그 순간 디오메돈의 악에 받친 비명 소리가 울려 퍼졌다. 그는 고개를 돌렸고, 어느새 이곳에 들어온 엠모치카가 소년을 약 올리고 있는 것을 보았다. 그녀는 절름발이 소년의 흉내를 내며 복잡하게 뒤틀린 한쪽 다리를 절룩거리고 있었다. 친친나트가 그녀의 맨팔을 잡았지만 엠모치카는 뿌리치고 도망가 버렸다. 그녀의 뒤를 폴리나가 조용히 호기심에 도취되어 뒤뚱거리면서도 서둘러 따라나갔다.

마르핀카가 그를 향해 돌아섰다. 젊은 남자는 매우 예의바르게 일어섰다. "마르핀카, 제발 몇 마디만." 친친나트가 빠르게 말했다.

그는 바닥에 있던 쿠션에 걸려 넘어질 듯하다가 재로 더럽혀진 가운을 여미며 침상 한쪽 끝에 어색하게 앉았다. "가벼운 편두통이 있습니다." 젊은 남자가 말했다. "뭘 기대하시는지요? 부인에게 흥분은 해롭습니다." "당신 말이 옳습니다." 친친나트가 말했다. "네, 당신 말이 옳아요. 하지만 부탁드리겠는데…… 우리 둘만 있도록……." "잠깐만요, 선생님." 옆에서 로디온의 목소리가 들려왔다. 친친나트는 일어섰고, 로디온과 또 다른 근무자는 서로의 눈을 바라보며 마르핀카가 반쯤 누워 있던 침상을 끙끙거리며 들어 올려 입구 쪽으로 가져갔다. "안녕히 계세요, 안녕히 계세요." 마르핀카는 운반자들의 발걸음에 맞추어 흔들리면서 어린아이처럼 소리치다가 갑자기 눈을 감으며 얼굴을 가렸다. 그녀의 파트너는 바닥에서 들어 올린 숄과 꽃다발, 자신의 유니폼 모자, 장갑 한 짝을 들고 염려하듯 뒤따라갔다. 주위에서 소동이 벌어졌다. 남동생들은 식기를 트렁크에 담았다. 그들의 아버지는 천식 환자처럼 숨을 몰아쉬며 여러 폭의 병풍과 씨름하고 있었다. 변호사는 어디에서 구해 왔는지 알 수 없는 넓은 포장지를 모두에게 나눠 주었다. 그는 탁한 물속에 창백한 오렌지 빛 물고기가 들어 있는 큰 통을 포장지로 싸려는 무모한 시도를 하고 있는 것 같았다. 이런 소동 가운데서 주변 사물들을 비추고 있던 넓은 찬장은 임신한 여자처럼, 사람들이 자기를 건드리지 못하도록 배 위에 있는 거울을 조심스럽게 잡고 옆으로 돌아서 있었다. 그것은 뒤로 기울여져 뒤뚱뒤뚱 끌려나갔다. 사람들이 작별 인사를 하기 위해 친친나트에게 다가왔다. "자, 나쁜 기억은 잊어버리게." 장인이 이렇게 말하며 관습에 따라 차갑고 정중하게 친친나트의 손에 키스했다. 금발의 처남은 검은 머리 처남을 자기 어깨 위에 앉히고 그 자세로 친친나트와 작별 인사를 한 후 살아 있는 산처럼 떠나갔다. 할아버지와 할머니는 흐릿한 초상화를 떠받들고 부들부들 떨며 인사를 했다. 근무자들은 계속해서 가구를 내어갔다. 아이들이 다가왔다. 진지한 폴리나는 얼굴을 들고 있었지만, 디오메돈은 반대로 바닥을 내려다보고 있었다. 변호사가 두 아이의 손을 잡고 데리고 나갔다. 마지막으로 눈물을 흘려 코는 장밋빛이 되고 젖은 입술은 떨고 있던 창백한 엠모치카가 나는 듯이 달려왔다. 그녀는 조용히 서 있다가 갑자기 약하게 우두둑하는 소리를 내며 발뒤꿈치를 들고 뜨거운 팔로 그의 목을 감고 뭔가 분명치 않은 소리를 속삭이며 큰 소리로 흐느껴 울기 시작했다. 로디온이 그녀의 팔목을 잡았는데, 그의 중얼거림으로 판단해 보건대 오랫동안 그녀를 불렀던 것 같다. 이제 그는 엠모치카를 단호하게 출구 쪽으로 끌고 나갔다. 엠모치카는 등을 활처럼 휘면서 흐르는 머리카락 사이로 얼굴을 친친나트에게 돌리고 손바닥을 위로 한 매혹적인 팔을 그에게로 내밀며 (이것은 발레에서의 포로와 같은 모습이었지만 진정한 절망의 그림자를 드리우고 있었다) 자신을 끌고 가는 로디온의 뒤를 마지못해 따라갔다. 시선은 계속 뒤를 향했고, 어깨 끈은 흘러내렸다. 로디온은 통에 든 물을 버리듯 팔을 휘둘러 그녀를 복도에 쏟아 버렸다. 그는 여전히 중얼거리며 의자 밑에 납작 누워 있는 고양이 시체를 치우려고 작은 삽을 들고 되돌아왔다. 문은 쾅 소리를 내며 닫혔다. 방금 이 감방에서 일어난 일은 정말 믿기가 어렵다……

10장

"새끼 늑대가 내 시선에 좀 더 익숙해지면 더 이상 나를 피하지 않겠지요. 어쨌든 이미 웬만큼의 성과는 거두었으니, 진심으로 기쁩니다." 므슈 피에르가 습관대로 살찐 넓적다리를 단단히 꼬고 탁자 옆에 비스듬히 앉아 유포로 뒤덮인 탁자 위에 한 손을 올려놓고 소리 없는 화음을 연주하며 이렇게 말했다. 친친나트는 머리를 침대 위에 괴고 누워 있었다.

"이제 우리만 남았고, 밖에는 비가 내리고 있군요." 므슈 피에르가 계속했다. "이런 날씨는 다정한 속삭임을 주고받기에 이상적이지요. 자, 마지막으로 분명히 해두어야 할 것 같은데…… 나에 대한 소장의 태도가 당신을 놀라게 했거나, 심지어 불쾌하게 한 것 같은 인상을 받았습니다만. 그러니까 내가 무슨 특권적 위치에 있는 것처럼 보인다는 것이지요. 아니, 아니, 반박하지 마세요. 이렇게 된 이상 솔직해 집시다. 당신에게 두 가지만 말하겠습니다. 당신은 우리의 친애하는 소장을 (그런데 새끼 늑대가 그에게 완전히 공정했다고 할 수는 없지만, 이 문제는 다음에……) 알고 있습니다. 당신은 그가 얼마나 감수성이 예민한지, 얼마나 열정적인지, 모든 진기한 것들에 얼마나 쉽게 끌리는지 알고 있습니다. 초반에는 그가 당신에게도 반했던 것 같아요. 그러니 그가 지금 나를 향해 불태우고 있는 열정에 당신이 당황할 필요는 없겠지요. 우리 서로 질투하지 맙시다, 친구. 둘째로, 참 이상한 일이지만, 보아하니 당신은 아직까지 내가 왜 여기 오게 되었는지 모르고 있는 것 같습니다. 하지만 이제 내가 이야기를 해주면 많은 것을 이해하게 될 겁니다. 미안합니다만, 당신 목 위에 있는 게 뭐지요. 바로 여기, 여기, 그래요, 여기."

"어디요?" 친친나트는 목 추골을 만지면서 기계적으로 물어보았다.

므슈 피에르가 그에게 다가와 침대 끝에 앉았다. "바로 여기요." 그가 말했다. "지금 보니 그냥 그림자가 드리워진 것이군요. 뭔가 작은 종기 같았는데. 어쩐지 고개 돌리는 것이 불편해 보입니다. 아프신가요? 감기에 걸리셨나요?"

"아, 제발 귀찮게 하지 마십시오." 친친나트가 애처롭게 말했다.

"아니, 잠깐만요. 내 손은 깨끗하니, 실례지만, 여기를 한 번 만져 보겠습니다. 어쨌든 뭔가가…… 여기가 아프지는 않은가요? 그럼 여기는?"

그는 가볍게 숨을 헐떡이며 친친나트의 목을 주의 깊게 들여다보다가 작지만 힘줄이 많은 손으로 빠르게 만져 보았다.

"아니, 아무것도 아니군요. 모든 것이 정연합니다." 마침내 그가 뒤로 물러나면서 환자의 목덜미를 탁 치고는 말했다. "단지 목이 가늘어서 끔찍해 보이네요. 그것만 아니라면 모든 것이 정상일 텐데. 아시다시피 이런 경우가 가끔 있지요……. 혀를 내밀어 보세요. 혀는 위(胃)의 거울입니다. 담요를, 담요를 덮으세요, 이곳은 춥군요. 우리가 무슨 이야기를 하고 있었지요? 제게 상기시켜 주시겠습니까?"

"진정 나의 행복을 바라신다면," 친친나트가 말했다. "그렇다면 나를 가만히 좀 내버려 두세요. 나가 주십시오, 제발."

"당신은 정말 내 말을 듣고 싶지 않은가 봅니다." 므슈 피에르가 미소를 지으며 항의했다. "당신은 정말 자신의 결론에 오류가 없다고 대단히 완고한 확신을 갖고 있군요. 더욱이 나에게는 알려지지 않은, (이 말에 주의하십시오) 알려지지 않은 결론을 말입니다."

울적해진 친친나트는 침묵했다.

"죄송하지만," 므슈 피에르가 어느 정도 엄숙하게 계속했다. "내가 어떤 종류의 범죄를 저질렀는지 이야기해 드리겠습니다. 나는 유죄 판결을 받았습니다. 이것이 정당한지 아닌지는 다른 문제입니다만, 어쨌든 유죄 판결을 받았지요……. 무엇 때문인지 짐작이 가십니까?"

"네, 말씀해 보시지요." 생기 없는 미소를 띠며 친친나트가 말했다.

"충격을 받으실 텐데요. 나는 어떤 시도를 하다가 유죄 판결을 받게 되었습니다……. 아, 은혜를 모르는 의심 많은 친구 같으니…… 당신이 이곳에서 도망칠 수 있도록 도와주려 하다가 유죄 판결을 받았단 말입니다."

"그게 사실입니까?" 친친나트가 물었다.

"나는 절대로 거짓말을 하지 않습니다." 므슈 피에르가 당당하게 말했다. "아마도 가끔은 거짓말할 필요가 있겠지만, 이것은 다른 문제입니다. 꼼꼼하게 진실을 말하는 것은 어리석을 뿐만 아니라 결국에는 아무런 득도 되지 못할 수도 있으니까요. 그렇다고 해둡시다. 하지만 사실은 결국 사실일 수밖에 없습니다. 나는 결코 거짓말을 하지 않습니다. 사랑하는 친구, 나는 당신 때문에 이곳에 오게 된 것입니다. 한밤중에 끌려왔어요……. 어디에서? 비슈네그라트*라고 해 둡시다. 그래요, 나는 비슈네그라트 사람입니다. 그곳에는 제염소와 과수원이 있지요. 당신이 언제든 방문하시겠다면 우리의 천과(天果)로 대접하겠습니다. 단 우리 시의 문장에 적혀 있듯이 말장난에 대해서는 책임을 지지 않겠습니다. 그곳에서, 그러니까 문장이 아니라 감옥에서, 당신의 이 순종적인 하인은 3일을 보냈습니다. 그 후 임시 재판이 있었고, 그 후 이리로 보내졌습니다."

"당신은 나를 구하고 싶었단 말이지요……." 친친나트가 생각에 잠겨 말했다.

"원하든 원하지 않았든 그것은 나의 문제입니다, 난로 뒤 바퀴벌레 같은 친애하는 친구. 어쨌든 나는 그 일로 유죄판결을 받았습니다. 알다시피 밀고자들은 전부 젊고 혈기왕성한 사람들이었고, 지금 〈나는 여기 당신 앞에 황홀하게 서 있습니다……〉. 내가 무슨 표시를 해둔 것처럼 보이는 감옥 설계도가 중요한 증거물로 작용했지요. 그걸 보면 내가 바퀴벌레 같은 당신을 탈출시키기 위해 아주 세밀한 부분까지 고려한 것처럼 보이더군요."

"그렇게 보였던 것입니까, 아니면?" 친친나트가 물었다.

"이 사람은 얼마나 순진하고 매력적인 존재인가!" 므슈 피에르가 이를 여러 개 드러내며 히죽 웃었다. "그에게는 모든 것이 정말 단순하군, 아아, 이런 사람은 다시없을 거야!"

"하지만 알고 싶습니다!" 친친나트가 말했다.

"무엇을요? 나의 재판관들이 과연 옳았는가 하는 것이요? 아니면 내가 정말로 당신을 구하려 했던가 하는 것이요? 에이, 당신도……."

"그게 사실입니까?" 친친나트가 속삭였다.

므슈 피에르는 일어나서 방 안을 돌아다니기 시작했다. "그 문제는 제쳐 둡시다." 그가 한숨을 쉬며 말했다. "의심 많은 친구, 당신 스스로 결정하십시오. 그렇든 아니든 나는 당신 때문에 이곳으로 오게 되었습니다. 그뿐 아니라 우리는 함께 단두대로 올라가게 될 것입니다."

그는 감옥 파자마로 둘러싸인 육체의 부드러운 부분들을 튕기면서 조용하고 탄력 있는 걸음걸이로 감방 안을 돌아다녔고, 친친나트는 민첩한 뚱보의 발걸음 하나하나를 무겁고 침울하게 주의를 기울여 바라보았다.

"농담이라도 당신을 믿겠습니다." 마침내 친친나트가 말했다. "어떻게 될지 두고 보지요. 당신은 내 말을 듣고 있고, 나는 당신을 믿습니다. 더 확실히 하기 위해 당신께 감사를 드리겠습니다."

"아니, 어째서, 그럴 필요까지야." 이렇게 말하며 므슈 피에르는 다시 탁자 옆에 앉았다. "나는 그냥 당신이 알고 계셨으면 했습니다……. 참 잘됐습니다. 이제 우리 둘 다 기분이 좀 가벼워졌으니까요, 그렇지요? 당신은 어떨지 모르지만, 나는 울고 싶군요. 물론 이것은 좋은 감정입니다. 당신도 이런 건강한 눈물은 참지 말고 그냥 우세요."

"이곳은 정말 끔찍한 곳입니다." 친친나트가 조심스럽게 말했다.

"끔찍할 것은 아무것도 없습니다. 하지만 오래전부터 이곳에서의 삶에 대한 당신의 태도를 나무라고 싶었습니다. 아니, 아니, 피하지 마시고, 친구의 자격으로 한마디하게 해주세요……. 당신의 행동은 우리의 친절한 로디온은 물론이거니와, 하물며 소장에게도 정당하지 않았습니다. 그가 별로 영리하지도 않고 약간 거만한데다 산만한 사람이라는 것은 나도 인정하겠습니다. 게다가 말을 옮기기를 좋아하지요. 어쨌든 이것은 사실이고, 그 때문에 나도 더러 기분이 좋지 않을 때가 있습니다. 물론 당신을 대하듯 이렇게 은밀한 생각들을 그와 나눌 수는 없습니다. 미안한 말이지만, 영혼이 불안할 때는 특히 더 그렇지요. 그러나 그에게 어떤 부족함이 있다 하더라도, 그는 솔직하고 정직하며 친절한 사람입니다. 그렇습니다, 드물게 보는 친절함이지요. 이 점에 관해서는 논쟁하지 맙시다. 이 사실을 몰랐다면 이야기를 꺼내지도 않았겠지요. 나는 결코 함부로 말하는 사람이 아닙니다. 당신보다 경험도 많고 인생이나 인간에 대해서도 더 잘 알고 있습니다. 그래서 당신이 오만한 경멸의 표정을 지으며 그렇게 잔인하고 냉정하게 로드리그 이바노비치를 밀어 내는 것을 보니 마음이 아프더군요. 이따금 그의 눈에서 그러한 고통을 읽을 수 있습니다……. 로디온과 관련해서도 당신처럼 영리한 사람이 어찌 그의 거짓된 퉁명스러움 속에 엿보이는 다 큰 어린아이의 감동적인 온화함을 볼 수 없는 것일까요. 아, 당신이 신경질적인 사람일뿐더러, 여자에 굶주려 있다는 것도 이해합니다. 하지만 그럼에도 불구하고, 친친나트, 미안하지만…… 이것은 좋지 않습니다, 좋지 않아요. 또한 당신은 대체로 사람들을 경멸하더군요……. 여기서 누리는 아주 뛰어난 식사에도 감동하지 않고요. 좋습니다, 이게 마음에 들지 않을 수도 있겠지요. 나 역시 식도락에 대해서는 어느 정도 이해하고 있다는 점을 믿어 주십시오. 당신은 음식에 대해 냉소를 보내고 있지만, 누군가는 요리를 했어요. 누군가 노력을 했단 말입니다……. 이곳이 때로 지루하다는 것도, 당신이 산책을 좀 하거나 뛰어놀고 싶어한다는 것도 이해합니다. 그러나 왜 자신에 관해서만, 자신의 소망에 관해서만 생각을 합니까? 왜 당신은 단 한 번도 사랑스럽고 감동적인 로드리그 이바노비치의 공들인 농담에 웃어 주지 않았습니까……? 아마도 그는 나중에 당신이 보인 반응을 회상하며 눈물 흘리고, 밤에는 잠도 자지 못할 것입니다……."

"어쨌든 당신의 변명은 기발하군요." 친친나트가 말했다. "하지만 나는 인형에 관해서는 전문가입니다. 결코 굴복하지 않겠습니다."

"유감입니다." 므슈 피에르가 모욕을 당한 듯 말했다. "당신이 아직 젊어서 그렇습니다." 그는 잠시 말을 멈추었다가 다시 이렇게 덧붙였다. "아니, 아니, 그렇게 불공정해서는 안 됩니다."

"그런데 말씀해 주시지요." 친친나트가 질문했다. "당신 역시 아무것도 모르는 상태인가요? 운명의 사내는 아직 오지 않았습니까? 참수형을 내일 하지는 않겠지요?"

"그런 말들은 사용하지 않았으면 합니다." 므슈 피에르가 은밀하게 주의를 주었다. "특히 그런 억양으로는…… 당신 말 속에는 예의바른 사람에게는 어울리지 않은 뭔가 저속함이 있어요. 어떻게 이런 말을 할 수 있는지, 당신에게 놀랐습니다……."

"하지만, 어쨌든, 언제입니까?" 친친나트가 질문했다.

"때가 되면." 므슈 피에르가 애매하게 대답했다. "도대체 왜 그런 어리석은 호기심을 가지는지? 대체로…… 아닙니다, 당신은 아직 많은 것을 배워야만 합니다. 그러니 안 됩니다. 이런 오만함이나 이런 편견은……."

"하지만 그들이 얼마나 오래 끌지……." 친친나트가 졸린 듯 말했다. "물론 당신은 익숙하겠지요……. 하루하루 영혼을 그것에 대비시켜 놓고 있으니 말입니다. 하지만 그들은 별안간 데려갈 것입니다. 이렇게 해서 열흘이 지나갔지만 나는 아직 미치지 않았습니다. 그리고 물론 어느 정도의 희망은 있습니다……. 물속에 있는 것처럼 선명하지는 않은데, 그래서 더욱 매력적입니다. 당신은 탈출을 말하고 있지만…… 나는 다른 누군가가 이 문제로 염려하고 있으리라고 생각합니다, 그런 추측을 하게 됩니다……. 어떤 힌트들이 보이는데…… 하지만 만약 이것이 거짓이고, 사람의 얼굴을 닮은 직물의 주름일 뿐이라면……."

그는 한숨을 쉬며 말을 멈추었다.

"그런데 궁금하군요." 므슈 피에르가 말했다. "대체 어떤 희망을 말하는지, 또 구원자는 누구입니까?"

"그냥 상상입니다." 친친나트가 대답했다. "그런데 당신은 탈출하고 싶으신가요?"

"아니 탈출이라니요? 어디로 말입니까?" 므슈 피에르는 깜짝 놀랐다.

친친나트는 다시 한숨을 쉬었다.

"어디로 가건 무슨 상관이 있겠습니까. 우리 둘이 함께 있다면……. 하지만 당신의 체격으로 과연 빨리 뛸 수 있을지 의문입니다. 당신의 다리는……."

"자, 자, 쓸데없는 소리만 하는군요." 의자 위에서 꾸물거리며 므슈 피에르가 말했다. "감옥에서의 탈출은 동화책에나 나오는 이야기입니다. 그리고 나의 외모와 관련한 언급은 마음속에 담아만 두시는 게 좋겠습니다."

"졸립군요." 친친나트가 말했다.

므슈 피에르는 오른쪽 소매를 걷어 올렸다. 문신이 어른거렸다. 놀라울 정도로 하얀 피부 아래에서 근육이 뚱뚱하고 둥근 짐승처럼 꿈틀거렸다. 그는 단단히 자리를 잡고 서서 한 손으로 의자를 집어 들고 천천히 들어올리기 시작했다. 몸이 긴장했기 때문인지 그는 비틀거리면서 의자를 머리 위로 높이 들어 올렸다가 천천히 내려놓았다. 하지만 이것은 시작에 불과했다.

그는 눈에 띄지 않게 숨을 내쉬면서 오랫동안 정성스럽게 붉은색 손수건으로 손을 닦았다. 그사이 거미는 서커스단 가족의 막내처럼 거미줄 위에서 간단한 묘기를 부리고 있었다.

므슈 피에르는 그에게 손수건을 집어던지고 프랑스어로 기합을 넣으며 물구나무를 섰다. 그의 둥근 머리로 점차 아름다운 장밋빛 피가 몰려들었다. 왼쪽 바짓가랑이가 흘러내려 복사뼈를 드러냈다. 그의 뒤집어진 눈은, 그러한 자세에 있으면 누구나 그렇듯이, 문어의 눈처럼 보였다.

"자 어떻습니까?" 그가 다시 펄쩍 뛰어 일어나 옷매무새를 가다듬으며 물어보았다. 복도에서 요란한 박수 소리가 들려왔다. 그때 광대가 비틀비틀 걸어가며 혼자 박수를 치기 시작했는데, 결국 쿵 하는 소리와 함께 장애물에 부딪히고 말았다.

"자 어떻습니까?" 므슈 피에르가 다시 물어보았다. "힘이 있어 보이나요? 민첩해 보입니까? 아니면 아직 충분하지 않은가요?"

므슈 피에르는 한 번의 도약으로 탁자 위에 뛰어 올라 물구나무를 서더니 이빨로 의자 등받이를 물었다. 음악이 멎었다. 므슈 피에르가 의자를 단단하게 물고 들어 올리자, 그의 긴장된 근육들이 부들부들 떨리기 시작했고 턱뼈는 삐걱거렸다.

문이 소리 없이 활짝 열렸고, 기병 장화를 신고 채찍을 매달고 분을 바른 서커스단 단장이 눈이 멀 것 같은 선명한 라일락 불빛의 스포트라이트를 받으며 걸어 들어왔다. "정말 놀랍습니다! 세계적인 수준의 공연이에요!" 그가 이렇게 속삭이며 실크해트를 벗고 친친나트 옆에 앉았다.

뭔가 부서지는 소리가 나더니, 므슈 피에르는 입에서 의자를 내려놓고 공중회전을 해서 다시 바닥 위로 내려섰다. 그러나 보아하니 모든 것이 순조롭지는 않은 것 같았다. 그는 즉시 수건으로 입을 가리고 재빨리 탁자 아래와 의자 위를 살펴보다가 갑자기 찾던 것을 발견하였다. 그는 낮은 소리로 욕설을 내뱉으며 의자 등받이에 박혀 있는 의치를 떼어 내려고 애썼다. 그러나 당당하게 드러난 의치는 개가 물고 있는 것처럼 의자에 매달려 있었다. 그러자 므슈 피에르는 전혀 당황하지 않고 의자를 안고 나가 버렸다.

아무것도 눈치 채지 못한 로드리그 이바노비치는 미친 듯이 박수를 쳤다. 그러나 무대는 텅 비어 있었다. 그는 친친나트를 의심스러운 눈길로 쳐다보며 여전히 박수를 치고 있었지만, 이전과 같은 열정은 없었다. 그는 몸을 떨며 혼란스러운 표정으로 특별석을 떠나 버렸다.

이렇게 해서 공연은 끝났다.

11장

이제 신문은 더 이상 감방으로 배달되지 않았다. 처형을 연상시킬 가능성이 있는 모든 기사가 잘려 나간다는 사실을 알아차린 후 친친나트 스스로 신문 구독을 거부했던 것이다. 아침 식사는 간단해졌다. 초콜릿 대신에 (비록 묽기는 했지만) 차 찌꺼기와 함께 싱거운 스프를 제공받았다. 토스트 조각은 씹히지도 않았다. 로디온은 말없고 변덕스러운 수인의 시중을 드는 것이 지겨워졌음을 숨기지 않았다.

그는 친친나트의 방 안에서 일부러 점점 더 오래 시간을 끄는 것 같았다. 그의 붉게 타오르는 수염, 얼빠진 푸른 눈, 가죽 앞치마, 집게발같이 생긴 손, 이 모든 것이 계속해서 침울하고 염증 나는 인상을 주었기 때문에 친친나트는 그가 청소하는 동안 벽을 향해 돌아서 있었다.

오늘도 마찬가지였다. 직각으로 된 등받이 꼭대기에 불도그 이빨 모양의 깊은 흔적이 남아 있는 의자가 돌아온 것만이 이 날의 시작에 색다른 특징을 부여했다. 로디온은 의자와 함께 므슈 피에르의 메모를 가져왔다. 거기에는 양털처럼 고불고불한 필체, 수려한 마침표, 베일 춤과 같은 서명이 들어 있었다. 이웃은 농담조의 상냥한 말투로 어제의 우정 어린 대화에 감사를 표시했고 곧 다시 이야기를 나누고 싶다는 희망을 표현해 왔다. '단언하건대,' 메모는 이렇게 끝나고 있었다. '나는 육체적으로 대단히, 대단히 강합니다.(자로 두 번이나 밑줄을 그어 강조) 그래도 당신이 이 사실을 확신하지 못하겠다면, 어떻게 해서든 민첩함과 경이로운 근육의 발전을 보여 주는 몇몇 재미있는(밑줄 강조) 예들을 보여 드릴 수 있는 영광을 갖고자 합니다.'

그 후 친친나트는 슬픔으로 인한 마비 때문에 아주 잠깐씩 멈추는 것 말고는 세 시간 동안을 계속해서 수염을 뽑기도 하고 책의 페이지를 넘기기도 하면서 감방 안을 돌아다녔다. 그동안 그는 감방에 관해 상세하게 연구를 해왔기 때문에, 예를 들어 자신이 몇 년 동안 살아왔던 방보다 훨씬 더 잘 알게 되었다.

벽을 보자면 상황은 이렇다. 그것은 변함없이 4면이었다. 벽들은 빈틈없이 노란색으로 칠해져 있다. 하지만 낮 동안에 창문의 선명한 황토색이 반사되어 색이 변화된 부분과 비교해 보면 기본적인 색조는 그림자로 덮여 있어서 그런지 어둡고 번지르르한 점토처럼 보였다. 이쪽 밝은 곳에서는 진한 노란색 물감의 돌기들 하나하나가 선명하게 눈에 띄었으며, 심지어 사이좋게 나란히 지나가던 붓털의 흔적이 파도처럼 곡선을 치는 것도 보였다. 아침 열시에 귀중한 빛이 평행사변형 모양으로 도달하는 곳에는 낯익은 손톱자국이 있었다.

거친 돌 바닥으로부터 발뒤꿈치를 사로잡는 추위가 기어 올라왔다. 한가운데 (격자 모양의 갓으로 둘러싸인) 전구가 달린 천정의 약간 오목한 부분에는 발육이 덜된 사악하고 작은 메아리가 자리 잡고 있었다. 아니, 정확히 한가운데는 아니어서, 괴롭게 눈을 자극하는 흠이 되고 있다. 이런 의미에서 결국은 성공하지 못한, 철문에 페인트를 칠하려던 시도 역시 그에 못지않게 괴로웠다.

세 개의 대표적인 가구인 침대, 탁자, 의자 중에서 마지막의 침대만이 움직일 수 있는 것이었다. 거미도 움직였다. 창문의 경사진 홈이 시작되는 위쪽에서는 살이 포동포동 오른 검은색의 작은 짐승이 최상급의 거미줄을 치기 위한 거점을 찾고 있었다. 그 모습은 마치 마르핀카가 속옷을 말리기에 가장 부적당해 보이는 구석에서 널어 말릴 장소와 방법을 찾을 때 보여 주는 영리함과 같았다. 거미는 털 많은 팔꿈치가 따로 튀어나온 것처럼 앞발을 내밀고, 자신을 향하고 있는 연필 든 손을 둥글고 검은 눈으로 바라보다가 그것에서 눈을 떼지 않은 채 뒷걸음질 치기 시작했다. 거미는 평소 대단한 열의를 보이며 앞발 끝으로 로디온의 거대한 손가락으로부터 파리나 나방을 받아먹곤 했지만, 지금은 예를 들어 거미줄의 남서쪽에 이빨 모양의 가장자리를 따라 푸른색의 마름모무늬가 있고 실크와 같은 명암을 가진 선홍색 나비 날개가 버림받은 채 매달려 있었다. 그것은 가느다란 틈 사이에서 살짝 움직였다.

벽 위에 쓰인 글들은 이미 페인트로 지워져 있었다. 규칙 목록도 사라졌다. 소리가 울리는 바닥 속에 검은색의 동굴 물을 담아 놓은 고전적인 주전자도 치워졌다. 혹은 깨졌을지도 모르겠다. 사무실, 병원 혹은 그 밖에 대기실 등으로 사용되다 보니 그 중립성 때문에 '감옥다움'의 특성이 억눌려 버린 이 감방 안은 휑하고 두렵고 추웠다. 저녁 무렵이 되자 귀에서는 윙윙 소리만이 들려왔다……. 기다림의 공포는 여하튼 잘못 발견된 천장의 중심과도 관련되어 있다.

얼마 동안 바둑판무늬의 리놀륨 식탁보가 덮여 있던 탁자 위에는 검은색의 구두용 가죽으로 장정한 도서관 책들이 놓여 있다. 날렵함을 잃고 심하게 이빨 자국이 난 연필은 격렬하게 갈겨 쓴 종이들이 풍차 모양으로 쌓여 있는 곳 위에서 쉬고 있다. 이곳에는 지난밤, 즉 면회 다음날 친친나트가 마르핀카에게 보내기 위해 쓴 편지도 나뒹굴고 있었다. 그러나 그는 여전히 편지를 보낼 것인지 결정을 내리지 못했고, 그래서 그대로 두었다. 이것은 마치 우유부단한 생각이 다른 기후를 필요로 하면서 혼자 힘으로는 도저히 열매를 맺지 못할 때 대상 스스로 열매를 맺기를 기대하는 것과 같았다.

이제 친친나트의 존귀함에 관한 이야기, 즉 그의 육체적인 불완전함에 관한 이야기, 그의 중요한 부분은 전혀 다른 장소에 있으며, 이곳에는 단지 그의 이해할 수 없고 무의미한 부분만이 배회하고 있음에 관한 이야기가 이어질 것이다. 가련하고 혼란한 친친나트, 상대적으로 어리석은 친친나트는 꿈속에서 흔히 그렇듯 남을 쉽게 믿고 약하고 어리석다. 그러나 꿈속에서라면 상관없겠지만, 상관없겠지만, 실제의 그의 삶은 너무나 많이 들여다보인다.

오목한 뺨 위의 솜털과, 털 재질이 너무나 부드러워 입술 위에서 흐트러진 태양처럼 보이는 수염을 가진 투명할 정도로 창백한 친친나트의 얼굴, 미끄러지듯 움직이고 불안정한 음영 때문에 약간은 환영처럼 보이는 눈을 가지고 있으며 그 모든 고난에도 불구하고 여전히 젊어 보이는 친친나트의 크지 않은 얼굴은 표현력의 측면에서 보자면 우리 사회에서 (특히 그가 숨기를 중단한 지금) 결코 용납되지 않는 것이었다. 열려진 셔츠, 활짝 열어젖힌 검은색 가운, 가느다란 발에는 너무 큰 슬리퍼, 정수리 위의 철학자와 같은 사발 모자, 그리고 관자놀이 위 투명한 머리카락의 가벼운 움직임(어딘가에서 여전히 틈새 바람이 불어오고 있다!), 이러한 것들이 현재의 상황, 즉 말로는 표현하기 어려운 모든 꼴사나움을 완성시키고 있다. 이 꼴사나움은 간신히 눈에 띄며 서로 겹쳐지는 수많은 사소한 것들, 완전히 다 그려지지는 않았지만 거장 중의 거장의 손길이 닿은 것 같은 입술의 밝은 윤곽, 아직 음영을 그려 넣지 않은 빈손의 배회하는 움직임, 숨 쉬고 있는 눈동자 안에서 멀어졌다가 다시 가까워지는 광선으로 이루어져 있다……. 그러나 이 모든 것을 분석하고 연구한다 해도 여전히 친친나트를 설명할 수는 없다. 이것은 마치 그의 존재의 한 측면이 어느새 다른 차원으로 이동해 가는 것과 같았는데, 이는 복잡하게 뒤얽힌 나뭇잎들이 그늘과 반짝거림으로 뒤섞여 흔들릴 때 그늘이라는 하나의 현상에서 빛이라는 다른 현상의 떨림 속으로 빠져드는 것이 어디에서 시작되는지 알 수 없는 것과 마찬가지였다. 아무렇게나 고안된 감방의 제한된 공간을 따라 돌아다니는 중에 친친나트는 자연스럽게 별다른 노력 없이 공기의 무대 뒤로, 공기 중의 빛을 내는 어떤 틈으로 미끄러지듯 걸어 들어갈 것만 같았으며, 방향이 바뀐 거울에서 반사되는 번쩍거림이 모든 사물을 따라 움직이다가 갑자기 공기 뒤로, 다른 심연으로 사라지듯 그렇게 구속받지 않고 매끄럽게 사라질 것만 같았다. 게다가 그의 내부의 모든 것은 섬세하고 몽롱해 보이지만 사실은 이례적으로 강하고 뜨겁고 독립적인 삶을 호흡하고 있었다. 푸른 빛 중에서도 가장 푸른빛이 도는 혈관의 맥박이 두근거렸고, 깨끗한 수정과 같은 침은 입술을 축였고, 용해된 빛으로 감싸인 뺨과 이마 위 피부는 떨고 있었다……. 이 모든 것은 너무나 애를 태우는 것이어서 관찰자가 뻔뻔하게 도망가는 육체와 그 육체에 의해 암시되고 육체가 불명료하게 표현하는 모든 것, 불가능하고 자유로우며 눈부신 모든 것들을 분해하고, 난도질하고 근절하고 싶게끔 만들 정도였다. 그만, 그만, 친친나트, 흥분하지 않고 화를 내지 않으려면 더 가지 말고 침대에 누워라. 사실, 문을 통해 들여다보는 약탈자의 시선이 느껴지면 친친나트는 자리에 눕거나 탁자에 앉아서 책을 펼치곤 했다.

탁자 위에 시커멓게 쌓인 책들 중에는 다음과 같은 것들이 있었다. 첫째, 친친나트가 자유로운 상태에 있을 때 읽을 여유를 가지지 못했던 현대 소설, 둘째, 고대 문학 중에서 축약 개작하거나 발췌해서 모아 놓은 무수하게 출판된 선집들 중의 하나, 셋째, 다시 엮은 옛 잡지 발행물들, 넷째, 그가 주문하지도 않았는데 실수로 배달되어 온, 이해할 수 없는 언어로 가득 찬 몇 권의 너덜너덜한 책들.

소설은 그 유명한 『참나무』였으며, 친친나트는 그 중 이미 3분의 1, 약 1천 페이지 정도를 읽었다. 소설의 주인공은 참나무였다. 소설은 참나무의 전기였다. 친친나트가 읽기를 멈춘 곳에서 참나무는 2백 살이 시작되고 있었다. 단순히 계산한다면 책이 끝날 때쯤 참나무는 적어도 6백 살에 이를 것이다.

소설의 사상은 현대 사고의 정점으로 간주되고 있었다. 나무(물소리가 영원히 멈추지 않는 산골짜기의 비탈에서 외롭고 강하게 자라나고 있는)의 점진적인 성장을 이용하여, 작가는 참나무가 증인이었을 수 있는 모든 역사적 사건들, 혹은 사건의 그림자들을 순서대로 전개시켜 놓았다. 때로 그것은 고상한 나뭇잎이 제공하는 신선한 그늘 아래에서 휴식하기 위해 말에서 (한 마리는 얼룩말, 다른 한 마리는 점박이 말) 내린 두 무사의 대화였고, 때로는 노상강도들의 휴식이거나 두건을 쓰지 않고 도망치는 여인의 노래였으며, 때로는 황제의 분노에서 살아남은 고관이 지그재그로 내리치는 푸른색의 뇌우 사이를 빠르게 통과하는 이야기였다. 때로는 활엽수 그림자의 움직임 때문에 아직 떨고 있는 것처럼 보이는 망토 입은 시체였고, 때로는 시골 사람들 사이에서 벌어지는 아주 짧은 드라마였다. 한 페이지 반이나 모든 단어가 알파벳 P로 시작하는 절도 있었다.

작가는 참나무의 가장 높은 가지 위에 카메라를 들고 앉아, 자신의 포획물을 관찰하기도 하고 잡기도 하는 것 같았다. 다양한 삶의 형상들이 다가와서 녹색의 밝은 반점 안에 짧은 순간 머물다가 떠나갔다. 활동이 없는 자연적인 휴식 기간은 참나무 자체에 대한 수목학적, 조류학적, 초시류학적, 신화학적인 관점에서의 학술적인 묘사나 민중들의 감동적인 유머가 수반된 인기 있는 묘사들로 채워졌다. 그 외에 나무껍질에 새겨진 모든 머리글자들의 목록이 해석과 함께 인용되어 있었다. 마지막으로 물의 노래와 새벽의 팔레트, 날씨의 움직임에도 적지 않은 관심이 주어졌다.

친친나트는 조금 읽다가 옆에 내려놓았다. 이 작품은 의심할 바 없이 그의 시대가 창조해 낸 최고의 걸작이었다. 하지만 그는 우수에 젖어 책장들을 멀리했고, 자신만의 생각의 흐름으로 이야기를 계속 떠나려 보냈다. 그렇게 멀리 있으며 거짓이고 죽어 있는 것이 나와, 죽음을 준비하고 있는 나와 무슨 상관이란 말인가? 혹은 그는 아직 젊으며 소위 북해의 섬에 살고 있다고 전해지는 작가 자신이 죽을 것이라는 상상도 해보기 시작했다. 언젠가는 작가도 반드시 죽게 된다는 사실이 어쩐지 우스웠다. 이곳에서 유일하게 현실적이고 실제로 의심할 바 없는 것은 단지 죽음 그 자체, 작가의 육체적 죽음의 불가피성뿐이라는 사실이 우스웠다.

빛은 벽을 따라 위치를 바꾸었다. 로디온이 아침 식사라고 부르는 것을 들고 나타났다. 나비의 날개는 다시 그의 손가락 사이에 천연색 가루를 남기고 미끄러져 내려왔다.

"그는 정말 아직 오지 않았습니까?" 친친나트가 질문했다. 그가 이 질문을 던진 것은 이미 처음이 아니었으며, 그래서 로디온을 대단히 화나게 만들었다. 로디온은 이번에도 아무런 대답을 하지 않았다.

"면회는 더 이상 허용되지 않습니까?" 친친나트가 물어보았다.

늘 있던 가슴앓이를 예감하고 그는 침대 위에 누웠다. 그는 벽을 향해 돌아누워 윤기 나는 페인트의 작은 얼룩과 그것들의 둥근 그림자로 느슨하게 구성되어 있던 그림들이 구체적인 형상을 만들어 내도록 오랫동안, 정말 오랫동안 도와주었다. 예를 들어, 그는 커다란 쥐의 귀를 가진 아주 작은 옆모습을 찾아냈다. 그 후 그 모습을 잃어버렸는데, 더 이상 재구성해 낼 수가 없었다. 이 황토에서는 무덤의 냄새가 풍겨 왔고 돌기들이 돋아 나 있어 무서웠지만, 그럼에도 불구하고 그의 시선은 필요한 돌기들을 선택하여 서로 연결시켜 보는 일을 계속했다. 그러나 그것으로는 부족했으며, 그는 윤곽을 간신히 그려 볼 수 있다 하더라도 인간의 모습을 갈망했다. 마침내 그는 방향을 돌려 똑바로 누웠고, 천장 위의 그림자와 갈라진 틈을 역시나 주의 깊게 관찰하기 시작했다.

'대체로 그들이 나를 망친 것 같군.' 친친나트는 생각했다. '나는 너무나 부드러워져서 이제 그들이 과도를 가지고도 나를 어떻게 해볼 수 있겠는걸.'

몇 시간 동안이나 그는 손을 무릎 사이에 끼우고 등을 구부린 채 침대 끝에 앉아 있었다. 그러다가 떨리는 한숨을 내쉬며 다시 배회하기 시작했다. 그래도 이것이 어떤 언어로 쓰여 있는지 흥미롭다. 낫 모양의 글자 안에 무슨 점과 구불거리는 글씨가 들어가 있는 작고 진하고 장식적인 활자는 아마도 동방의 언어일 것이다. 이것은 박물관 단검에 있는 제명을 생각나게 했다. 그렇게 오래된 책들과 흐릿해진 책장들…… 혹은 누런 반점이 있는 책장…….

시계가 일곱시를 치자 곧 로디온이 식사를 들고 나타났다.

"그는 분명 아직 오지 않았겠지요?" 친친나트가 물었다.

로디온은 나가려 하다가 문지방에서 돌아섰다. "수치스럽고 창피하군요." 그가 헐떡거리며 말했다. "밤낮으로 빈둥대기나 하고…… 자신만 돌보고 보살필 줄 알았지, 자기 발로는 서지도 못하면서 아는 거라곤 어리석은 질문으로 사람을 귀찮게 하는 것뿐이군요……. 쳇, 양심도 없는 인간 같으니……."

시간은 변함없이 윙윙거리면서 흘러갔다. 방 안의 공기는 어두워지기 시작했으며, 공기가 완전히 캄캄하고 축 늘어지자 천장 가운데에서 사무적으로 불이 켜졌다. 아니, 바로 한가운데는 아니다. 이 생각만 하면 괴롭다. 친친나트는 옷을 벗고 『참나무』를 들고 침대에 누웠다. 어둑어둑한 저녁 무렵 참나무 아래 시원한 이끼 위에서 병에 든 포도주를 마시고 있는 세 명의 즐거운 나그네, 티트, 푸드, 영원한 방랑자의 대화로 판단해 보건대 작가는 이미 문명의 시대까지 도달해 있었다.

"아무도 나를 구해 주지 않을 것인가?" 친친나트는 갑자기 큰 소리로 물어보며 침대 위에 걸터앉았다(자기에게는 아무것도 없음을 보여 주는 빈자[貧者]의 손을 펼치며).

"정말 아무도." 친친나트는 여전히 빈 손바닥을 드러낸 채 무자비한 노란색 벽을 응시하며 반복했다.

틈새 바람은 참나무 잎의 바람으로 바뀌었다. 실제보다 두 배는 더 크고, 빛나는 담황색으로 칠해지고 잘 다듬어진 가짜 도토리가 계란처럼 코르크 컵 속에 꼭 맞게 들어 있다가 위쪽의 짙은 그림자에서 떨어지더니 담요 위로 튀어 오르며 굴러 다녔다.

12장

그는 둔탁한 두드림과 근질거림 때문에 잠이 깼는데, 어딘가에서 뭔가가 무너져 내렸다. 이건 마치 저녁에 건강하게 잠이 들었다가 한밤중에 무더위에 잠이 깨는 것과 같았다. 그는 꽤 오랫동안 트룸, 트룸, 텍, 텍, 텍 하는 소리들을, 특별한 의미 부여는 하지 않고, 그냥 단순히 듣고 있었다. 왜냐하면 소리들이 그를 깨웠기 때문이며, 그의 청각은 그 밖에 아무것도 할 일이 없었기 때문이다. 트룸, 탁, 긁는 소리, 빠삭—빠삭—빠삭. 어디인가? 오른쪽인가? 왼쪽인가? 친친나트는 몸을 약간 일으켰다.

그가 귀를 기울이는 동안 머리는 전체적으로 청각기관으로 변했고 몸 전체는 팽팽한 심장이 되었다. 귀를 기울이고 있던 그는 이미 몇 가지 징후들을 식별할 수 있게 되었다. 감방 어둠의 약한 추출물…… 어둠이 바닥 위에 내려앉았다……. 격자 창 너머로 회색의 여명이 보인다. 세시나 세시 반쯤 되었을 것이다……. 몸이 언 보초들은 잠들어 있다……. 소리는 아래쪽 어딘가에서 들려오고 있다. 아니, 아마 위쪽인가, 아니, 역시 아래쪽이다. 정확히 벽 뒤쪽 바닥 높이에서 커다란 쥐가 쇠 발톱으로 긁고 있는 것 같다.

특히 소리의 집중된 자기 확신과 한밤중의 감옥의 정적 속에서, 아직은 멀리 있지만 틀림없이 도달할 수 있는 목표를 추구할 때 수반되는 고집 센 진지함이 친친나트를 흥분시켰다. 그는 숨소리를 죽이고 유령처럼 가볍게, 파피루스 종이처럼 기어 내려왔다……. 그리고 발끝으로 끈적끈적하고 끈끈한 것을 따라…… 마치…… 마치…… 소리가 들려오는 것 같은 구석을 향해…… 그러나 그는 다가가다가 자신이 실수했음을 알아차렸다. 톡톡 소리는 좀 더 오른쪽, 좀 더 위에서 들려왔다. 그는 움직였지만, 소리가 머릿속을 비스듬히 지나 급하게 다른 쪽 귀에서 들려오자 소리의 기만에 부딪혀 다시 혼란스러워졌다.

어색하게 걸어가던 친친나트는 벽 옆 바닥 위에 세워져 있던 쟁반에 부딪혔다. "친친나트!" 쟁반은 비난하듯 이렇게 말했다. 바로 그 순간 톡톡하던 소리가 갑자기 단호하게 멈추었으며, 이것은 듣는 이에게 더할 나위 없이 기쁜 합리성을 전해 주었다. 커다란 발가락으로 쟁반 위의 숟가락을 밟고 뚜껑 열린 텅 빈 머리를 숙인 채 벽 옆에 가만히 서 있던 친친나트는 미지의 땅 파는 사람 역시 자기처럼 가만히 서서 귀를 기울이고 있음을 느꼈다.

30초 정도 지나자 좀 더 조용하고 억제되었지만 훨씬 표현력 있고 훨씬 영리하게 소리가 다시 울려오기 시작했다. 방향을 돌려 발바닥을 아연 쟁반에서 천천히 떼어 내며 친친나트는 다시 소리의 위치를 찾아내려고 노력했다. 문을 향해 섰을 때 소리는 오른쪽에서 들려왔다. 그래, 오른쪽이다. 하지만 어쨌든 아직 멀리 있다……. 그렇게 오랫동안 듣고 나서 그가 내릴 수 있었던 결론은 이것이 전부였다. 마침내 슬리퍼를 찾기 위해 (맨발로는 견딜 수가 없었다) 뒤돌아 가던 그는 어스름 속에서 큰 소리를 내는 의자 다리를 (의자는 한 번도 밤중에 그 자리에 있었던 적이 없었다) 깜짝 놀라게 하였다. 그러자 소리는 다시 멈추었는데, 이번에는 아주 결정적이었다. 즉 소리는 조심스럽게 간격을 두고 계속 될 수도 있었겠지만, 벌써 아침이 힘을 발휘하기 시작했고, 친친나트는 습관적인 상상의 눈으로 로디온이 복도에 있는 자기 걸상 위에 온 몸에 습기를 뒤집어쓰고 앉아 선명한 붉은색 입을 크게 벌리며 기지개를 켜고 있는 것을 보았다.

아침 내내 친친나트는 귀를 기울이고 앉아서 소리가 다시 들려온다면 그 소리에 대한 자신의 태도를 상대에게 어떻게 알려 줄지를 생각해 보았다. 밖에서는 단순하지만 맛있는 공연이라도 하듯 여름 뇌우가 쏟아지고 있었으며 감방 안은 저녁처럼 어두웠다. 천둥소리는 때로는 거대하고 둥글게, 때로는 찌르듯이 탁탁거렸고, 번개는 예기치 않은 장소에 격자창의 그림자를 인쇄했다. 정오에 로드리그 이바노비치가 나타났다.

"당신에게 손님이 찾아 왔습니다." 그가 말했다. "하지만 그 전에 알고 싶은 게 있는데요……."

"누구입니까?" 친친나트는 이렇게 물어보며 동시에 생각했다. 지금은 안 돼……(즉, 지금 이 순간만은 소리가 다시 시작되지 않았으면).

"정말 대단한 사건이지요." 소장이 말했다. "당신이 만나고 싶을지 확신이 서지 않아서…… . 문제는 이분이 당신의 어머님이라는 사실입니다 — *votre mère, paraît-il* (당신 어머니인 것 같습니다).

"어머니요?" 친친나트가 되물었다.

"네, 그렇습니다. 어머니, 엄마, 마마. 한마디로 당신을 낳아 주신 여성입니다. 만나 보시겠습니까? 빨리 결정하시지요."

"…… 살아오면서 단 한 번 만나 보았을 뿐입니다." 친친나트가 말했다. "정말 아무런 감정도 없고…… 아니, 아니, 그럴 가치도 없습니다. 필요 없어요. 아무 소용 없습니다."

"원하실 대로." 소장은 이렇게 말하고 나가 버렸다.

몇 분 후 그는 정답게 이야기를 주고받으며 검은색 레인코트를 입은 자그마한 체칠리야 C를 데리고 들어왔다. "당신 둘만 남겨 두도록 하겠습니다." 그는 친절하게 덧붙였다. "비록 우리의 규칙에 어긋나기는 하지만, 상황이 상황이니 만큼…… 예외적으로…… 어머니와 아들이니…… 경의를 표합니다……."

그는 궁정 신하처럼 뒷걸음질로 *exit* (퇴장했다).

반짝이는 검은색 비옷을 입고 창이 내려진 방수 모자(이 때문에 그녀는 폭풍우를 만난 어부와 같은 인상을 풍겼다)를 쓴 체칠리야는 방 한가운데 남겨지자 맑은 시선으로 아들을 쳐다보았다. 그녀는 단추를 풀고 요란하게 코를 훌쩍거리며 빠르게 갈라지는 말투로 말하기 시작했다. "대단한 뇌우에 진흙투성이었어요. 오는 길에 급류에다 홍수까지 만나서 여기까지 못 오는 줄 알았어요."*

"앉으시지요, 그렇게 서 계시지 말고." 친친나트가 말했다.

"그런데 이곳은 조용하네요." 그녀는 코를 훌쩍거리며 강판을 갈듯이 손가락으로 코끝을 강하게 비벼 대서 장밋빛 코끝에 주름이 생기고 흔들리기까지 하게 하면서 말을 계속했다. "하나만 말하자면, 여기는 조용하고 꽤 깨끗하네요. 그런데 우리 분만소에는 이 정도 크기의 개인 방은 없답니다. 아, 침대, 사랑하는 아드님, 침대가 왜 이 모양인가요!"

그녀는 자신의 작업용 가방을 탁 하는 소리와 함께 내려놓고 작고 민첩한 손에서 검은색 면장갑을 재빨리 벗었다. 그리고는 침대 위로 몸을 낮게 구부려 자기 침대를 펴듯이 새로이 정리하기 시작했다. 바다표범과 같은 광택을 내는 검은색의 등, 허리띠, 수선된 스타킹.

"자 이제 훨씬 좋아졌군요." 그녀가 일어서며 말했다. 그러고 나서 양손을 잠시 허리에 올리고 책들이 가득 쌓인 탁자를 곁눈질했다.

그녀는 젊어 보였으며, 모든 생김새는 친친나트적인 것의 모델이었다. 그는 그녀의 생김새를 자기 식으로 모방했던 것이다. 친친나트도 그녀의 뾰족한 코를 가진 작은 얼굴과 투명한 눈의 경사진 광채를 보면서 이러한 유사성을 희미하게 느꼈다. 상당히 풀어 헤친 가슴 한 가운데에서 울대 밑으로 햇볕에 붉게 탄 주근깨투성이의 삼각형이 드러나 보였다. 그러나 그녀의 피부는 대체로 언젠가 친친나트에게 전해지기 위해 한 조각이 절단된 그때와 똑같이 창백하고 섬세했으며, 파란 핏줄을 가지고 있었다.

"휴, 여기도 정리해야겠는데……." 그녀는 이렇게 중얼거리며 다른 일을 할 때처럼 빠르게 책을 집어 들고 차곡차곡 쌓아올리기 시작했다. 정리하던 중 펼쳐져 있는 잡지 그림에 흥미를 느낀 그녀는 레인코트 주머니에서 콩 모양의 케이스를 꺼내더니, 입 한쪽 꼬리를 내리며 코안경을 썼다. "26년이라." 그녀가 가볍게 미소를 지으며 말했다. "얼마나 옛날인지 믿겨지지가 않네."

(……두 개의 사진이 있다. 그 중 하나에는 흰 치아를 드러낸 대통령이 맨체스터 역에서 마지막 발명가의 증손녀의 손을 잡고 있고 다른 사진에는 다뉴브의 한 마을에서 태어난 머리 둘 달린 송아지가 있다.)

그녀는 이유 없이 한숨을 내쉬며 책을 옆으로 밀어 놓고 연필을 건드리다가 잡는 데 실패 하자 '아이쿠!' 라는 소리를 냈다.

"그냥 두세요." 친친나트가 말했다. "이곳에서 무질서는 용납이 되지 않습니다, 단지 자리바꿈만이 가능하지요."

"자 여기, 당신 주려고 가져 왔어요." 그녀는 외투의 안감을 열더니 주머니에서 가방을 꺼냈다. "자, 사탕이에요. 건강을 위해 먹도록 해요."

그녀는 앉아서 뺨을 부풀렸다.

"계속 기어서 올라왔더니 피곤하네요." 그녀가 일부러 숨을 헐떡거리며 말했다. 그러고 나서 희미한 욕망을 드러내며 위쪽에 있는 거미집을 바라보다가 그 자리에 굳어 버렸다.

"왜 오셨습니까?" 방 안을 걸어 다니면서 친친나트가 물었다.

"당신에게도 필요 없는 일이고, 나에게도 마찬가지입니다. 도대체 왜요? 불쾌할뿐더러 재미도 없습니다. 나는 당신도 다른 모든 사람들처럼, 다른 모든 것들처럼 그저 패러디라는 것을 분명히 알고 있습니다. 그들이 이처럼 어머니를 교묘하게 패러디해서 나를 대접하려 한다면……. 하지만 예를 들어 내가 멀리서 들려오는 어떤 소리에 희망을 걸고 있다고 상상해 보십시오. 만약 당신조차 거짓이라면 내가 어떻게 그 소리를 믿을 수 있겠습니까? 당신은 여전히 사탕 이야기만 하고……. 왜 당신의 비웃은 젖었는데 구두는 말라 있는 거죠? 부주의한 것 아닙니까? 소품 담당자에게 내 말을 전해 주십시오."

그녀는 서둘러 죄지은 듯 말했다. "그래요, 솔직히 말하자면 덧신을 신고 있다가 아래 사무실에 벗어 두었어요……."

"아, 됐습니다, 됐어요. 설명이라면 그만 두시지요. 자신의 역할이나 하세요. 좀 더 많이 떠들고 좀 더 무관심해 주십시오. 상관없습니다. 됐습니다."

"나는 당신의 어머니이기 때문에 왔어요." 그녀가 조용히 말하자 친친나트는 크게 웃기 시작했다.

"아니, 아니, 소극으로 빠지지는 마세요. 이것이 드라마라는 점을 명심하십시오. 어느 정도의 코미디는 괜찮지만, 어쨌든 정거장에서 너무 멀어져서는 안 됩니다. 드라마가 떠나 버릴 수도 있으니까요. 당신이 연기를 좀 더 잘하면 좋을 텐데……. 자, 그건 그렇고 아버지에 관한 전설을 다시, 다시 한 번 들려주십시오. 그는 정말 밤의 어두움 속으로 사라졌고, 당신은 그가 누구인지 어디에서 왔는지 결코 알지 못했단 말인가요? 참으로 이상한 일입니다……."

"단지 목소리만 알 뿐, 얼굴은 보지 못했어요." 그녀가 여전히 조용하게 대답했다.

"자, 자, 내 연주에 맞추어 주십시오. 우리가 그를 순례자나 도망친 선원으로 만들 것 같군요." 친친나트는 손가락을 퉁기고 한 걸음 한 걸음 내딛으며 우울한 목소리로 계속 말했다. "아니면 공원에 출몰하는 숲의 강도로 만들지도 모르지요. 혹은 산책을 즐기는 수공업자나 목수로……. 자, 빨리요, 아무거나 생각해 내세요."

"당신은 이해 못해요." 그녀가 울부짖었다. (그녀는 흥분하여 일어섰지만 곧 다시 앉았다.) "그래요, 그가 누구였는지 몰라요. 방랑자, 도망자, 그래요 뭐든 가능하겠지요……. 하지만 어째서 당신은 이해를 못하는지……. 그래요, 휴일이었고 공원은 어두웠고, 나는 아직 소녀였어요. 그러나 그것이 문제는 아니에요. 속아서는 안 되는 거였는데! 산 채로 화장당한 사람도 그가 우리의 스트로피 강에서 수영하지 않는다는 사실을 아마 알고 있을 거예요. 즉 내가 말하고 싶은 것은 결코, 결코 실수해서는 안 된다는 거예요……. 아, 도대체 어째서 당신은 이해를 못하는지!"

"뭘 이해 못한다는 겁니까?"

"아, 친친나트, 그 역시……."

"역시라니 무슨 말입니까?"

"그 역시 당신과 같았어요, 친친나트……."

그녀는 코안경을 손 안에 떨어뜨리며 고개를 푹 숙였다.

휴지(休止).

"어떻게 알게 되었습니까?" 친친나트가 침울하게 물었다. "어떻게 그렇게 금방 알아차릴 수가 있었는지……."

"더 이상 아무 말도 하지 않겠어요." 그녀가 눈을 들지 않고 말했다.

친친나트는 침대에 앉아 생각에 잠겼다. 그의 어머니는 그렇게 작은 여인에게서는 기대하기 어려운 이상한 쇳소리를 내며 코를 풀고는 고개를 들어 창문의 움푹 들어간 곳을 바라보았다. 푸른색이 가까이에서 느껴지는 것으로 보아 하늘은 갠 것이 분명했다. 태양은 창백해졌다가 다시 붉게 타오르며 벽에 줄무늬를 그려 넣었다.

"호밀밭에는 지금 수레국화들이 피어 있어요." 그녀가 빠르게 말했다. "모든 게 정말 멋있고 구름은 질주하고 있어요. 모든 게 정말 들떠 있고 밝게 빛나고 있지요. 나는 여기에서 멀리 떨어진 독토르 시에서 살고 있어요. 당신이 있는 이 도시로 오는 동안, 낡은 이륜마차를 타고 들판을 따라 오면서 스트로피 강이 빛나는 것을 보았고, 요새가 있는 이 언덕과 그밖에 모든 것을 보았어요. 나는 항상 나로서는 전부 이해할 시간도 없고 이해할 능력도 없는 어떤 훌륭한 이야기가 계속해서 반복되고 있는 것 같다는 생각이 들어요. 어쨌든 누군가가 대단히 참을성 있게 그것을 내게 반복해 주고 있어요! 나는 분만소에서 하루 종일 일을 하고 있는데, 별로 대수로운 것은 아니에요. 내게는 연인도 있고, 나는 아이스 레모네이드에 열광하지요. 대동맥이 팽창했기 때문에 담배는 끊었어요. 그리고 지금 여기 당신 방에 앉아 있네요. 당신 방에 앉아 있긴 한데, 왜 앉아 있는지, 왜 울부짖고 있는지, 왜 이런 이야기를 하고 있는지 모르겠군요. 지금 이렇게 코트를 입고 털장갑을 끼고 아래로 내려가면 더울 거예요. 이런 뇌우가 친 다음에 태양은 정말로 광포해지니까……."

"아니요, 당신은 어쨌든 패러디에 불과할 뿐입니다." 친친나트가 속삭였다.

그녀가 미심쩍은 듯 미소를 지었다.

"이 거미처럼, 이 격자처럼, 이 시계 소리처럼." 친친나트가 속삭였다.

"그럴 리가요." 그녀는 이렇게 말하며 다시 코를 풀었다.

"설마 그럴 리가요." 그녀가 다시 말했다.

두 사람은 서로를 바라보지 않은 채 침묵을 지키고 있었으며, 그사이 시계는 무의미한 울림소리를 내며 치고 있었다.

"나가실 때 복도에 있는 시계를 주의 깊게 보시지요." 친친나트가 말했다. "시계의 숫자판은 비어 있지만 30분마다 간수가 옛 바늘을 지우고 새 바늘을 그려 넣고 있습니다. 당신은 바로 그렇게 색칠된 시간에 따라 살고 있는 것입니다. 시계 소리는 보초가 내는 것이고, 그래서 그는 보초라고 불리는 것이지요."*

"농담하지 말아요." 체칠리야 C가 말했다. "알다시피, 놀라운 속임수들이 있게 마련이지요. 한 가지 기억나는 것이 있는데, 아직 어린아이였을 때 아이들뿐만 아니라 어른들 사이에서도 '네트카'*라고 불리는 물건이 인기가 있었어요. 네트카는 특수한 거울과 짝을 이루었는데, 거울은 약간 굽은 정도가 아니라 완전히 뒤틀려 있어서 그것을 통해서는 아무것도 이해할 수 없었고, 그저 갈라진 틈과 혼란함만이 있었지요. 모든 것은 눈〔眼〕 속에서 미끄러져 버렸어요. 하지만 거울의 뒤틀림에는 아무런 목적도 없었고 그냥 그렇게 맞추어져 있었을 뿐이에요……. 아니면 오히려 그러한 뒤틀림에 맞추어서 선별되었을지도……. 아니, 잠깐만요, 설명을 잘 못하겠네요. 한마디로 당신은 그런 기이한 거울과 여러 가지 네트카, 즉 전적으로 부조리한 물건들(무슨 화석처럼 형태를 알 수 없고 얼룩덜룩하고 구멍과 얼룩투성이에 반점과 혹이 있는 물건들)의 수집품을 가지고 있었던 거예요. 하지만 일반적인 물건들을 완전히 왜곡시키는 거울은 이제 소위 진정한 양식을 얻었다고 봐요. 즉 이해 불가능하고 기형적인 대상물을 이해 불가능하고 기형적인 거울에 비추어 보았을 때 훌륭한 결과가 나타난 거지요. 부정의 부정은 긍정을 낳았고, 모든 것은 복구되었고, 모든 것은 좋아졌어요. 그러니까 거울을 통해 무정형의 얼룩 천으로부터 탁월하고 조화로운 이미지가, 즉 꽃이나 배, 사람, 풍경 같은 것이 얻어진 거지요. 당신 자신의 맞춤 초상화까지도 얻을 수 있었지요. 다시 말해 당신은 악몽과 같이 뒤범벅이 된 무언가를 받았겠지만, 이것 역시 당신이었고, 물론 열쇠는 거울에 있었어요. 갑자기 아무 일도 일어나지 않으면 어떡하지 하는 약간의 무서움과 함께 손에 새롭고 이해할 수 없는 네트카를 들고 거울로 다가가 그 안에서 손은 완전히 분해되지만 무의미한 네트카는 대단히 분명하고 매력적인 장면을 이루는 것을 보았을 때, 아, 얼마나 즐거웠던지 기억이 나네요⋯⋯."

"무엇 때문에 이런 이야기를 해주는 겁니까?" 친친나트가 물었다.

그녀는 침묵했다.

"무엇 때문에 이런 이야기를? 조만간, 아마 내일일 수도 있다는 것을 정말 모르십니까⋯⋯."

그는 갑자기 체칠리야 C의 시선에 주목했다. 순간적인, 오, 순간적인, 그러나 (모든 것이 의심 받고 있는 이 세상에서) 의심스럽지 않은 진정한 무언가가 지나간 것 같았으며, 이 끔찍한 삶의 가장자리가 말려 올라가고 순간적으로 안감이 번쩍했던 것 같다. 친친나트는 불현듯 어머니의 시선에서 마지막으로 진정한, 모든 것을 설명하며 모든 것으로부터 그를 보호해 주는 하나의 점(그것은 자신에게서도 찾아낼 수 있었던 것이다)을 포착했다. 이 점은 지금 이 순간 도대체 뭐라고 큰 소리로 외치고 있는가? 오, 무엇인지는 중요하지 않다. 공포라 해도 좋고 동정심이라 해도 좋다⋯⋯. 차라리 말하는 게 더 낫겠다. 이 점은 친친나트의 영혼이 기쁨에 뛰어오르지 않을 수 없게 만들었던 바로 그 진실의 폭풍을 표현하고 있었다. 순간은 번쩍하더니 사라지고 말았다. 체칠리야 C는 믿을 수 없을 만큼 작은 동작을 취하면서, 즉 아기의 길이가 어느 정도인지를 주려는 듯 집게손가락을 양쪽으로 벌리면서 일어섰다⋯⋯. 그러고 나서 곧 분주하게 바닥에서 검은색의 불룩한 여행용 가방을 들어 올리며 주머니 덮개를 바로 잡았다.

"자 이제," 그녀는 여전히 혀짤배기소리로 말했다. "잠시 앉아 있었으니 이제 가야겠어요. 내가 준 사탕을 들어요. 오래 머물렀군요. 갈게요, 갈 시간이에요."

"오, 그럼요, 시간이 되었습니다!" 로드리그 이바노비치가 문을 활짝 열며 뇌우처럼 명랑하게 우레와 같은 소리로 말했다.

고개를 숙인 채 그녀는 미끄러지듯 밖으로 나갔다. 친친나트는 몸을 떨며 앞으로 나아가려고 했다…….

"걱정하지 마십시오." 손바닥을 들어 올리며 소장이 말했다. "이 자그마한 산파는 우리에게 전혀 위험하지 않으니까요. 뒤로 물러서시지요!"

"하지만 그래도……." 친친나트가 말하기 시작했다.

"*Arrière* (물러서시오)!" 로드리그 이바노비치가 큰 소리로 외쳤다.

그사이 복도 깊숙한 곳에서 몸에 꽉 끼는 줄무늬 옷을 입은 므슈 피에르가 나타났다. 그는 즐거운 미소를 짓고 있었지만 소동에 마주친 사람들이 그 상황에 긴장을 주지 않으려고 할 때처럼 발걸음은 억누르고 눈동자만 이리저리 굴리면서 다가왔다. 그는 앞으로는 체스 판과 상자를 들고 겨드랑이 밑으로는 어릿광대 인형과 그 밖의 것들을 끼고 있었다.

"손님들이 계셨습니까?" 그는 소장이 그들만 방 안에 남겨 두고 떠나자 친친나트에게 정중하게 물어보았다. "당신 어머니이십니까? 그렇군요, 그렇군요. 자 이제 이 불쌍하고 허약한 므슈 피에르가 당신을 잠시 즐겁게 해드리고 저도 기분 전환 좀 하려고 왔습니다. 제 어릿광대가 당신을 어떻게 쳐다보고 있는지 한 번 보십시오. 아저씨께 인사 드려라. 정말 재미있게 생겼지? 자, 똑바로 앉아라, 나의 단짝. 그 밖에도 많은 오락 거리를 가져왔습니다. 먼저 체스 게임을 하실까요? 아니면 카드놀이? 닻 놀이 할 줄 아십니까? 대단한 놀이지요! 자, 당신에게 가르쳐 드리겠습니다!"

13장

그는 기다리고 또 기다렸다. 마침내 쥐 죽은 듯이 조용한 한밤 중에 소리들은 다시 들려오기 시작했다. 친친나트는 어둠 속에서 홀로 미소 지었다. 나는 이 소리들도 속임수라는 사실을 전적으로 인정할 준비가 되어 있지만, 지금으로서는 그것을 진리로 감염시키고 싶을 만큼 강하게 믿고 있다.

소리는 지난밤보다 더욱 단호해지고 정확해졌으며, 무턱대고 내리치지도 않았다. 한발 한발 다가오고 있는 그 움직임을 어떻게 의심할 수 있겠는가? 정말 조심스럽다! 영리하다! 비밀스럽고 신중한 집요함이다! 보통의 곡괭이인가, 아니면 (쓸모없는 물질과 전능한 인간 의지의 혼합물로 만들어진) 별스러운 무기인가. 하지만 누군가가 어떻게 해서든 길을 뚫고 있다는 사실만은 분명했다.

차가운 밤이 이어졌다. 격자무늬에 따라 나뉘어 진 회색의 우중 충한 달빛이 창문 안쪽 벽 구석에 드리워져 있다. 요새 전체는 안 쪽으로는 짙은 어두움으로 가득 차 있고, 바깥으로는 바위투성이 비탈을 따라 미끄러져 내려가다가 해자 안으로 소리 없이 무너져 내리는 검은색의 부서진 그림자를 동반한 달빛에 의해 광택이 나는 것처럼 느껴졌다. 그렇다, 돌과 같이 냉정한 밤이 지속되고 있었지만, 그 안에서, 그것의 먹먹한 품속에서 밤의 성분이나 조직과는 전혀 다른 무언가가 그것의 힘을 갉아 먹으며 뚫고 나오고 있었다. 혹은 이것은 오래되고 낭만적인 몽상일 뿐일까, 친친나트?

그는 리듬만으로라도 소리에 의미를 전달해 주기 위해 말 잘 듣는 의자를 집어 들고 바닥에 세게 내리쳤으며, 나중에는 벽에도 몇 번 내리쳤다. 그러자 실제로 밤을 통해 뚫고 들어오려는 그 사람은 자신이 맞닥뜨린 소리가 해로운 것인지 아닌지 헤아려 보는 듯 처음에는 멈추었다가 친친나트에게 그의 반향을 이해했다는 것을 증명하는 열광적이고 힘찬 소리를 내며 자신의 작업을 다시 시작했다.

그는 이 소리가 바로 자신을 향해 다가오고 있으며, 자신을 구하려 한다는 것을 확신했다. 그래서 돌의 가장 민감한 부분을 연신 두드리면서 (다른 음역과 다른 키로, 더 꽉 차고, 더 복잡하고, 더 달콤하게) 자신이 냈던 정직한 리듬을 계속해서 이어갔다.

그는 달빛이 아니라 허락받지 못한 어떤 빛이 어둠을 묽게 하고 있음을 알아차렸을 때 알파벳을 어떻게 짜 맞출 것인가를 생각하고 있었으며, 그래서 소리가 어떻게 사라졌는지 눈치 채지 못했다. 마지막으로 꽤 오랫동안 뭔가가 부서져 내렸지만 이 소리도 점차 가라앉았다. 그는 바로 조금 전까지도 밤의 정적이 너구리굴에 도달하려는 개처럼 땅에 바짝 엎드려 냄새를 맡고 쉬쉬하는 억눌린 소리를 내면서 코를 킁킁거리기도 하고 다시 광포하게 땅을 파기도 했던 탐욕스럽고 뜨겁고 교활한 생명체에 의해 파괴되고 있었다는 사실을 상상하기가 어려웠다.

설핏 잠이 든 상태에서 그는 로디온이 들어오는 것을 보았다. 그가 완전히 잠이 깼을 때는 벌써 정오였다. 그리고 항상 그렇듯이 무엇보다도 오늘이 마지막은 아니라고 생각했다. 하지만 오늘이 마지막일 수 있었던 것처럼 내일이 마지막일 수도 있다. 그러나 내일은 아직 멀리 있다.

그는 하루 종일 조용히 자신과 악수를 나누듯 손을 주물럭거리면서 귀에 남아 있는 울림소리에 주의를 기울여 보기도 했고, 아직 발송되지 않은 편지가 하얗게 쌓여 있는 탁자 주위를 돌아다니기도 했다. 혹은 이 삶에 주어진 단절처럼 순간적이고 당혹스러웠던 어제 손님의 시선을 다시 상상해 보기도 했고, 엠모치카의 사각거리는 소리를 속으로 들어보기도 했다. 자, 이 희망의 음료, 탁하고 달콤한 죽을 마셔라. 나의 희망은 아직 실현되지 않았으니, 나는 적어도 지금, 적어도 고독이 존경을 받는 이곳에서는 고독이 당신을 위해, 그리고 나를 위해 단 둘로 나뉘었으면, 지난번처럼 시끄럽고 잡다하고 부조리하게 여러 갈래로 분산되지 않았으면, 하고 생각했다. 하지만 나는 당신에게 다가갈 수조차 없었고, 당신 아버지는 지팡이로 내 다리를 거의 부러뜨릴 뻔했기 때문에 나는 이렇게 편지를 쓰고 있다. 이것은 무슨 일이 일어날지 당신에게 설명하는 마지막 시도가 될 거야, 마르핀카. 특별히 노력을 기울여서, 안개 속을 통해서라도, 뇌의 한 귀퉁이를 이용해서라도 이해해 줘, 무슨 일이 일어날지 이해해 줘, 마르핀카. 그들이 나를 죽이리라는 것을 이해해 줘. 그게 그렇게 어려운 일인가. 당신에 게 미망인의 오랜 한숨이나 장례식의 백합을 요구하는 것은 아니 야. 하지만 애원하는데, 지금, 오늘 내가 정말 필요로 하는 것은 그들이 나에게 무섭고 구역질나는 혐오스러운 짓을 하려 한다는 사실에 당신이 아이처럼 놀랐으면 하는 것이야. 당신이 한밤중에 소리를 지르고, "조용히, 조용히!" 하며 다가오는 유모의 소리를 들으면서도 계속해서 소리를 지르는 것, 바로 그 정도로 당신은 두려워해야만 해, 마르핀카. 당신이 이제 나를 사랑하지 않는다 해도 단 한순간만이라도 나를 이해해야 해. 그러고 나서는 잠들어 도 좋아. 내가 당신을 어떻게 뒤흔들어 놓을 수 있을까? 아, 우리 가 함께 한 삶은 끔찍하고도 끔찍했지만, 이 문제로 당신을 뒤흔 들지는 않겠어. 처음에는 나도 무척 노력했지만, 당신도 알다시 피, 우리는 서로 속도가 달랐고, 그래서 나는 금방 뒤쳐졌지. 얼마 나 많은 손이 당신의 단단하고 쓰디쓴 작은 영혼을 관대하게 뒤덮 고 있는 그 속살을 주물렀는지 내게 말해 줘. 그래, 나는 다시 유 령처럼 당신의 첫 번째 배신으로 돌아가고 있는 중이야. 울부짖으 면서 쇠사슬을 덜그럭거리면서 그 속을 떠다니고 있는 중이라고. 내가 몰래 들여다보았던 키스들. 무엇보다 불결하고 소란스럽게 집중적으로 퍼붓는 꼴이 무슨 먹이를 주는 것처럼 보였던 당신들 의 키스. 혹은 당신이 눈을 가늘게 뜨고 즙을 튀어 가며 복숭아를 먹어 치운 후에 식인종처럼 여전히 입 안 가득 꿀꺽거리면서 손가 락을 곤두세우고 있을 때, 당신의 녹초가 된 시선은 이리저리 배회했고, 타오르는 입술에는 윤기가 흘렀고, 벗은 가슴으로 흘러내리는 탁한 주스 방울에 완전히 뒤덮인 턱은 떨고 있었지. 그사이 당신에게 먹이를 주고 있던 프리아포스*는 적절치 못한 순간에 방 안에 들어간 나를 보자 갑자기 발작적인 저주를 퍼부으며 등을 돌리고 말았지. "모든 과일이 마르핀카 몸에 좋아요"라고 당신은 모든 것을 하나의 축축하고 달콤하고 저주받을 주름에 모으면서 목구멍에 달콤하고 질척거리는 축축함을 담아 말했어. 내가 만약 이 모든 것으로 되돌아간다면, 그 이유는 나 자신으로부터 벗어나고 스스로를 정화하기 위해서, 또한 당신이 알도록 하기 위해서, 당신이 알도록 하기 위해서 그렇게 하는 거야……. 뭐라고? 그럼에도 불구하고 필시 나는 당신을 다른 누군가로 잘못 보게 될 거야. 미친 사람이 자신을 찾아온 친척들을 별이나 대수학, 엉덩이가 처진 하이에나로 받아들이듯이 나는 당신이 나를 이해한다고 생각하면서 말이야. 하지만 미친 사람들은 있게 마련이고, 스스로를 미친 사람이라고 생각하는 사람들은 모욕에도 아랑곳하지 않지! 이렇게 해서 원은 닫히는 거야. 마르핀카, 그들 중 하나의 원 안에서 나와 당신은 돌고 있는 중이야. 오, 당신이 한순간만이라도 도망쳐 나올 수 있다면 좋으련만. 약속하는데, 그런 다음 당신은 돌아가면 돼. 많은 것을 바라는 게 아니야. 잠깐 동안 도망쳐 나와서 그들이 나를 죽이고 있다는 것을, 우리는 인형들에 둘러 싸여 있으며 당신 자신도 인형이라는 사실을 이해해 봐. 당신의 배신이 왜 이렇게 괴로운지 모르겠어. 더 정확히 말하자면, 나는 이유를 알고 있지만 내가 왜 괴로운지 당신이 이해할 수 있도록 어떤 말을 선택해야 할지 모르겠다는 거야. 당신이 일상적 필요 때문에 사용하는 그렇게 작은 규모의 말들로는 적절하지 않아. 하지만 어쨌든 나는 다시 한 번 시도해 봐야겠어. '그들이 나를 죽이고 있다', 좋아, 단숨에 다시 한 번, '그들이 나를 죽이고 있다!', 다시 한 번, '……죽이고 있다!' 나는 당신이 자기 귀를, 더없이 아름다운 여성의 머리카락 아래에 숨겨 놓은 피부가 얇고 원숭이 귀처럼 생긴 귀를 눌러 막고 싶어할 만큼 이것을 쓰고 싶어. 그러나 나는 그것들을 알고 있고 그것들을 보고 있고 그것들을 꼬집고 있어, 그 차가운 것들을. 나는 어떻게든 그것들을 데우고 소생시키고 인간성을 불어 넣고 내 말을 듣게 하기 위해서 내 불안한 손가락 안에서 주무르고 있는 중이야. 마르핀카, 나는 당신이 또 한 번의 면회를 강력히 요청해 주었으면 해. 그리고 물론 혼자 와야지, 혼자! 이른바 삶은 끝났고, 내 앞에는 단지 반들반들한 단두대만이 있을 뿐, 간수들은 어떻게 해서든 나의 필체가 (당신도 보다시피) 술 취한 사람과 같은 상태가 되도록 만들어 놓았어. 하지만 상관없어, 마르핀카, 나에게는 우리가 아직 한 번도 나누어 보지 못한 대화를 주고받을 수 있는 힘이 충분히 있거든. 그렇기 때문에 당신이 한 번 더 올 필요가 있는 거야. 이 편지가 위조라고 생각하지는 말아 줘. 편지를 쓰고 있는 사람은 나, 친친나트이고, 울고 있는 사람도 사실 탁자 주위를 돌아다니고 있는 나, 친친나트야.

그 후 로디온이 그에게 식사를 가져오자 그는 이렇게 말했다.

"여기 편지가 있습니다. 여기 당신에게 부탁드릴 편지가 있습니다……. 이 주소로……."

"당신은 다른 사람들처럼 뜨개질하는 법을 배우는 게 더 좋을 것 같군요." 로디온이 중얼거렸다. "그러면 나에게 앞치마를 떠줄 수도 있을 텐데. 도대체 작가라니! 얼마 전에 아내와 면회를 하지 않았습니까?"

"물어보기라도 해야 할 것 같아서." 친친나트가 말했다. "이곳에 나와 참견하기 좋아하는 피에르 이외에 다른 수인들이 더 있습니까?"

로디온은 얼굴을 약간 붉혔지만 말은 없었다.

"형리는 아직 오지 않았습니까?" 친친나트가 물어보았다.

로디온이 진작부터 삐걱거리고 있던 문을 난폭하게 닫으려고 할 때, 어제와 마찬가지로 모로코가죽 슬리퍼를 찌걱찌걱 거리고 줄무늬 옷을 입은 뚱뚱한 몸뚱이를 바들바들 떨면서, 손에는 체스 판과 카드, 죽방울*을 들고⋯⋯

"다정한 로디온에게 머리 숙여 인사드립니다." 므슈 피에르가 가느다란 목소리로 인사하며 걸음걸이를 바꾸지 않은 채 몸을 떨고 찌걱거리면서 감방 안으로 들어섰다.

"우리의 다정한 친구가 당신의 편지를 들고 가는 것을 보았습니다." 그가 자리에 앉으며 말했다. "어제 여기 탁자 위에 놓여 있던 그 편지 맞지요? 아내에게 보내는? 아니, 아니, 그저 추론일 뿐, 나는 다른 사람의 편지를 읽지는 않습니다. 비록 우리가 닻 놀이를 하는 동안 편지가 바로 눈앞에 놓여 있었던 것이 사실이기는 합니다만. 이제 체스 게임을 하시겠습니까?"

그는 양모로 만든 체스 판을 펼쳐 놓고 새끼손가락을 위로 올린 채 포동포동한 손으로, 옛날 죄수들의 비법에 따라 말랑말랑한 빵을 사용하여 돌이 질투할 만큼 견고하게 만든 체스 말들을 배열했다.

"나는 독신입니다만, 물론 이해합니다……. 전진. 내가 좀 빨리 두는 편이지요……. 훌륭한 선수는 결코 많은 것을 생각하지 않습니다. 전진. 당신 부인을 잠깐 보았는데, 확실히 혈기왕성한 여인이더군요. 목 부분이 정말 훌륭했습니다, 나는 그런 걸 좋아하지요……. 에, 잠깐만요. 실수를 했는데, 물릴 수 있게 해 주십시오. 이렇게 두어야 맞겠군요. 나는 대단한 여성 애호가로서, 저속한 그녀들이 나를 얼마나 사랑하는지 당신은 솔직히 믿지 못할 겁니다. 당신은 부인에게 그녀의 눈과 입술에 관해 쓰고 계셨지요. 아시다시피 최근에 나에게 기회가 있었는데, 내가 먹지 못할 이유라도 있겠습니까? 아, 이런. 약삭빠른데요, 약삭빨라요. 하지만 좋습니다, 한 수 무르지요. 최근에 놀라울 정도로 건강하고 화려한 어느 여자와 성관계를 가졌습니다. 당신은 커다란 검은머리 여인에게서 어떤 만족을 얻으시는지……. 아니 이런, 이거 정말 곤란한데요. 이렇게 되기 전에 경고했어야지요. 자, 다시 두게 해주세요. 이렇게. 그래요, 화려하고 열정적인 여인이었지요. 하지만 나 역시, 아시다시피, 풋내기는 아닌데다 대단한 탄력성의 소유자입니다. 우후! 대체로 장난치듯 보이지만 동시에 매우 진지하게 내가 당신의 주의를 끌어들이려 했던 삶의 무수한 유혹들 중에서 사랑의 유혹이…… 아니, 잠깐요. 그쪽으로 진행할지 아직 결정하지 않았습니다. 네, 가지요. 뭐라고요, 체크메이트? 어째서 체크메이트입니까? 이쪽으로도 갈수 없고, 이쪽으로도 갈수 없고, 이쪽으로도…… 역시 갈 수 없군요. 잠깐, 좀 전에 어떻게 배치되어 있었지요? 아니, 그 전이요. 아, 이건 다른 문제이군요. 제 실책입니다. 이렇게 가겠습니다. 그렇습니다. 붉은 장미를 이 사이에 물고, 여기 위까지 검은색 망사 스타킹을 신고, 그리고 더 이상 아—무—것도 입지 않고…… 이것이 내가 이해하고 있는 내용입니다. 최고였지요……. 그런데 지금은 사랑의 환희 대신에 축축한 돌과 녹슨 쇠만 있으니, 앞으로…… 앞으로 무슨 일이 일어날지는 당신도 알고 있습니다. 그걸 눈치 채지 못했군요. 하지만 이렇게 놓는다면? 이러니 더 나은데요. 승부는 어쨌든, 나의 것입니다. 당신은 실수를 연발하고 계시군요. 그녀가 당신을 배신하든 말든 내버려 두시지요. 당신은 그녀를 품 안에 안아 보지 않았습니까? 사람들이 충고를 해달라고 하면 나는 항상 〈여러분, 좀 더 창의적인 사람이 되십시오〉라고 말하곤 합니다. 예를 들어 거울로 둘러싸인 채 그 안에서 한창 진행 중인 일을 보는 것보다 더 즐거운 일은 없습니다. 정말 훌륭하지요! 하지만 지금 이것은 전혀 훌륭하지 않군요. 솔직히 말해서 나는 이쪽이 아니라 이쪽으로 가려고 생각했었습니다. 그렇게 해주실 수 없을까요……. 뒤로 한 수 물릴 수 있도록, 제발이요. 나는 또한 담배를 피우면서 무의미한 것들을 이야기하거나, 그녀가 이야기하도록 내버려두는 것도 좋아합니다. 나의 음탕함은 어떻게 해볼 도리가 없을 정도로 유명하지요……. 그렇습니다, 이 모든 것에 〈안녕〉이라고 말하는 것도, 기운 좋은 젊은이들이 그 일을 계속 해나가리라고 생각하는 것도 괴롭고 두렵고 기분이 나쁩니다……. 휴! 당신은 어떨지 모르지만 나는 애무의 의미로 우리 레슬링 선수들이 마카로니라고 부르는 놀이를 열렬히 사랑합니다. 그것은 여자의 목을 찰싹 때리면 그로 인해 살들이 더 단단해지는 것을 말합니다. 첫째로 나는 당신의 기사를 먹을 수 있고, 둘째로 나의 왕을 물러나게 할 수 있습니다. 자, 이렇게요. 잠깐, 잠깐, 좀 더 생각을 해봐야겠는데요. 당신의 마지막 움직임이 어떤 것이었지요? 그것을 되돌려 놓고 내가 잠시 생각을 하게 해 주십시오. 이런 엉터리 같으니, 어떤 체크메이트도 없잖아요. 내 생각에 당신은, 죄송하지만, 무언가 사기를 친 것 같습니다. 이 말은 이곳이 아니라 여기 혹은 여기에 서 있었어요. 절대적으로 확신합니다. 자, 물러 주세요, 물러 주세요……."

그는 우연을 가장하여 몇 개의 말을 쳤지만, 결국 참지 못하고 한숨을 쉬며 나머지 말들을 뒤섞어 버리고 말았다. 친친나트는 한쪽 팔을 괴고 앉아 생각에 잠겨 말의 목 부분을 후벼 파고 있었는데, 말은 자신을 만드는 재료가 되었던 빵의 상태로 되돌아가는 것을 싫어하지는 않는 것 같았다.

"다른 놀이를 합시다, 다른 놀이를. 당신은 체스를 잘 못하는군요." 므슈 피에르가 안달하듯 소리치며 거위 놀이를 하기 위해 선명하고 얼룩덜룩한 보드를 펼쳤다. 그는 주사위를 던졌고, 곧장 3에서 27로 올라갔지만, 그 뒤 다시 내려와야만 했다. 대신 친친나트가 22에서 46으로 급상승했다. 게임은 오랫동안 계속되었다. 므슈 피에르는 울그락불그락 하면서 발을 구르고 화를 내기도 했고, 주사위를 찾아 탁자 아래로 기어 들어갔다가 그것들을 손바닥에 쥐고 나오면서 주사위가 원래 그 모양으로 바닥에 놓여 있었다고 맹세하기도 했다.

"당신한테 왜 이런 냄새가 나지요?" 친친나트가 한숨을 쉬며 물었다. 므슈 피에르의 살찐 얼굴은 억지웃음으로 일그러졌다.

"우리 가족에게서 나는 냄새입니다." 그가 위엄 있게 설명했다. "발에서 땀 냄새가 조금 나는 것이지요. 명반석을 사용해 보기도 했지만 아무 소용이 없더군요. 비록 어린 시절부터 이 냄새로 고생해 왔고, 또 모든 고생에 대해 존경심을 가지고 대하는 것이 관례이지만, 아직 어느 누구도 결코 그렇게 눈치 없지는 않았다는 말만은 해야겠습니다……."

"숨을 쉴 수가 없습니다." 친친나트가 말했다.

14장

소리들은 점점 더 가까워지더니 이제는 아주 서두르고 있어서, 이쪽에서 뭔가 질문하듯 벽을 두드려 그들의 주의를 딴 곳으로 돌리는 것이 죄스러울 정도였다. 소리는 어제보다 좀 더 늦게까지 계속되었고, 친친나트는 일사병에 쓰러진 사람처럼 판석 위에 대자로 엎드려 감정의 허식을 너그러이 봐주며 긁는 소리와 함께 점점 길어지는 비밀 통로를 고막을 통해 분명히 보고 있었다. 돌들이 흔들리자 마치 어둡고 꽉 죄던 가슴의 통증이 완화되는 것 같은 느낌을 받았으며, 벽을 보면서는 곧 어딘가에 금이 가고 굉음을 내며 활짝 열리리라는 추측을 하고 있었다.

로디온이 들어 왔을 때에도 딱딱 소리, 바스락거리는 소리는 여전히 들려 왔다. 로디온의 뒤로 맨 발에 발레 슈즈를 신고 체크무늬 모직 드레스를 입은 엠모치카가 이전에 한 번 그랬던 것처럼 뒤따라 들어와 탁자 아래 몸을 웅크리고 숨었다. 끝이 말려 올라간 아마색 머리카락이 얼굴, 무릎, 심지어 복사뼈까지 덮었다. 로디온이 떠나자마자 그녀는 밑에서 튀어 나와 침대 위에 앉아 있던 친친나트에게 곧장 다가가더니 그를 뒤집어 놓고 위로 기어오르기 시작했다. 그녀는 뜨거운 맨 팔과 차가운 손가락으로 그에게 착 달라붙었는데, 그녀가 이를 드러내자 앞니에 녹색 잎 조각이 붙은 것이 보였다.

"얌전히 앉아 있어라." 친친나트가 말했다. "피곤하구나, 밤새 한숨도 못 잤더니. 얌전히 앉아서 이야기해 다오."

엠모치카는 그에게 매달리면서 가슴에 이마를 묻었다. 그녀의 흐트러지고 한 쪽으로 늘어진 고수머리 밑으로 드레스 뒤쪽의 파인 부분을 통해 몸이 움직일 때마다 같이 움직이는 어깨뼈의 홈과 대칭으로 빗질을 한 것처럼 뽀얀 솜털로 고르게 뒤덮인 등의 윗부분이 드러나 보였다.

친친나트는 그녀를 일으키기 위해 애를 쓰며 따뜻한 머리를 쓰다듬어 주었다. 그녀는 그의 손가락을 잡더니 자신의 날렵한 입술에 대고 꼭 누르기 시작했다.

"이런 장난꾸러기. 자, 그만, 그만. 내게 말해 다오……." 친친나트가 잠에 취해 말했다.

그러나 아이다운 돌발적인 발작이 그녀를 사로잡았다. 근육질의 어린아이는 강아지를 다루듯이 친친나트를 이리저리 굴렸다. "그만!" 친친나트가 소리쳤다. "창피하지도 않니?"

"내일." 그녀가 갑자기 그를 꽉 잡고 양미간을 들여다보며 말했다.

"내일 내가 죽는다고?" 친친나트가 물어보았다.

"아니, 내가 구해 줄게요." 엠모치카가 생각에 잠겨 말했다(그녀는 그의 위에 양다리를 벌리고 걸터앉아 있었다).

"그거 정말 영광이구나. 사방에 구원자들이 있으니! 오래전에 그랬으면 좋았을걸. 나는 지금 미쳐 버릴 것 같은데. 제발 내려가거라. 무겁고 덥구나." 친친나트가 말했다.

"함께 도망가서 나하고 결혼해 줘요."

"아마도…… 네가 좀 더 크면. 하지만 아내라면 이미 있는데."

"그 여자는 뚱뚱하고 늙었어요." 엠모치카가 말했다.

그녀는 침대에서 뛰어 내려 마치 발레리나가 춤을 추듯 빠른 걸음으로 머리카락을 휘날리며 방 안을 뛰어 다녔다. 그리고는 날아오르는 것처럼 뛰어 올랐다가 마침내 제자리에서 여러 개의 팔을 펼치고 발끝으로 빙글빙글 돌기 시작했다.

"곧 개학이에요." 순식간에 친친나트의 무릎에 올라앉은 그녀가 말했다. 그러더니 금방 세상의 모든 일을 잊어버리고 새로운 일에 몰두하기 시작했다. 그녀는 빛나는 종아리 위에 있는 세로줄의 검은색 딱지를 쥐어뜯기 시작했는데, 딱지는 벌써 반이나 떨어져 나갔고, 상처는 부드러운 장밋빛을 띠었다.

친친나트는 부드러운 빛이 테두리를 이루고 있는 그녀의 고개 숙인 옆모습을 실눈을 뜨고 바라보았다. 갑자기 졸음이 엄습해 왔다.

"아, 엠모치카, 기억해라, 네가 약속했던 걸 기억해라. 내일이야. 일을 어떻게 꾸밀 생각인지 말해 다오."

"귀를 주세요." 엠모치카가 말했다.

그녀는 한 손으로 그의 목을 잡고서 뜨겁고 축축하고 전혀 알아들을 수 없는 말을 귀에 대고 웅얼거렸다. "아무것도 안 들리는데." 친친나트가 말했다.

조급하게 얼굴에서 머리카락을 떼어 내며 그녀가 다시 몸을 굽혀 왔다.

"부…… 부…… 부……" 그녀는 울림소리를 내며 중얼거렸다. 그리고는 껑충 뛰어서 날아오르는가 싶더니 어느새 약하게 흔들리는 그네 위에 앉아 날카롭게 세운 발끝을 쭉 뻗으며 쉬고 있다.

"어쨌든 나는 기대하고 있겠다." 친친나트는 밀려드는 졸음 속에서 이렇게 말하며 축축하고 윙윙거리는 귀를 천천히 베개에 눕혔다.

잠이 들면서 그는 그녀가 자신을 타고 넘는 것을 느꼈다. 그러고 나서 그녀, 혹은 다른 누군가가 뭔가 반짝이는 천을 끝도 없이 쌓아서 구석으로 가져다가 쌓아 올려놓고, 손바닥으로 쓰다듬고 또 다시 쌓아 올리는 것을 어렴풋이 보았다. 그러다가 로디온이 엠모치카를 끌어내려 하자 터져 나온 그녀의 비명 소리를 듣고 한순간 잠에서 깼다.

그 후 벽 뒤에서 비밀의 소리가 조심스럽게 다시 시작되는 것처럼 느껴졌다……. 얼마나 위험한가! 아직 한낮인데……. 그러나 소리들은 자제할 수 없다는 듯, 그를 향해 더 가까이, 더 가까이 조용히 밀고 들어왔다. 그는 보초가 듣게 될까 두려워서 걸어 다니기도 하고 발을 구르거나 기침을 하기도 하고 노래를 부르기도 했다. 하지만 강하게 쿵쾅거리는 심장을 안고 탁자에 앉았을 때 소리는 이미 사라지고 없었다.

저녁 무렵에, 이제는 습관이 된 것처럼, 므슈 피에르가 무늬 있는 터키 모자를 쓰고 나타났다. 그는 격의 없이, 자기 집이라도 되는 양 친친나트의 침대에 눕더니 팔꿈치에 몸을 기대고 미녀가 조각되어 있는 긴 해포석 담배 파이프를 화려하게 피웠다. 친친나트는 탁자에 앉아서 저녁을 우적우적 먹기도 하고 갈색 주스에서 자두를 건져 올리기도 했다.

"오늘은 발에 분을 발랐습니다." 므슈 피에르가 활발하게 말했다. "그러니 불평도 하지 말고 비난도 하지 마시지요. 어제의 대화를 계속합시다. 쾌락에 관한 이야기를 나누고 있었습니다만."

"사랑의 쾌락은," 므슈 피에르가 말했다. "대체로 알려져 있는 가장 아름답고 유용한 육체적 훈련 중의 하나에 의해 달성됩니다. 나는 달성된다고 말했습니다만, 아마도 〈도출하다〉 혹은 〈도출〉이라는 단어가 더 적합할 것 같군요. 왜냐하면 우리가 말하는 것은 정제된 생물체의 내장 한 가운데 놓여 있는 쾌락을 어떻게 계획적으로 끈질기게 도출하는가 하는 것이기 때문입니다. 여가 시간에 사랑의 노동자는 매와 같은 눈길, 행복한 기질, 신선한 얼굴색으로 관찰자들을 금방 놀라게 합니다. 나의 매끄러운 걸음걸이에도 주의를 기울여 보십시오. 이렇게 해서 우리는 우리 앞에 사랑의 쾌락, 혹은 에로틱한 쾌락이라는 일반적인 용어로 통일시킬 수 있는 어떤 현상, 혹은 일련의 현상들을 갖게 되는 겁니다."

이때 소장이 자기에게 주의를 기울이지 말라는 몸짓을 하며 발뒤꿈치를 들고 들어와서 자기가 가져온 의자에 앉았다.

므슈 피에르는 호의로 반짝거리는 시선을 그에게 돌렸다.

"계속 하십시오, 계속 하십시오." 로드리그 이바노비치가 속삭였다. "듣고 싶어서 왔습니다. 잠시만 *pardon* (실례하겠습니다). 벽에 기댈 수 있도록 이렇게 세워 놓기만 하겠습니다. *Voilà* (자 보십시오). 그래도 좀 지치는군요. 당신은 어떠신지요?"

"그건 익숙하지 않아서 그런 겁니다." 므슈 피에르가 말했다. "그럼 계속하겠습니다. 로드리그 이바노비치, 우리는 지금 삶의 쾌락에 관한 이야기를 나누는 중이었는데, 일반적인 의미에서의 에로스를 검토해 보고 있었습니다."

"알겠습니다." 소장이 말했다.

"다음과 같은 점들에 주의를 기울여 보았습니다……. 동료 여러분, 내가 되풀이해서 말하는 것을 용서해 주십시오. 하지만 로드리그 이바노비치도 흥미를 느꼈으면 해서요. 로드리그 이바노비치, 사형 선고를 받은 남자에게는 여자를, 달콤한 여자의 육체를 잊는 것이 무엇보다 어렵다는 점을 이야기하던 중이었습니다."

"달빛 어린 밤의 서정시도 그렇지요." 로드리그 이바노비치가 친친나트에게 엄격한 시선을 보내며 덧붙였다.

"잠깐, 내가 주제를 발전시키는 것을 방해하지 말아 주십시오. 원하신다면 나중에 말씀하시지요. 어쨌든 계속하겠습니다. 사랑의 쾌락 이외에 일련의 다른 것들이 있는데, 우리는 이제 그것으로 넘어가겠습니다. 아마도 당신은 부풀어 오른 꽃봉오리와 갓 나오기 시작한 끈끈한 나뭇잎으로 치장을 한 숲에서 깃털 달린 가수들이 노래를 부르는 더없이 멋진 봄날에 가슴이 활짝 열리는 것을 여러 번 느끼셨을 겁니다. 처음 핀 얌전한 꽃들은 〈아, 안 돼요, 우리를 꺾지 마세요, 우리의 삶은 짧거든요〉라고 수줍게 속삭이면서 자연을 열정적으로 사랑하는 사람을 유혹하려는 듯 풀밭 아래에서 요염하게 쳐다보고 있습니다. 작은 새들이 노래하고 첫 번째 나무들에 얌전한 나뭇잎들이 처음 나기 시작하는 날이면 가슴은 부풀어 오르고 깊은 숨을 내쉬지요. 모든 것이 기뻐하고 모든 것이 환호합니다."

"4월에 대한 거장다운 묘사입니다." 소장이 뺨을 떨며 말했다.

"모든 사람들이 이것을 경험해 보았으리라 생각합니다." 므슈 피에르는 계속했다. "그리고 이제, 조만간 우리 모두가 단두대에 오르는 날, 그 봄날에 대한 잊을 수 없는 기억이 이렇게 소리지르도록 만들 것입니다. 〈오, 돌아오라, 돌아오라, 다시 한 번 너를 체험하도록 해다오〉."

"〈너를 체험하도록 해다오〉." 므슈 피에르는 주먹 안에 쥐고 있던, 작은 글씨로 가득 채워진 쪽지를 상당히 노골적으로 들여다보며 이렇게 반복했다.

"다음은 정신적 질서의 쾌락으로 넘어갑시다. 거대한 화랑이나 박물관에서 당신이 갑자기 어떤 자극적인 토르소, 아아, 청동 토르소나 대리석 토르소 앞에 멈추어 서서 눈을 뗄 수 없었던 때를 한 번 기억해 보십시오. 우리는 이것을 예술에 의한 쾌락이라고 부를 수 있는데, 삶에서 적지 않은 위치를 차지하지요."

"그렇고말고요." 로드리그 이바노비치가 코맹맹이 소리를 내며 친친나트를 쳐다보았다.

"미식가의 쾌락은," 므슈 피에르는 말을 이어갔다. "자 보십시오. 여기, 가장 좋은 품질의 과일이 나뭇가지에 매달려 있습니다. 여기, 도살자와 그의 조수가 도살당할 때처럼 꽥꽥 소리를 지르는 돼지를 끌고 가고 있습니다. 여기, 아름다운 쟁반 위에 먹음직한 흰 돼지비계 덩어리가 있습니다. 여기, 식탁용 포도주와 버찌 술이 있습니다. 여기, 생선이 있습니다. 다른 분들은 어떠신지 모르겠습니다만, 나는 쥐노래미를 대단히 좋아합니다."

"인정합니다." 로드리그 이바노비치가 굵은 목소리로 말했다.

"이 훌륭한 연회를 포기해야만 합니다. 그 밖에 축제 음악, 카메라나 관악기같이 마음에 드는 자잘한 것들, 다정한 대화, 어떤 사람들은 사랑의 희열과 나란히 두기도 하는 볼일 볼 때의 희열, 식사 후의 단잠, 담배 등등 많은 것들을 포기해야 합니다. 그 밖에 뭐가 있을까요? 마음에 드는 자잘한 것들이라…… 아, 이건 이미 있었지(다시 커닝 쪽지가 나왔다). 희열…… 이것도 있었고. 자, 그 밖의 모든 사소한 것들을……."

"제가 좀 덧붙여도 될까요?" 소장이 아첨하듯 물어보았지만, 므슈 피에르는 고개를 흔들었다.

"아니, 이것으로도 충분합니다. 동료의 지적인 시선 앞에서 감각의 제국을 너무 먼 곳까지 펼쳐 보였던 것 같습니다……."

"저는 그저 먹을 수 있는 것에 관해 한 말씀드리고 싶었습니다." 소장이 낮은 소리로 한마디했다. "제 생각에 몇 가지 세부적인 것들을 여기서 말씀드릴 수 있을 것 같습니다만. 예를 들어, *en fait de potage* (수프에 관해서)……. 잠자코 있겠습니다, 잠자코 있겠습니다." 므슈 피에르의 시선과 부딪치자 그는 놀란 듯 말을 멈췄다.

"자, 그럼," 므슈 피에르가 친친나트에게 말했다. "당신은 이에 대해 무슨 말을 하시겠습니까?"

"사실 무슨 할 말이 있겠습니까?" 친친나트가 말했다. "졸리고 귀찮은 헛소리일 뿐인데."

"어쩔 수 없는 사람이군요!" 로드리그 이바노비치가 소리쳤다.

"그는 일부러 저러는 겁니다." 므슈 피에르가 엄격하고 도자기처럼 차가운 미소를 띠며 말했다. "나를 믿으세요, 그는 내가 묘사한 현상들의 모든 매력을 충분히 느끼고 있으니까요."

"……하지만 어떤 것들은 이해하지 못하는 것 같은데요." 로드리그 이바노비치가 슬쩍 끼어들었다. "만약 지금 자신의 바보짓을 솔직히 인정한다면, 만약 저와 당신이 좋아하는 것, 예를 들어 거부할 수 없을 정도로 맛이 있다는 평가를 받고 있는 제1 코스 요리인 거북이 스프를 자기도 좋아한다는 것을 인정한다면 어떻게 될지 그는 이해하지 못하고 있습니다. 저는 그저 그가 솔직히 인정하고 후회하는 것을, 그래요, 후회하는 것을 보고 싶을 뿐입니다. 이것이 제 생각입니다. 그렇게 되면 그는 멀리 있는 무언가를 가지게 될 텐데요……. 희망이라고 말하고 싶지는 않지만, 어쨌든……."

"체조에 관한 이야기를 빼먹었군." 므슈 피에르가 자기 쪽지를 들여다보며 속삭이기 시작했다. "정말 유감이야!"

"아닙니다, 아닙니다. 훌륭하게 말씀하셨습니다, 훌륭하게." 로드리그 이바노비치가 한숨을 쉬었다. "더할 나위 없을 정도로요. 제 안에서 몇 십 년간 잠들어 있던 욕망이 꿈틀대기 시작했습니다. 그런데 좀 더 앉아 계시겠습니까? 아니면 저와 함께 가시겠습니까?"

"함께 가겠습니다. 오늘 이 사람은 그야말로 삐뚤어져 있네요. 심지어 쳐다보지도 않는군요. 당신이 그에게 왕국을 제안해도 부루퉁해 있기만 하고. 나도 그저 작은 것, 즉 한 마디 말과 끄덕거림만 필요했을 뿐인데, 자, 어떻게 해볼 도리가 없군요. 가시지요, 로드리고."

그들이 떠난 후 곧 불이 꺼졌고, 친친나트는 어두움 속에서 침대 쪽으로 옮겨 갔다(다른 사람이 흘린 담뱃재는 불쾌했지만 달리 누울 곳도 없었다). 그는 모든 연골과 추골을 따라 긴 우수를 우두둑 하고 내보내면서 온 몸을 쭉 폈다. 숨을 들이쉰 상태로 25초 동안 가만히 있어 보았다. 아마도 그냥 석공들인 모양이다. 수리하는 중이겠지. 청각의 기만이라니. 아마도 이 모든 것은 멀리서, 아주 멀리서 진행되고 있는 것이리라(그는 한숨을 쉬었다). 그는 담요 밑으로 비어져 나온 발가락을 살짝 움직여 보기도 하고, 고개를 불가능한 구원 쪽으로, 혹은 피할 길 없는 처형 쪽으로 돌려보기도 하면서 똑바로 누워 있었다. 불이 다시 켜졌다.

셔츠 아래로 불그스름한 가슴을 긁어 대면서 로디온이 걸상을 가지러 나타났다. 자기가 찾던 물건을 보자 그는 주저 없이 그 위에 앉아 무겁게 삐걱거리며 거대한 손바닥으로 처진 얼굴을 주물렀는데, 아마도 잠깐 눈을 붙이려 하는 것 같았다.

"아직 오지 않았습니까?" 친친나트가 물어보았다.

로디온은 천천히 일어나서 의자를 들고 나가 버렸다.

딸깍. 깜깜.

재판 이후 꼬박 2주일이라는 기간이 지나갔기 때문인지, 아니면 다가오는 구원의 소리가 운명의 변화를 약속하고 있었기 때문인지, 이날 밤 친친나트는 요새에서 보낸 시간들을 머릿속으로 되돌아보는 일에 몰두하고 있었다. 무의식중에 논리적인 발달의 유혹에 굴복하면서, 무의식중에 (조심해, 친친나트!) 개별적인 상태로는 전혀 위험하지도 않고 어디에 관계되는지도 모르는 것들을 사슬로 엮으면서, 무의미한 것에 의미를, 살아 있지 않은 것에 삶을 부여하고 있었다. 그는 자신의 모든 평범한 방문객들이 깜깜한 돌 벽 앞에 조명을 받은 형상으로 나타나도록 해보았다……. 처음으로, 난생 처음으로 그의 상상력은 그들에게 관대해졌다. 얼마 전에 떠버리 처남이 가져왔던 밀랍 사과처럼 반들거리고 탄력 있는 얼굴을 가진 성가신 동료 — 죄수가 나타났다. 조바심 내는 성격에 깡마르고, 연미복의 소매에서는 커프스가 빠져 나와 있는 변호사도 나타났다. 음울한 사서, 검은색의 부드러운 가발을 쓴 뚱뚱한 로드리그 이바노비치, 엠모치카, 마르핀카의 가족 전체, 로디온, 그밖에 흐릿한 보초와 군인들이 나타났다. 친친나트는 그들을 불러내서, 그들을 믿지는 않았지만, 어쨌든 불러내서 그들에게 삶의 대한 권리를 부여하였고, 그들을 부양하였고, 그들을 양육하였다. 이와 더불어 음악에 중독되어 기대하고 있는 것과 같은 효과를 발휘하는, 사람을 흥분시키는 톡톡 소리가 돌아올 가능성이 매 순간 상승했다. 이렇게 친친나트는 이상하게 가슴 떨리고 위험한 상황에 놓이게 되었다. 멀리 있는 시계가 점점 더 열광적으로 울려 퍼졌다. 그러자 조명을 받고 있던 형상들은 어둠에서 튀어나와 서로 손을 잡고 원을 만들었다. 그들은 옆으로 밀리기도 하고 기울기도 하고 꾸물거리면서 처음에는 팽팽하고 질질 끄는 원을 만들기 시작했다. 그러나 원은 점차 바르게 펴지고 풀어지고 빨라지더니, 계속해서 돌고 또 돌았다. 어깨와 머리로 만들어진 그림자 괴물들은 돌로 된 아치를 따라 점점 더 넓게 뛰어 다녔다. 이때 원무 속에서 다리를 높이 쳐들고 있던, 피할 길 없는 익살꾼은 격식에 좀 더 얽매여 있던 나머지 사람들을 뒤섞어 놓으면서 자신의 추한 무릎이 만들어 내는 거대하고 검은 그림자들을 벽을 향해 던졌다.

15장

아침은 조용히 지나갔다. 그러나 오후 다섯시경 뭔가 부서지는 큰 소리가 시작되었다. 작업을 하는 사람은 열심히 서두르며 부끄러움도 모른 채 덜걱거리고 있었다. 하지만 어제 이후로 그다지 많이 다가오지는 못한 것 같았다.

갑자기 뭔가 이상한 일이 벌어졌다. 내부의 어떤 장애물 같은 것이 무너져 내렸으며, 이어서 소리가 대단히 선명하고 힘 있게 (순간적으로 각광을 향해 하나의 평면에서 다른 평면으로 곧장 이동하면서) 바뀐 것을 보니 그들이 바로 여기, 얼음처럼 녹아내리고 있는 벽 바로 뒤에 와 있으며, 이제 곧 구멍이 뚫릴 것이라는 사실이 분명해졌다.

이 순간 수인은 행동할 때가 되었다고 결심했다. 엄청나게 서두르고 몸을 떨면서, 그러나 여전히 자제력을 잃지 않으려고 노력하면서, 이곳에 끌려 올 때 입고 있던 고무장화와 린넨 바지, 재킷을 꺼내 입었다. 그는 손수건 하나, 손수건 두 개, 손수건 세 개를 찾아냈다(그것들을 함께 묶으면 아주 빠르게 시트로 변형된다). 만일의 경우에 대비하여 짐 꾸러미를 운반하기 위한 나무 손잡이가 아직 매달려 있는 밧줄을 주머니에 집어넣었다(다 들어가지 않아서 끝이 대롱대롱 매달려 있다). 자고 있는 사람처럼 보이도록 베개를 두드려 부풀리고 담요로 덮어 놓으려고 침대로 돌진하다가 그만두고 대신 자기가 쓰던 글을 가져가려고 탁자로 달려들었다. 그러나 여기에서도 반쯤 가다가 방향을 바꾸었다. 왜냐하면 승리한 듯 광포하게 두드려 대는 소리로 인해 생각이 방해를 받았기 때문이다……. 그는 팔을 바지 솔기에 딱 붙이고 화살처럼 똑바로 섰다. 그 순간 그의 꿈을 완벽하게 실현시키려는 듯 노란색 벽이 바닥에서 1아르신* 정도 위에서 번개 모양으로 갈라졌고, 안에서 밀어 낸 듯 부풀어 오르다가 갑자기 굉음을 내며 활짝 열렸다.

검은 구멍으로부터 작은 파편들의 구름을 뚫고 므슈 피에르가 손에 곡괭이를 들고, 온통 희뿌연 먼지를 뒤집어 쓴 채, 마치 먼지 투성이 뚱뚱한 물고기처럼 온몸을 뒤틀고 흔들면서, 또한 웃느라고 온몸을 부들거리면서 기어 나왔다. 그 뒤를 이어 곧장, 그러나 게처럼, 뚱뚱한 등의 터진 구멍을 통해 회색 솜 타래가 삐져나와 있고 프록코트도 없이, 또한 온통 먼지로 뒤덮여 있으며, 역시 웃느라고 거의 다 죽어 가는 로드리그 이바노비치가 기어 나왔다. 구멍에서 굴러 나온 두 사람은 바닥에 앉아서 도저히 참을 수 없다는 듯 온 몸을 부들부들 떨기 시작했다. 하하 하고 웃다가 낄낄거리기도 하고 그 반대로 왔다 갔다 하면서, 폭발적 웃음 사이로 애처롭게 낄낄거리면서, 서로를 떠밀기도 하고 상대방의 위로 뒹

굴기도 했다……

"우리, 우리, 우리가 그런 겁니다." 마침내 므슈 피에르가 웃음을 억누르고 분필처럼 하얀 얼굴을 친친나트에게 돌렸는데, 그사이 그의 노란 가발은 코믹한 휘파람 소리를 내며 올라갔다가 떨어졌다.

"우리가 그런 겁니다." 로드리그 이바노비치가 예기치 않게 가성으로 말을 하더니, 서커스의 기인처럼 기괴한 각반을 찬 부드러운 다리를 들어 올리고는 다시 굵은 소리로 껄껄 웃기 시작했다.

"웁!" 갑자기 진정이 된 므슈 피에르가 이런 소리를 냈다. 그는 바닥에서 일어나 손바닥을 마주 치면서 구멍을 둘러보았다. "자, 우리가 해냈습니다, 로드리그 이바노비치! 일어나시지요. 친구, 충분합니다. 정말 대단한 일입니다! 자, 이제 이 훌륭한 터널을 이용할 수 있게 되었습니다……. 친애하는 이웃, 부디 차를 마시러 오시지요."

"나를 건드리기만 하면," 친친나트는 속삭였다. 왜냐하면 한쪽에는 흰색의 땀에 전 므슈 피에르가 그를 안아서 밀어 넣을 준비를 하며 서 있었고, 다른 쪽에는 셔츠 앞 가슴판을 아무렇게나 늘어뜨린 로드리그 이바노비치가 역시 팔을 벌리고 어깨를 드러내고 서 있었기 때문이었다. 두 사람이 어떻게든 그를 덮치려고 천천히 몸을 움직이자 친친나트는 유일하게 가능한 방향, 즉 그들이 그에게 가르쳐 주었던 그 방향을 선택했다. 므슈 피에르는 그가 구멍으로 기어 들어가는 것을 돕기 위해 뒤에서 가볍게 밀어 주었다. "같이 가시지요." 그가 로드리그 이바노비치를 향해 말했지만, 로드리그는 옷차림이 엉망이라는 이유로 거절했다.

친친나트는 실눈을 뜨고 납작하게 엎드려 네 발로 기어갔으며, 그 뒤로 므슈 피에르가 기어갔다. 부서지고 금이 가는 소리로 가득 찬 칠흑과 같은 어둠이 사방에서 그를 옥죄며 등뼈를 압박해 왔고 손바닥과 무릎을 쿡쿡 찔러 댔다. 친친나트는 몇 번이나 막다른 골목에 다다랐지만, 그때마다 므슈 피에르는 그가 뒤로 빠져나올 수 있도록 종아리를 잡아 당겨 주었다. 매순간 구석이나 돌출부, 뭔지 알지 못할 것들이 아프게 머리에 부딪쳤다. 자기 뒤에 헐떡거리며 들이받는 동료가 없었다면 여기에 누워 죽을 수도 있다는 끔찍하고 암담한 우수가 그를 짓눌렀다. 그러나 마침내 좁고 석탄처럼 새카만 어둠 속에서 오랫동안 이동한 이후에(어느 한 장소에서는 옆으로 붉은 등불이 검은색에 어슴푸레한 빛을 흘려보내고 있었다), 비좁음과 보이지 않음, 숨 막힘이 있는 다음에, 멀리서 둥글고 창백한 불빛이 나타났다. 한 번 돌고 나자 마침내 출구가 나타났다. 어색하지만 간단하게 친친나트는 돌바닥으로, 태양이 뚫고 들어오는 므슈 피에르의 방 안으로 굴러 떨어졌다.

"어서 오시지요." 그의 뒤로 미끄러져 내려오면서 주인이 말했다. 그는 곧 옷솔을 집어 들고 눈을 깜박이는 친친나트를 빈틈없이 털어 주기 시작했는데, 민감할 수도 있는 부분에서는 움직임을 섬세하게 자제하며 부드럽게 했다. 이와 함께 그는 친친나트를 뭔가로 감으려는 듯 몸을 굽히고 그의 주변을 돌아다녔다. 친친나트는 이례적으로 단순한 어떤 생각에 충격을 받고, 정확히 말하자면 생각 자체가 아니라 그 생각이 이전에는 떠오른 적이 없다는 사실에 충격을 받고 그 자리에 완벽한 부동자세로 서 있었다.

"괜찮으시다면 옷을 좀 갈아입겠습니다." 이렇게 말하며 므슈 피에르가 먼지투성이의 스웨터를 벗었다. 순간적으로, 우연을 가장하여 그는 터키색과 흰색이 뒤섞인 자신의 이두박근을 곁눈질하면서, 또한 그 특유의 악취를 뿜어 대면서 팔에 힘을 주었다. 왼쪽 젖꼭지 근처에는 두 개의 녹색 잎을 그려 넣은 기발한 문신이 있었는데, 그것 때문에 젖꼭지는 (마지팽 과자나 설탕 졸임 과일로 만든) 장미 꽃봉오리처럼 보였다. "앉으시지요." 선명한 당초무늬 가운을 입으면서 그가 말했다. "많은 것을 가질수록 더 즐거운 법이지요. 이 방은 보시다시피 당신 방과 거의 차이가 나지 않습니다. 나는 그저 방을 항상 깨끗이 치우고 장식할 뿐입니다……. 내가 할 수 있는 것들로 장식하지요." 그는 흥분 때문인 듯 가볍게 한숨을 쉬었다.

장식을 하는 것은 나다. 석양의 요새를 수채화로 묘사한 벽걸이 달력의 검붉은 숫자는 두드러지게 드러나 있다. 다양한 색깔의 마름모 조각들이 연결된 담요가 침대를 덮고 있다. 그 위로는 외설스러운 사진들이 압정으로 고정되어 있으며, 므슈 피에르의 증명사진도 걸려 있다. 액자를 가장자리에는 종이부채가 접혀진 주름을 드러내고 있다. 탁자 위에는 악어가죽 앨범이 놓여 있고, 여행용 시계의 문자판이 금빛으로 빛나고 있으며, 독일 풍경이 그려져 있는 도자기 컵의 반짝거리는 테두리 위에서는 대여섯 개의 벨벳과 같은 팬지꽃이 이곳저곳을 바라보고 있다. 방 한쪽 구석에는 악기가 들어 있는 것처럼 보이는 커다란 케이스가 벽에 세워져 있다.

"내 방에서 당신을 보게 되어 대단히 행복합니다." 므슈 피에르는 아직도 석회 먼지가 춤추고 있는 비스듬한 햇살 사이를 이리저리 걸어 다니며 말했다. "지난 한 주 동안 당신과 정말 친해졌고, 이런 일이 드물지만, 정말 따뜻하게 잘 지낸 것 같습니다. 보아하니 당신은 이 안에 뭐가 있을까 궁금한 것 같군요. 자, 내가 말을 마칠 수 있게," 그는 숨을 돌렸다. "해주십시오. 그러고 나서 당신에게 보여 드리겠습니다……."

"우리의 우정은," 이리저리 돌아다니느라 살짝 숨을 헐떡이면서 므슈 피에르가 말을 계속했다. "우리의 우정은 똑같은 불안과 희망으로 양육되는 감옥의 온실과 같은 분위기 속에서 꽃피었습니다. 이제 나는 당신을 이 세상의 어느 누구보다 더 잘 안다고 생각합니다. 물론 당신 아내가 당신을 알고 있는 것보다 더 친밀하게요. 그래서 당신이 적의감에 굴복하거나 사람들에게 불손하게 대하거나 하면 특히 고통스럽습니다……. 조금 전 우리가 당신 앞에 즐겁게 나타났을 때, 당신은 로드리그 이바노비치가 친절하고 정력적으로 선보인 깜짝쇼에 대해 일부러 무관심한 체함으로써 그를 또 한 번 모욕했습니다. 그는 이미 전혀 젊지도 않고 자신의 근심거리도 적지 않다는 점을 잊지 마십시오. 아니, 지금 이 이야기를 하고 싶지는 않군요……. 당신 영혼의 그림자 중 단 하나도 나를 피하지 않도록 확실히 해두는 것만이 내게는 중요하며, 따라서 개인적으로는 그 유명한 고발이 전혀 정당하지 않은 것으로 보입니다. 나에게 당신은 투명한 존재입니다. 얼굴이 빨개진

신부가 경험 많은 신랑의 눈에는 투명하게 모든 것이 비쳐 보이듯 말입니다. 이렇게 세련된 비교를 하는 것을 용서해 주십시오. 뭔지 모르겠지만, 호흡에 무슨 문제가 생긴 것 같습니다. 죄송합니다. 이제 곧 괜찮아지겠지요. 그러나 내가 만약 당신을 이렇게 가까이에서 연구하고 (뭘 숨기겠습니까) 사랑에 빠졌다면, 깊이 사랑에 빠졌다면, 당신도 나를 알아차리고 나에게 익숙해져야만 했습니다. 그뿐 아니라 내가 당신에게 그랬듯 당신도 내게 애착을 느껴야 했습니다. 그러한 우정을 얻는 것, 그것이 바로 나의 첫 번째 임무였고, 나는 임무를 성공적으로 완수한 것 같습니다. 성공적으로. 이제 차를 마십시다. 왜 그들이 차를 가져오지 않는지 모르겠군요."

그는 가슴을 부여잡고 친친나트의 맞은편 탁자에 앉았다가 곧 다시 일어섰다. 그리고는 베개 밑에서 가죽 지갑을, 지갑에서 영양 가죽 주머니를, 주머니에서 열쇠를 꺼내 구석에 서 있던 큰 상자로 다가갔다.

"당신은 나의 질서정연함에 충격받은 듯 보입니다." 그는 이렇게 말하며 무겁고 둔중해 보이는 상자를 바닥 위에 조심스럽게 내려놓았다. "……하지만 보다시피 질서정연함은 혼자 사는 사람의 삶을 장식하며, 그가 이걸로 스스로에게 뭘 증명하느냐 하면……."

열려진 상자 안에는 검은색 벨벳 위에 번쩍거리는 넓은 도끼가 놓여 있었다.

"자기 자신에게 작은 둥지가 있음을 증명하는 것입니다…….

작은 둥지가." 므슈 피에르는 상자를 다시 닫아 벽에 세우고, 자신도 기대어 서서 계속 말했다. "그에게는 가질 만한 가치가 있으며, 그가 엮고 자신의 온기로 가득 채운 작은 둥지가…… 여기에는 대체로 중요한 철학적 주제가 있습니다만, 무슨 이유들 때문인지, 나도 그렇고 당신에게도 지금 그것을 다룰 분위기는 아닌 것 같습니다. 무슨 말인지 알겠습니까? 충고 한마디 하지요. 차는 다음에 마시고, 지금은 방으로 가서 잠시 누우세요. 가십시오. 우리는 둘 다 젊으니 당신은 더 이상 여기에 머물러서는 안 됩니다. 내일 그들이 설명해 줄 테니, 지금은 가시지요. 나도 좀 흥분해서 나 역시 통제가 안 되는군요. 이것을 이해해 주셔야만 합니다……."

친친나트는 잠긴 문을 조용히 잡아당겼다.

"아니, 아니, 우리의 터널로 가시지요. 힘들게 팠던 것도 다 이유가 있는데. 기어서 가세요, 기어서. 구멍을 커튼으로 덮어 놓겠습니다, 그렇지 않으면 보기 흉할 테니. 제발……."

"혼자서 하겠습니다." 친친나트가 말했다.

그는 검은색 구멍 속으로 기어 들어갔고, 타박상 입은 무릎으로 부스럭거리면서 네 발로 기어 단단한 어둠 속으로 점점 더 깊숙이 침투해 들어갔다. 므슈 피에르가 그의 뒤에 대고 차에 관해 무슨 소리를 지르고는 커튼을 내려 버린 것 같았다. 왜냐하면 친친나트는 갑자기 방금 전에 머물렀던 밝은 방에서 잘려 나간 것 같은 느낌을 받았기 때문이다.

거친 공기를 힘들게 들이마시고 날카로운 것에 부딪히면서, 별다른 두려움 없이 붕괴될지도 모른다고 기대하면서, 친친나트는 구불구불한 통로를 무턱대고 더듬어 나가다가 돌 더미에 부딪혔다. 그러자 얌전하게 뒷걸음질 치는 동물처럼 뒤로 물러섰다가 통로가 계속되는지를 손으로 더듬어 보고 다시 기어가기를 계속했다. 그는 자기 침대라도 좋으니 부드러운 침대 위에 머리까지 뒤집어쓰고 아무 생각도 하지 않은 채 누워 있고 싶다는 생각에 참을 수가 없었다. 돌아오는 여행이 너무 오래 걸리자 어깨까지 벗겨 낸 그는 막다른 골목에 대한 예감이 점점 커짐에 따라 서두르기 시작했다. 무더위가 그를 숨 막히게 했으며, 그는 거의 숨이 멎은 상태로 고개를 숙이고 자신이 침대 위에 있다는 상상을 하며, 이 상상 속에서 잠이 들기로 결심했다. 그런데 그가 기어가던 바닥이 갑자기 아래로 내려가더니, 확연하게 느껴지는 경사 아래쪽으로, 저 앞에 보이는 틈 사이에서 불그스름한 빛이 깜박이기 시작했다. 그리고 마치 그가 요새 담장의 내부로부터 천연 동굴로 이동해 간 것처럼 축축한 곰팡이 냄새가 나기 시작했다. 낮은 천장에는 머리를 거꾸로 하고 몸을 감싼 박쥐들이 발톱으로 꽉 매달린 채 자신들의 등장을 기다리며 주름진 과일처럼 매달려 있었다. 틈은 눈부시게 열렸고, 저녁의 신선한 공기가 불어오기 시작했다. 친친나트는 바위틈에서 자유를 향해 기어 나왔다.

그는 계단 모양으로 솟아오른 요새 성벽과 바위들 사이에서 마치 날카로운 검은 녹색의 파도처럼 다양한 높이로 험하게 휘감고 있는, 풀로 뒤덮인 수많은 경사면들 중의 한 곳으로 나왔다. 첫 순간 그는 자유와 높이와 광활함으로 인한 현기증 때문에 축축한 풀을 꽉 잡았다. 그는 제비들이 채색된 공기를 자신들의 검은색 가 위로 자르며 저녁 하늘에서 큰 소리로 외치고 있고, 저녁놀이 하늘의 절반을 차지하고 있으며, 머리 뒤로는 눈에 보이지 않는 요새의 돌 절벽이 (그는 방금 그곳을 통해 물방울처럼 스며 나왔다) 무서운 속도로 솟아 있고, 다리 아래로는 환각과 같은 낭떠러지와 클로버 냄새가 나는 안개가 있다는 것 외에는 아무것도 알아 볼 수가 없었다.

호흡이 정상으로 돌아오고, 눈부심, 몸의 떨림, 탄식하고 소리 지르며 멀리 넓게 퍼져 나가는 자유의 압박에서 회복된 후 그는 바위에 등을 기대고 서서 연기가 자욱한 주위를 둘러보았다. 이미 황혼이 내려앉은 저 멀리 아래쪽으로는 안개의 흐름 속에서 장식이 화려한 무지개다리가 어렴풋이 보였다. 다른 쪽으로는 희미한 푸른빛이 도는 도시와 달구어진 석탄과 같은 도시의 창문들이 아직 석양으로부터 광채를 빌려오기도 했고, 이미 스스로의 힘으로 빛을 내기도 했다. '경사 도로'를 따라 구슬 같은 가로등이 하나하나 실에 꿰어지듯 타오르기 시작하는 것을 알아볼 수 있었으며, 도로의 위쪽 끝으로는 섬세한 아치가 예외적으로 눈에 확 띄었다. 도시 너머로는 모든 것이 안개가 낀 것처럼 흐릿하게 보이며 모여 들었다가 사라졌다. 그러나 눈에 보이지 않는 정원 위로 하늘의 장밋빛 심연 속에서는 투명하게 타오르는 구름이 사슬 지어 서 있고, 하나의 긴 연보랏빛 구름 떼는 아래 쪽 경계를 따라 타오르는 틈을 드러낸 채 뻗어 있었다. 친친나트가 바라보는 동안 저 멀리 참나무로 뒤덮인 언덕이 베네치아 녹색으로 번쩍이다가 천천히 어두워졌다.

술에 취한 듯 허약해진 그가 균형을 잡으면서 거친 풀을 따라 기어 내려가고 있는데, 장례식용 가시나무가 경계하듯 바스락거리고 있는 벽의 돌출부 뒤쪽에서 석양으로 인해 얼굴과 다리가 장밋빛이 된 엠모치카가 갑자기 뛰어 나와 그의 팔을 꽉 잡더니 어딘가로 끌고 갔다. 그녀의 모든 동작에서 흥분과 환희로 인해 서두르고 있다는 것이 느껴졌다. "어디로 가고 있니? 아래로 가는 거니?" 친친나트는 이렇게 물어 보며 초조한 웃음을 지었다. 그녀는 그를 끌고 벽을 따라 빠르게 움직여 갔다. 벽에는 크지 않은 녹색의 문이 열려 있었다. 아래쪽으로 나 있는 계단이 발아래에서 눈에 띄지 않게 빠르게 지나갔다. 문이 다시 삐걱거렸고, 그 뒤로 트렁크들과 옷장, 벽에 사다리가 세워져 있는 어둑한 통로가 나타났다. 이곳에서는 등잔용 석유 냄새가 났다. 그들은 뒷문을 통해 소장의 아파트로 들어간 것이 분명했다. 왜냐하면 엠모치카가 더 이상 그의 손가락을 꽉 잡지 않고 오히려 무관심하게 놓고는 모두가 밝게 빛나는 타원형 식탁에 앉아 차를 마시고 있는 식당으로 그를 데리고 들어갔기 때문이다. 냅킨이 로드리그 이바노비치의 가슴을 넓게 덮고 있고, 야위고 주근깨투성이에 속눈썹이 흰 그의 아내는 수탉 장식이 달린 러시아 셔츠를 입고 있는 므슈 피에르에게 둥근 빵을 건네주고 있었다. 사모바르 근처에는 울긋불긋한 양모 실타래와 반짝거리는 유리 바늘이 바구니 안에 놓여 있었다. 실내용 모자를 쓰고 검은색의 짧은 망토를 두른 코가 뾰족한 노파가 탁자 끝에 기운 없이 앉아 있었다.

　친친나트를 보자 소장은 입을 벌렸으며, 그 바람에 입 한쪽 귀퉁이에서 뭔가가 흘러나왔다.

"이런, 못된 것 같으니!" 소장의 아내가 가벼운 독일식 악센트로 말했다.

차를 젓고 있던 므슈 피에르는 소심하게 눈을 내리깔았다.

"도대체, 이게 무슨 장난이냐?" 로드리그 이바노비치가 흘러내리는 멜론 주스 사이로 말했다. "두말할 필요 없이 이것은 규칙에 어긋나는 짓이야!"

"그냥 두시지요." 눈을 올려 뜨지도 못하고 므슈 피에르가 말했다. "두 사람 다 어린아이 아닙니까."

"방학이 끝나 가니까 애가 장난이 치고 싶었던 것 같아요." 소장의 아내가 빠르게 말했다.

엠모치카는 일부러 의자를 두드리며 수선을 떨다가 입맛을 다시며 식탁에 앉았다. 그녀는 친친나트에 관해서는 완전히 잊고, 아직 털이 많이 붙어 있는 멜론 조각에 설탕을 뿌리기 시작했다. 설탕은 금방 오렌지색으로 변했다. 그녀는 귀에까지 닿을 정도의 큰 멜론 양쪽 끝을 잡고 팔꿈치로 옆 사람을 툭툭 치면서 정신없이 달려들어 먹어 댔다. 옆에 앉아 있던 사람은 두 번째와 세 번째 손가락 사이에 스푼을 끼운 상태로 계속 차를 떠 마시고 있었는데, 어느새 왼쪽 손을 탁자 아래로 떨어뜨리고 말았다. "아이!" 엠모치카는 멜론에서 떨어지지 않은 채 간지러운 듯 몸을 떨었다.

"잠깐 그쪽에 앉으시지요." 소장이 친친나트에게 주름진 커튼 근처에 있는 녹색의 안락의자를 과도로 가리키며 말했다. 의자 등받이 덮개가 덮여 있는 의자는 두꺼운 커튼의 어스름 속에 홀로

서 있었다. "식사가 끝나면 당신 거처로 데려다 주겠습니다. 앉으시지요, 다들 그렇게 말하니. 그런데 무슨 일이신지요? 그에게 대체 무슨 일이라도 생긴 겁니까? 정말 이해할 수 없는 사람입니다!"

므슈 피에르가 로드리그 이바노비치에게 몸을 숙이고 얼굴을 약간 붉히며 뭔가 알려 주었다.

로드리그 이바노비치의 목구멍에서 그르렁거리는 소리가 들려왔다.

"자, 축하드립니다, 축하드립니다." 목소리가 터져 나오려는 것을 간신히 참으면서 그가 말했다. "기쁜 일입니다! 오래전에 그랬어야 했는데…… 우리는 모두……." 그는 친친나트를 힐끗 보더니 벌써 의기양양한 자세를 취했다.

"아니, 아직은 일러요, 친구, 나를 당황하게 하지 마십시오." 므슈 피에르가 그의 소매를 건드리며 속삭였다.

"여하튼 당신은 두 번째 차를 거절하지 않으시겠지요." 로드리그 이바노비치가 농담하듯 이렇게 말하고 나서 잠깐 생각에 잠겨 쩝쩝 소리를 내더니 친친나트에게로 향했다.

"어이, 거기 당신. 잠시 앨범을 봐도 좋습니다. 아가야, 이 분에게 앨범을 가져다 드려라. 앨범은 학교로 돌아가는 우리 아이 (칼로 가리키며)를 위해 친애하는 손님이 직접 만들어 주신 것입니다……. 이 아이에게 만들어 주신 것이지요……. 용서하십시오, 표트르 페트로비치. 당신이 이것을 뭐라고 불렀는지 잊어버렸군요."

"사진 운세도입니다." 므슈 피에르가 겸손하게 대답했다.

"레몬 조각을 그냥 남겨 둘까요?" 소장의 아내가 물었다.

벽에 매달려 있는 등유 램프가 식탁 안쪽은 어둠에 남겨둔 채 (그곳에서는 단지 시계추의 어렴풋한 빛만이 단단한 초 시간을 부수면서 타오르고 있었다) 편안하게 준비되어 있는 식탁 위로 가족적인 불빛을 쏟아 내고 있었으며, 그 사이 식탁의 소리는 차 마시는 소리로 변해 갔다.

16장

평온함. 거미는 하얀 털로 뒤덮인 작은 나방과 세 마리의 파리를 빨아들였다. 그러나 아직 충분히 배가 부르지 않은지 문을 쳐다보았다. 평온함. 친친나트는 온통 찰과상과 멍투성이였다. 평온했고, 아무 일도 일어나지 않았다. 어제 저녁, 그들이 그를 방으로 되돌려 보냈을 때 두 명의 근무자가 얼마 전까지 구멍이 입을 크게 벌리고 있던 장소를 회반죽으로 막는 공사를 막 끝냈다. 이제 그곳은 더 둥글고 더 두꺼운 페인트의 휘갈김만으로 알아볼 수 있었다. 다시 눈멀고 귀먹고 꽉 막힌 벽은 보기만 해도 숨이 막혀 왔다.

어제의 또 다른 흔적으로는 그가 한풀 꺾인 방심 상태에서 들고 온, 짙은 은색 모노그램이 새겨진 묵직한 악어 가죽 앨범이 있다. 그것은 특별한 앨범, 바로 꾀바른 므슈 피에르가 조합해 놓은 사진 운세도, 다시 말해 앞으로 한 인물에게서 예상되는 전체 삶의 자연적인 진행 과정을 담고 있는 일련의 사진들이었다. 이것은 어떤 식으로 만들어졌을까? 바로 이런 식이다. 현재의 엠모치카 얼굴이 있는 사진을 심하게 고친 후 거기에 몸치장이나 가구, 풍경을 꾸미기 위해 다른 사람들의 사진 조각을 덧붙이는 것이다. 이렇게 해서 그녀의 미래의 모든 소도구들이 갖추어지게 된다. 돌처럼 단단하고 금테를 두른 마분지에 다각형 모양의 창문 구멍을 뚫고 그 안에 순서대로 끼워 놓은, 그리고 작은 글씨로 날짜를 적어 놓은, 첫눈에도 진짜임이 분명한 이 사진들은 우선 현재의 엠모치카를 찍은 것이었다. 그다음에는 학교를 졸업하고, 즉 3년이 지난 후 손에 발레리나의 수트케이스를 들고 있는 수줍은 소녀의 모습으로, 그다음에는 무대 의상을 입고 등에는 기체와 같은 날개를 달고 탁자에 자연스럽게 앉아 창백한 방탕자들 사이에서 샴페인 잔을 들고 있는 16세의 모습으로, 그다음에는 숙명적인 상복을 입고 작은 폭포 위 난간에 서 있는 18세의 모습으로, 그다음에는…… 아, 쓰러져 있는 마지막 날에 이르기까지 아직 많은 모습과 자세를 하고 있었다.

수정 작업과 다른 종류의 사진 속임수(여기서 사기꾼은 그녀 어머니의 사진을 사용했다)를 이용하여 엠모치카의 얼굴이 순차적으로 변화하도록 한 것 같았지만, 더 가까이 들여다보면 시간 작업에 대한 이러한 패러디의 조잡함이 꼴사나울 정도로 극명하게 드러나 보였다. 모피 코트를 입고 어깨를 짓누르는 무거운 꽃다발을 들고 극장을 나서는 엠모치카는 한 번도 춤을 추지 않은 발을 가지고 있었다. 결혼식 베일을 쓰고 있는 모습으로 묘사된 다음 사진에서 그녀의 옆에는 균형 잡히고 키가 큰, 그러나 둥그스름한 얼굴을 한 므슈 피에르가 신랑으로 서 있다. 서른 살이 된 그녀에게는 의미도 없고 생기도 없고 진정한 의의도 모른 채 그려진 주름 같은 것이 보였다. 이 주름은 전문가에게는 매우 이상한 의미를 전달하고 있었는데, 이는 마치 나뭇잎의 움직임이 벙어리가 이해할 수 있는 손짓과 우연히 일치하는 경우가 있는 것과 같았다. 마흔 살의 엠모치카는 죽어 가고 있었다. 그런데 여기서 반대되는 실수를 하고 있는 당신을 축하해야겠다. 죽음의 병상 위에 누운 그녀의 얼굴은 도저히 죽어 가는 얼굴로는 보이지 않았기 때문이다!

로디온은 아가씨가 곧 떠날 것이라고 중얼거리면서 앨범을 들고 나갔고, 다시 나타났을 때는 아가씨가 떠났다는 것을 보고할 필요가 있다고 생각한 것 같았다.

(한숨을 쉬며) "다들 떠―나―갔습니다!" (거미에게) "너는 실컷 먹었다……." (손바닥을 보여주면서) "이제 나한테 아무것도 없어." (다시 친친나트에게) "지루하네요, 아, 우리의 딸이 없으니 앞으로 지루할 겁니다. 정말 여기저기 많이도 날아다니고 노래도 부르곤 했는데, 우리의 장난꾸러기, 우리의 황금 꽃 같으니라고." (침묵 후에 다른 톤으로) "그런데 선생께서는 어인 일로 오늘은 곤란한 질문을 전혀 하지 않으십니까? 네?"

"그저 그렇군요." 로디온은 스스로를 납득시키듯 혼자서 대답을 하고 위엄 있게 물러갔다.

점심 식사 후 더 이상 죄수복이 아닌 벨벳 재킷을 정식으로 입고, 예술가라도 되는 양 나비넥타이를 매고, 목 부분이 반짝이며 간사스럽게 삐걱거리는 새 하이힐을 신은 (이 때문에 그는 오페라에 나오는 산림 감시원처럼 보였다) 므슈 피에르가 들어왔다.

그 뒤로 로드리그 이바노비치가 들어오는 순서나 대화, 그 밖의 모든 것에서 그에게 정중하게 우선순위를 양보하며 따라 들어왔다. 그리고 마지막으로 서류 가방을 든 변호사가 들어왔다. 세 사람은 모두 탁자 옆에 있는 등나무 의자(대기실에서 가져온 것이다)에 앉았으며, 친친나트는 수치스러운 두려움과 혼자 싸우면서 처음에는 방 안을 걸어 다니다가 역시 자리 잡고 앉았다.

변호사는 그다지 민첩하지 않게 (하지만 경험을 통해 익숙해진 서투름이다) 서류 가방을 들고 부스럭거리다가 검은색 옆면을 확 잡아당기면서 한 쪽 부분은 무릎으로 잡고 다른 한 쪽은 탁자에 기대어 세운 뒤 (가방은 이쪽으로 미끄러지다가 저쪽으로 미끄러지다가 했다) 커다란 서류철을 꺼내고 다시 잠갔다. 아니 오히려 서류 가방이 너무 쉽게 말을 잘 들어서 버튼을 잠갔는데도 잠금 장치의 이빨이 바로 맞아 떨어지지 못했다. 그는 가방을 탁자 위에 놓으려다가 생각을 바꿔 가방 목덜미를 잡아 바닥에 내려놓으며 자기 의자 다리에 기대어 놓았는데, 그러한 가방의 모습이 꼭 술 취한 사람이 고개를 숙이고 앉아 있는 것 같았다. 그는 재빨리 에나멜 칠을 한 연필을 정확히 옷깃 속에서 꺼냈고, 힘차게 팔을 흔들며 탁자 위에 서류철을 펼쳐 놓더니 그 무엇에도 그 누구에게도 주의를 기울이지 않은 채 분리된 개별 페이지들을 똑같이 가득 채우기 시작했다. 그러나 주변의 모든 사람들에 대한 이러한 무관심이 바로 그의 연필의 질주와 이곳으로 사람들을 모이게 한 회의 사이의 관계를 두 배나 강조했다.

로드리그 이바노비치가 연보라 빛 앞발 하나는 팔걸이에 내려놓고 다른 하나는 프록코트의 앞섶 안에 넣은 채 몸을 약간 젖히고 안락의자에 앉아 있는 동안 단단한 등의 압박으로 안락의자에서는 금이 가는 소리가 들렸다. 가끔씩 그는 늘어진 뺨과 터키 과자처럼 분을 바른 턱을 씰룩씰룩 움직였다. 그 모습은 마치 뭔가 끈적이고 빨아들이는 환경으로부터 그것들을 구해 내려는 것 같았다.

가운데 앉아 있던 므슈 피에르는 목이 긴 유리병에서 물을 따랐다. 그러고 나서 깍지 낀 손을 (새끼손가락 위에서 가짜 아콰마린이 반짝거렸다) 조심스럽게 탁자 위에 올려놓고 긴 속눈썹을 내리깔고 연설을 어떻게 시작할지 10여 초 정도 경건하게 숙고했다.

"친절한 신사 여러분." 므슈 피에르는 마침내 눈을 들지 않고 가늘고 높은 목소리로 말하기 시작했다. "우선 무엇보다도 먼저 내가 이미 완수한 일을 솜씨 좋게 두세 마디로 설명할 수 있도록 허락해 주시기 바랍니다."

"부탁드립니다." 소장이 의자를 난폭하게 삐걱거리며 저음으로 말했다.

"여러분들은 물론 우리의 예술 전통이 요구하는 속임수 장난의 원인이 무엇인지 알고 있습니다. 사실 내가 만약 느닷없이 나타나서 친친나트 C에게 우정을 제안했다면 어떻게 되었을까요? 여러분, 그랬다면 고의로 그를 떼밀어 내고 놀라게 하고 나의 적으로 만드는 결과를 가져오지 않았겠습니까? 한마디로 파멸적인 실수를 저지르는 것이지요."

연설자는 컵의 물을 조금 마신 후 조심스럽게 내려놓았다.

"우리 공동의 사업이 성공하기 위해서는," 그는 속눈썹을 치켜

뜨며 계속 말했다. "형을 선고받은 사람과 집행하는 사람 사이에 참을성과 친절함의 도움으로 점차 형성되는 따뜻한 동지애가 얼마나 귀중한지는 말씀드리지 않겠습니다. 서로를 전혀 알지 못하고 서로에게 타인으로서, 무자비한 법에 의해서만 연결되어 있는 이 두 사람이 성찬식 바로 직전 마지막 순간에야 서로 대면을 했던, 오래전에 지나가 버린 야만의 시절을 아무런 떨림 없이 기억하는 것은 어려울 뿐만 아니라 불가능하기까지 합니다. 모든 것은 변했습니다. 순종적인 처녀가 부모에 의해 낯선 사람의 천막으로 던져지던, 거의 희생에 가깝다고 할 수밖에 없는 고대의 야만적인 결혼 서약이 여러 세기에 걸쳐 변했듯이 말입니다."

(친친나트는 자기 주머니에서 초콜릿 은박 껍질을 찾아내 구기기 시작했다.)

"그래서, 여러분, 나는 판결을 받은 사람과 가장 우정 어린 관계를 맺기 위해, 적어도 그처럼, 그 수인과 똑같은 모습으로 똑같이 어두컴컴한 방 안에 자리를 잡았습니다. 나의 악의 없는 거짓은 성공하지 않을 수 없었으며, 따라서 내가 어떤 가책을 느끼게 된다면 이상할 것입니다. 그러나 나는 우리 우정의 잔에서 단 한 방울의 작은 쓴맛도 원하지 않습니다. 증인들이 배석하고 있음에도 불구하고, 내가 분명히 옳다는 것을 알고 있음에도 불구하고 나는 당신에게," 그는 친친나트에게 손을 내밀었다. "용서를 구합니다."

"네, 이것이야말로 진정한 재치입니다." 소장이 속삭이듯 말했으며, 그의 개구리처럼 충혈된 눈은 축축해졌다. 그는 손수건을 꺼내 파들파들 떨리는 눈꺼풀에 대려고 하다가 생각을 바꾸어 대신 화가 난 듯, 뭔가를 기대하는 듯 친친나트를 가만히 쳐다보았다. 변호사 역시 쳐다보았지만 그것도 잠시일 뿐, 그 와중에도 자신의 필체를 닮아 가는 입술을 소리 없이 움직였고, 종이에서 분리되었다가 다시 종이를 따라 앞으로 달려 나갈 준비가 되어 있는 문장과의 관계도 중단시키지 않았다.

"손을!" 극도로 긴장한 소장이 얼굴이 새빨개져서 소리를 지르며 탁자를 세게 내리치다가 타박상을 입고 말았다.

"아니, 그가 원하지 않는다면 강요하지 마십시오." 므슈 피에르가 조용히 말했다. "그저 형식일 뿐이지 않습니까. 계속합시다."

"정말 상냥하십니다!" 로드리그 이바노비치가 므슈 피에르에게 눈썹 아래로 입맞춤처럼 촉촉한 시선을 던지면서 떨리는 목소리로 말했다.

"계속합시다." 므슈 피에르가 말했다. "그동안 나는 이웃과 가까워지는 데 성공했습니다. 우리는 함께 시간을 보냈습니다……"

친친나트가 탁자 아래를 내려다보았다. 므슈 피에르는 무엇 때문인지 당황스러워했고 우물쭈물하며 아래쪽을 곁눈질했다. 소장도 식탁보의 한 귀퉁이를 들어 올리고 그곳을 바라보다가 역시 의심스러운 듯 친친나트를 쳐다보았다. 이번에는 변호사가 모습을 감추었다가 주변 사람들을 둘러보고 나서 기록하는 일을 계속했다. 친친나트는 자세를 똑바로 했다. (별 일 아니었다. 작은 은박지 뭉치를 떨어뜨렸을 뿐이다.)

"우리는 함께 시간을 보냈습니다." 므슈 피에르가 기분 상한 목소리로 말을 이었다. "끊임없이 대화를 나누기도 하고 놀이와 온갖 종류의 오락도 하면서 기나긴 밤들을 함께. 우리는 아이들처럼 힘을 겨루기도 했습니다. 약하고 불쌍한 나, 므슈 피에르는, 물론, 오, 물론 강한 동기 앞에 굴복하고 말았습니다. 우리는 에로틱한 것이나 그 밖의 고상한 화제 등 모든 것에 관해 이야기를 나누었고, 그 사이 시간은 마치 분처럼, 분은 시간처럼 날아갔습니다. 가끔은 고요한 침묵 속에서⋯⋯."

이때 로드리그 이바노비치가 갑자기 킥킥거렸다. "이건 물론 *impayable* (우습기 짝이 없군요)." 뒤늦게 농담을 이해한 그가 이렇게 속삭였다.

"⋯⋯가끔, 고요한 침묵 속에서 우리는 거의 껴안다시피 하고 앉아 땅거미를 즐기면서 각자 자기의 생각에 빠져 있기도 했는데, 우리가 입을 여는 순간 두 사람의 생각은 마치 강물처럼 하나로 합쳐졌습니다. 나는 그와 연애의 경험을 나누었고, 그에게 체스 게임의 기술을 가르쳤고, 나의 일화들로 그를 기쁘게 해주었습니다. 그렇게 시간은 흘러갔습니다. 이제 그 결과를 목전에 두고 있습니다. 우리는 서로서로를 사랑했고, 나는 친친나트의 영혼의 구조를 그의 목구조만큼이나 잘 알게 되었습니다. 이렇게 해서 낯설고 무서운 아저씨가 아니라, 다정한 친구가 되어 나는 그가 붉은색 계단으로 올라가는 것을 도와줄 것이고, 그는 두려움 없이 나에게 의지하게 될 것입니다. 영원히, 죽음에도 불구하고. 대중의 의지가 실현되도록 하라!" (그가 일어섰다. 소장도 일어섰다. 글쓰기에 몰두하고 있던 변호사는 약간만 일어났다.)

"자, 이제, 로드리그 이바노비치, 공식적으로 나의 신분을 공개하고 나를 소개시켜 주시기 바랍니다."

소장은 서둘러 안경을 쓰고 무슨 종이를 똑바로 펴더니 확성기 같은 목소리로 친친나트를 향해 말했다.

"자…… 이분 므슈 피에르는…… *bref* (간단히) 사형 집행자입니다……. 그분의 명예로운 일에 감사드립니다." 그는 쩔쩔매며 이렇게 덧붙였다. 그리고 얼굴에 놀란 표정을 지으며 다시 안락의자에 앉았다.

"당신은 그다지 잘하지 못하는군요……." 므슈 피에르가 불만스럽게 말했다. "여기에는 지켜야만 하는 몇 가지 공식적인 형식이 있습니다. 나는 절대로 현학자는 아닙니다만, 이런 중요한 순간에…… 손을 가슴에 올려 봤자 소용없습니다, 일처리가 서투르시군요, 당신은……. 아니, 아니, 앉아 계십시오, 됐습니다. 이제 넘어 갑시다……. 로만 비사리오노비치, 프로그램은 어디 있습니까?"

"당신께 드렸는데요." 변호사가 씩씩하게 말했다. "하지만……." 그러면서 그는 서류 가방 안에 손을 넣어 보았다.

"찾았습니다. 걱정하지 마십시오." 므슈 피에르가 말했다. "그래서…… 공연은 모레로 예정되어 있습니다.…… 〈재미있는 광장〉에서. 더 이상의 훌륭한 선택은 있을 수 없겠는데요……. 아주 훌륭합니다!" 그는 콧소리로 중얼거리면서 읽기를 계속했다. "어른들 입장 허용…… 서커스 예약권 사용 가능…… 기타 등등, 기타 등등……. 사형 집행자는 붉은색 가죽 바지를 입고…… 이건 말도 안 될 뿐만 아니라, 항상 그렇듯이 도를 넘어섰군요⋯⋯."
(친친나트에게) "즉, 모레입니다. 이해하시겠지요? 내일, 우리의 훌륭한 관습이 요구하는 대로, 당신과 나는 함께 도시의 아버지들을 방문해야 합니다. 당신에게 간단한 리스트가 있는 것 같은데요, 로드리그 이바노비치?"

로드리그 이바노비치는 눈을 부릅뜨고 무슨 일인지 자리에서 일어나 솜으로 덮여 있는 자신의 몸통을 여기저기 때리기 시작했다. 마침내 리스트가 나왔다.

"좋습니다." 므슈 피에르가 말했다. "당신 파일에 첨부하시지요, 로만 비사리오노비치. 다 된 것 같습니다. 이제 법에 따라 다음 발언권이 주어질 사람은⋯⋯."

"아, 아닙니다. *c'est vraiment superflu* (사실 그건 쓸데없는 일이지요)⋯⋯." 로드리그 이바노비치가 서둘러 말을 가로챘다. "아주 낡아빠진 법에 불과하니까요."

"법에 따라." 므슈 피에르는 친친나트를 향해 다시 한 번 단호하게 말했다. "당신에게 발언권이 주어졌습니다."

"정말 정직한 분이십니다!" 소장이 뺨을 실룩거리며 딱딱 끊어지는 말투로 말했다.

침묵이 이어졌다. 변호사의 쓰는 속도가 너무 빨라서 그의 연필의 번쩍임 때문에 눈이 아팠다.

"정확하게 1분을 기다리겠습니다." 므슈 피에르가 자기 앞 탁자 위에 뚱뚱한 시계를 놓고 말했다.

변호사는 발작적으로 한숨을 쉬며 빽빽하게 쓰인 종이들을 쌓아 올리기 시작했다.

1분이 지나갔다.

"회의는 끝났습니다." 므슈 피에르가 말했다. "여러분, 가시지요. 로만 비사리오노비치, 등사판으로 인쇄하기 전에 내가 의사록을 한 번 검토하게 해주십시오. 아니, 잠시 후에. 지금은 눈이 피곤하군요."

"솔직히 말해서," 소장이 말했다. "우리가 시스*……를 사용하지 않게 된 것이 가끔은 저도 모르게 아쉽다는 생각이 듭니다." 그는 문 앞에서 므슈 피에르의 귀 쪽으로 몸을 구부렸다.

"무슨 말씀을 하고 계시는지요, 로드리그 이바노비치?" 변호사가 질투 어린 관심을 보였다. 소장은 그에게도 속삭였다.

"네, 사실입니다." 변호사가 동의했다. "하지만 사소한 법률쯤은 피해 갈 수가 있지요. 예를 들어 우리가 몇 번에 나누어 자른다면……"

"아니, 아니, 그만, 됐습니다, 익살꾼들 같으니. 나는 처형한 사람의 숫자를 새겨놓거나 하지는 않습니다." 므슈 피에르가 말했다.

"아닙니다, 우리는 그냥 이론적인 이야기를," 소장이 아첨하듯 웃었다. "하지만 그것을 사용할 수 있었던 이전에는—" 문은 꽝하고 닫혔고, 목소리들은 멀어져 갔다.

그러나 그 순간 또 한 명의 손님이 나타났는데, 책을 수거하러 온 사서였다. 대머리 주변으로 먼지 묻은 검은색 머리카락이 후광처럼 에워싸고 있는 길고 창백한 얼굴, 푸르스름한 스웨터를 걸치고 부들부들 떨고 있는 기다란 몸통, 밑단이 짧은 바지를 입고 있는 긴 다리, 이것들이 합쳐지자 그의 모습은 마치 어딘가에 끼이고 눌린 싯처럼 이상하고 병적인 인상을 풍겼다. 하지만 친친나트는 책의 먼지와 함께 인간적인 무언가가 멀리에서 날아와 사서 위에 내려앉은 것 같은 느낌을 받았다.

"당신도 아마 들으셨겠지요." 친친나트가 말했다. "모레 나를 박멸하겠다는군요. 책은 더 이상 빌리지 않겠습니다."

"더 이상 빌리지 않으시겠다고요." 사서가 확인했다.

친친나트는 계속 말했다. "나는 더러운 진실들을 뽑아 버리고 싶습니다. 시간 좀 있으십니까? 나는……정확히 알게 된 지금 말하고 싶군요. 나를 그토록 괴롭히던 바로 그 무지가 얼마나 매력적이었던가를 말입니다……. 책은 더 이상 빌리지 않겠습니다……."

"신화에 관한 것도요?" 사서가 권했다.

"아니, 그럴 필요 없습니다. 어쩐지 읽고 싶지가 않아서요."

"어떤 사람들은 빌려 가던데요." 사서가 말했다.

"네, 알고 있습니다. 하지만 정말로 그럴 필요 없어요."

"마지막 밤을 위해." 사서는 자신의 생각을 간신히 끝마쳤다.

"당신은 오늘 무섭게 말이 많군요." 친친나트가 가볍게 웃었다. "아니, 이건 전부 가져가시지요.『참나무』를 도무지 끝낼 수가 없었습니다! 아 그런데, 여기 실수로 나한테 온 것 같은데…… 이 책들이…… 아랍언지 뭔지…… 안타깝게도 저는 동방의 언어들을 배우지 못했습니다."

"유감입니다." 사서가 말했다.

"괜찮습니다, 나의 영혼이 보상할 테니까요. 잠깐, 아직 가지 마세요. 당신만이 그나마 인간의 가죽으로 제본되어 있다는 것을 알고는 있지만, 그래도 역시…… 나는 작은 것에 만족합니다…….모레가 되면—"

그러나 사서는 몸을 떨며 나가 버렸다.

17장

관습에 따르면 수동적, 능동적 처형 참여자는 처형 전날 밤 함께 시의 주요 관리들을 일일이 짧게 송별 방문해야 했다. 그러나 의식을 빨리 끝내기 위해 관리들은 교외에 있는 부시장의 집에 모이고(부시장의 조카인 시장 자신은 피톰스크에 있는 친구 집을 방문하느라 부재중이었다), 친친나트와 므슈 피에르가 저녁 식사 무렵에 비공식적으로 그쪽으로 가기로 결정되었다.

두 사람이 똑같은 망토를 입고, 도끼창과 등불을 든 군인 여섯 명의 호위를 받으며 걸어서 다리를 건너 잠자는 도시로 들어가 주요 도로들을 피해 소란스러운 정원 사이로 나 있는 자갈길을 따라 산 위에 오르기 시작했을 때는 강하고 따뜻한 바람이 부는 어두운 밤이었다.

(다리 위에 있는 동안 친친나트는 망토의 두건을 벗어 머리를 자유롭게 하고 뒤를 돌아보았다. 복잡하고 탑이 많은 푸른색의 거대한 요새는 어스름한 하늘 위로 솟아올라 있고, 살굿빛 달은 먹

구름에 가려 있었다. 다리 위 어둠은 박쥐들로 인해 깜박거리며 주름지었다. "당신은 약속하셨을 텐데요⋯⋯." 므슈 피에르가 그의 팔꿈치를 살짝 잡으며 속삭였고, 친친나트는 두건을 다시 푹 눌러 썼다.)

이 한밤중의 산책은 슬픔이나 태평함, 노래, 속삭임 등의 인상으로 가득 찰 것 같았지만 — 왜냐하면 회상이란 인상의 영혼이 아니라면 과연 무엇이겠는가? — 실제로는 흐릿하고 무의미한 것으로 드러났으며, 또한 아주 짧은 순간 번쩍했을 뿐인데, 이는 마치 다양한 색채의 낮의 분수가 밤이라는 정수로 대체되는 어둠 속에서 매우 익숙한 환경 한가운데 있을 때 일어나는 현상과 비슷했다.

자갈이 우두둑하는 소리를 내고 노간주나무 냄새가 나는 좁고 어두운 오솔길 끝에서 갑자기 희끗희끗한 기둥과 박공 위의 조각대, 커다란 월계수 화분과 함께 극장식 조명을 받고 있는 현관 입구가 나타났다. 친친나트와 므슈 피에르는 하인들이 천국의 새처럼 흑백의 판석 위에 깃털을 흩뿌리며 이리저리 뛰어다니는 현관에서 거의 지체하지 않고 바로 많은 사람들이 모여 웅성거리는 홀로 들어갔다. 이곳에 모두가 모여 있었다.

이곳에서 도시 분수 관리인은 특색 있는 머리카락 때문에 곧장 눈에 띄었다. 이곳에서 전신국 국장의 검은색 제복은 순금 메달로 번쩍였다. 이곳에는 외설스러운 코를 가진 불그스레한 배급 담당 책임자, 이탈리아 성을 가진 사자 조련사, 귀가 먹은 늙은 판사, 녹색 에나멜 슬리퍼를 신은 공원 관리인이 있었다. 그 밖에 혐오스러운 얼굴을 한, 당당하고 지위가 높은 백발의 고관들도 다수 있었다. 남성복 형의 회색 프록코트를 입고, 크고 평평한 뺨과 쇠처럼 매끄럽게 반짝거리는 머리 모양을 하고 있는 매우 뚱뚱한 중년의 여성 교육감을 계산에 넣지 않는다면 부인들은 참석하지 않았다.

다 같이 웃는 동안 누군가가 나무 바닥에 미끄러졌다. 샹들리에 는 촛불 하나를 떨어뜨렸다. 전시를 위해 진열된 크지 않은 관 위 에 누군가가 이미 꽃다발을 가져다 놓았다. 친친나트와 함께 한 쪽 옆에 서 있던 므슈 피에르는 자신의 피위탁자에게 이 현상들을 가리켜 보였다.

그러나 이때 거무스레하고 염소수염을 가진 늙은 집주인이 손 바닥을 치자 문이 활짝 열렸고, 참석자들은 모두 응접실로 옮겨 갔다. 므슈 피에르와 친친나트는 눈부신 식탁의 상석에 나란히 앉 혀졌다. 사람들은 처음에는 예의범절에 어긋나지 않게 자제하며 호의적인 호기심을 가지고 (몇몇 사람들에게서는 호기심이 은밀 한 감동으로까지 변했다) 똑같은 옷을 입은 한 쌍을 바라보았다. 므슈 피에르의 입술에 불꽃같은 가벼운 웃음이 나타나며 그가 말 을 하기 시작하자 손님들의 시선은 더욱 솔직하게 그와 친친나트 에게 집중되었다. 친친나트는 서두르지 않고 열심히 집중해서, 문 제의 해답을 찾으려는 것처럼, 생선 칼을 소금 그릇 위나 포크의 굴곡 부분에 올려놓기도 하고, 그의 식기 세트를 두드러지게 장식 하고 있는 흰 장미가 들어 있는 크리스털 꽃병에 기대어 놓기도 하면서 여러 가지 방법으로 균형을 맞추고 있었다.

도시의 가장 빈틈없는 멋쟁이들 가운데 선발된, 화려한 젊은이 들 중 가장 뛰어난 대표자들이라 할 수 있는 하인들이 날렵하게 식사를 날랐다(때로는 접시를 들고 식탁 위를 날아다니기까지 했다.). 므슈 피에르는 대화할 때 보여주던 웃음을 순간적인 진지함으로 바꾸며 친친나트의 접시 위에 먹음직스러운 고기 한 조각을 조심스럽게 올려놓았는데, 그가 친친나트를 돌보는 이러한 정중한 배려가 모두의 관심을 끌었다. 그러고 나서 그는 털이 없는 장밋빛 얼굴을 이전처럼 장난스럽게 반짝이며 식탁 전체를 향해 기지가 넘치는 대화를 이어갔다. 그는 이야기 도중에 갑자기 등을 살짝 구부려 소스 그릇이나 후추 가루 통을 집어 들고 물어보는 듯한 시선으로 친친나트를 바라보기도 했지만, 친친나트는 그 어떤 음식에도 손을 대지 않고 여전히 조용하고 주의 깊게 열심히 칼을 이리저리 옮겨 놓고 있었다.

"당신의 언급을," 므슈 피에르는 자기가 말하는 데 끼어들어 황홀한 반응을 미리 즐기고 있던 도시 운송 책임자를 향해 즐겁게 말했다. "당신의 언급을 들으니 의사의 비밀 유지 의무에 관한 유명한 일화가 떠오르는군요."

"말씀해 주세요. 모르는 이야깁니다. 제발, 말씀해 주세요." 사방에서 목소리들이 그에게 간청해 왔다.

"좋습니다." 므슈 피에르가 말했다. "산부인과 의사에게 환자가 하나 찾아왔습니다―"

"끼어들어서 죄송합니다만," 사자 조련사가 말했다(그는 진홍색 리본 훈장을 달고 있는 백발의 털보였다). "선생님께서는 이 일화가 듣기에 괜찮다고 확신하시는지요……." 그는 의미심장한 시선으로 친친나트를 가리켰다.

"그만, 그만." 므슈 피에르가 단호하게 대답했다. "그가 있는 곳에서는 아주 사소한 외설스러움도 나 스스로 허용하지 않을 겁니다……. 그래서 한 늙은 부인이 산부인과 의사에게 왔습니다." 므슈 피에르는 아랫입술을 약간 내밀었다. "그녀가 말했습니다. 〈나한테 꽤 심각한 병이 있는데 그것 때문에 죽게 될까 봐 무서워요.〉〈증상은요?〉 하고 의사가 물었습니다. 〈선생님, 머리가 흔들려요〉……." 므슈 피에르는 중얼중얼하는 소리와 함께 머리를 흔들면서 노파를 흉내 냈다.

손님들이 박장대소를 했다. 식탁의 다른 쪽 끝에서는 귀머거리 판사가 웃음 변비에 걸린 것처럼 고통스럽게 인상을 찡그리며 큰소리로 웃고 있는 이기적인 옆 사람의 얼굴에 커다란 회색 귀를 들이대고 그의 소매를 잡아당기며 므슈 피에르가 무슨 말을 했는지 알려 달라고 간청하고 있었다. 그사이 므슈 피에르는 긴 식탁 전체를 가로질러 자기가 들려준 일화의 운명이 어떻게 되었는가 하고 질투 어린 시선으로 쭉 바라보다가 누군가가 마침내 불행한 판사의 호기심을 충족시켜 주자 비로소 시선을 깜박거렸다.

"인생은 의료 비밀이라는 당신의 놀라운 경구는," 분수 관리인이 튀어 나오는 작은 침방울들로 입 주변에 무지개를 만들면서 말했다. "얼마 전 내 비서의 가족들에게 일어났던 이상한 상황에 아주 잘 맞아 떨어지는 것 같습니다. 한번 상상해 보시지요……."

"아니 이런, 친친나티크, 두려운가요?" 번쩍거리는 하인 중의 한 사람이 친친나트에게 포도주를 따라 주며 반쯤 속삭이는 정감 어린 목소리로 물어보았다. 그는 눈을 들었다. 하인은 그의 풍자가 처남이었다. "아마 두렵겠지요? 자, 이 술을 쭉 마셔요……."

"거기 무슨 일입니까?" 므슈 피에르가 수다쟁이를 차갑게 제지하자 그는 등을 구부리고 재빠르게 뒤로 물러섰다. 그리고 이미 자신의 병을 들고 다음 손님의 어깨 위로 고개를 숙였다.

"여러분!" 주인이 일어나서 창백한 노란색의 냉 음료가 든 잔을 풀 먹인 가슴팍까지 들어 올리며 소리 높여 말했다. "건배를 제안합니다……."

"키스하시오!" 누군가가 외치자 다른 사람들도 받아서 말했다.

"……*Bruderschaft* (절친한 친구 사이)가 되기를 애원합니다―" 므슈 피에르는 목소리를 바꾸어 조용히, 일그러진 얼굴로 친친나트에게 간청했다. "이번에는 나를 거절하지 마시지요. 항상, 항상 이렇게 되기를 기도해 왔습니다……."

친친나트는 쓰러진 꽃병에서 무의식적으로 꺼냈던, 물에 젖은 흰 장미꽃을 들고 원통 모양으로 비스듬하게 돌돌 말린 꽃잎의 가장자리를 무심하게 만지작거렸다.

"나는, 마침내, 요구할 권리를 가지게 되었습니다." 므슈 피에르가 발작적으로 속삭였다. 그러더니 갑자기 딱딱 끊어지는 억지웃음을 지으며 자기 잔에서 술 한 방울을 친친나트의 머리 꼭대기에 붓고는 나머지를 자신에게 몽땅 쏟아 부었다.

"브라보, 브라보!" 사방에서 외침 소리가 울려 펴졌고, 사람들은 각자 자기 옆 사람을 향해 감동적인 몸짓으로 놀라움과 환희를 표현했다. 깨지지 않는 잔들이 부딪치며 딸그락거렸고, 은으로 만든 배[船] 안에는 어린아이 머리만큼 큰 사과들이 먼지로 뒤덮인 푸른색 포도송이들 사이에 선명하게 쌓여 있었다. 식탁은 경사진 다이아몬드 산처럼 솟아올라 있었으며, 손이 많은 샹들리에는 흐릿한 천장 그림 안에서 정박할 곳을 찾지 못해 떠다니며 눈물 흘리거나 빛을 내고 있었다.

"감동적입니다, 정말 감동적입니다." 므슈 피에르가 말했다. 사람들이 차례로 그에게 다가와 축하해 주었다. 그러는 사이 어떤 사람들은 발을 헛디뎠고, 누군가는 노래를 했다. 도시 소방관들의 아버지는 무례할 정도로 술이 취해서 두 명의 하인이 소란한 틈을 타 그를 끌어내려 시도했지만 그는 도마뱀이 꼬리를 자르듯 자기 코트 끝자락을 희생시키고 자리에 남았다. 검붉은 반점투성이의 훌륭한 여성 교육감은 소리 없는 긴장 상태에서 배급 담당 책임자를 밀어 던지며 자신을 방어하고 있었는데, 그는 마치 그녀를 찔러보거나 간질여 보려는 듯 당근처럼 생긴 손가락으로 장난스럽게 그녀를 겨누며 "찌—찌—찌—찌!" 거렸다.

"여러분, 테라스로 옮깁시다." 주인이 이렇게 말하자 마르핀카의 동생과 고인이 된 의사 시네오코프의 아들이 나무 고리를 덜그럭거리면서 커튼을 좌우로 열었다. 색칠이 된 가로등의 흔들리는 불빛 사이로 볼링 핀 모양의 난간 기둥들로 둘러싸인 돌 베란다가 나타났으며, 기둥들 사이에서 밤은 짙은 어두움을 드러냈다.

배에서 소리가 날 정도로 실컷 먹은 손님들은 낮은 안락의자에 자리를 잡았다. 어떤 사람들은 원주 사이를 돌아다녔고, 어떤 사람들은 난간 옆에 섰다. 이곳에서 친친나트 역시 손가락으로 담배의 미라를 돌리며 서 있었고, 그와 나란히, 그를 향해 돌아서 있지는 않았지만 끊임없이 그의 등이나 옆구리를 건드리면서 므슈 피에르가 청중들이 보내는 격려의 환호 속에서 이야기를 하고 있었다.

"사진과 낚시. 이것이 내가 열중하는 두 가지입니다. 여러분에게 아무리 이상하게 보일지라도 나에게는 영광도 명예도 시골의 고요와 비교하면 아무것도 아닙니다. 믿지 못하겠다는 듯이 웃고 계시는군요, 친절한 어르신(그가 손님들 중 한 사람에게 잠깐 주의를 돌리자 상대방은 즉시 웃음을 그쳤다). 그러나 맹세컨대 정말 그렇습니다. 저는 함부로 맹세하지 않습니다. 자연에 대한 사랑을 내게 물려주신 분은 역시 거짓말을 할 줄 모르셨던 아버지입니다. 물론 당신들 중에 많은 분들이 그분을 기억하고 계실 것이며, 만약 필요하다면 서면으로라도 보증하실 수 있을 겁니다."

친친나트는 난간 옆에 서서 어렴풋이 어둠 속을 바라보았다. 이때 어둠은 명령이라도 받은 듯 매혹적으로 창백해졌는데, 왜냐하면 그 순간 깨끗하고 높은 달이 곱슬곱슬한 양털 구름 뒤에서 미끄러져 나와 니스처럼 관목 숲을 뒤덮고 빛의 떨림으로 연못을 타오르게 했기 때문이다. 갑자기 영혼의 날카로운 움직임과 함께 친친나트는 자신이 너무나 잘 기억하고 있지만 도저히 다가갈 수 없을 것 같던 타마라 정원 숲 한가운데 있음을 알아차렸다. 순간적으로 기억을 하나씩 되살리던 그는 마르핀카와 함께 여러 번 이곳, 지금 그가 서 있는 바로 이 집 앞을 지나쳤던 것을 깨달았다. 당시 집은 판자로 창문을 막은 하얀 빌라의 모습을 하고 작은 언덕 위에서 나뭇잎들 사이로 비쳐 보였다……. 이제 그는 분주한 시선으로 장소를 탐색하면서 별 어려움 없이 밤이라는 어두운 필름으로부터 익숙한 숲 속 초지를 해방시켜 주기도 했고, 반대로 그것을 기억 속에서와 똑같은 것으로 만들기 위해 여분의 달빛 먼지를 닦아내기도 했다. 그는 밤의 그을음으로 더럽혀진 장면들을 복원하면서 숲과 오솔길, 시냇물 등이 옛날과 같은 형체를 갖추는 것을 보았다. 저 멀리에서는 금속성의 하늘에 맞서는 유혹적인 언덕들이 푸른색의 광채와 어둠의 주름 사이에서 완벽하게 펼쳐진 채 정지해 있었다……

"달, 발코니, 그녀와 그." 므슈 피에르가 친친나트에게 웃음을 보내며 말했고, 친친나트는 지금 모두가 상냥하고 기대에 찬 동정심을 가지고 그를 쳐다보고 있음을 알아차렸다.

"풍경에 심취하셨습니까?" 정원 관리인이 뒷짐을 지고 아첨하듯 말했다. "당신은……" 그는 말을 멈추고 약간 당황한 듯 므슈 피에르에게 돌아섰다. "죄송합니다만…… 허락해 주시겠습니까? 저는 아직 개인적으로 소개를 드리지 못했는데……"

"아, 무슨 그런 말씀을, 내 허락은 필요치 않습니다." 므슈 피에르가 정중하게 대답했다. 그리고 친친나트를 살짝 건드리면서 조용히 말했다. "이 신사 분이 자네와 대화를 나누고 싶어하는군."

정원 관리인은 주먹으로 입을 막고 기침을 한 후 다시 물어보았다. "풍경…… 풍경에 심취하셨습니까? 하지만 지금은 보이는 게 거의 없습니다……. 기다려 보십시오, 정확히 자정에. 우리의 주임 기사가 그렇게 약속했습니다……. 니키타 루키치! 아, 니키타 루키치!"

"저 왔습니다." 니키타 루키치는 씩씩한 바스크인처럼 부르는 소리에 대답을 하며 흰 수세미 같은 수염이 나 있는 자신의 젊고 살찐 얼굴로 질문하는 듯, 기쁜 듯 이 사람 저 사람을 바라보며 친절하게 앞으로 나왔다. 그리고는 정원 관리인과 므슈 피에르의 어깨 위에 편안하게 손을 올려놓더니 그들 사이로 몸을 쑥 내밀며 섰다.

"니키타 루키치, 당신이 정확히 자정이라고 약속했다고 말해 주었습니다. 경의를 표하여……."

"아 물론," 주임 기사가 촉촉한 목소리로 말을 가로막았다. "반드시 놀라운 일이 있을 겁니다. 부디 안심하십시오. 그런데 몇 시인가요, 친구들?"

그는 자신의 넓은 손의 압력으로부터 두 사람의 어깨를 풀어 주고 걱정이 있는 듯 방 안으로 들어갔다.

"그러니까 여덟 시간 정도 후면 우리는 이미 광장에 있겠군." 므슈 피에르가 자기 시계의 뚜껑을 다시 꽉 누르며 말했다. "잠시 잠을 자야겠는걸. 사랑하는 친구, 춥지는 않은가? 저 신사가 놀라운 일이 있을 것이라고 말했네. 우리를 정말 응석받이로 만드는군. 저녁으로 나왔던 생선은 아주 훌륭했어."

"그만, 그만두시오." 여성 교육감의 낮은 목소리가 들려왔다. 그녀는 배급 담당 책임자의 집게손가락 앞에서 뒷걸음질 치며 장군과 같은 육중한 등과 회색의 틀어 올린 머리를 므슈 피에르에게 향한 채 똑바로 다가오고 있었다. "찌―찌―찌." 그는 장난스럽게 찍찍거렸다. "찌―찌―찌."

"진정하십시오, 마담." 므슈 피에르가 외쳤다. "내 티눈은 국가의 재산이 아닙니다."

"넋을 홀리는 여자야." 배급 담당 책임자는 별다른 표현 없이 지나가는 말로 이렇게 가볍게 한마디 하더니 춤을 추면서 원주 옆에 서 있는 남자들 무리로 다가갔다. 그의 그림자는 그들의 그림자와 뒤섞였으며, 가벼운 바람이 종이 등을 흔들었다. 어둠 속에서 신중하게 수염을 다듬는 손이 나타나기도 했고, 노쇠한 물고기와 같은 입술을 향해 들어 올려진 작은 찻잔과 찻잔 바닥에 있는 설탕을 먹으려 하는 입술이 나타나기도 했다.

"주목!" 주인이 갑자기 손님들 사이를 회오리바람처럼 뛰어다니며 소리쳤다.

처음에는 정원에서, 그리고 그 뒤로, 그다음에는 더 멀리 작은 길들을 따라, 참나무 숲 속에서, 숲 속 빈터와 풀밭에서 하나씩, 한 다발씩 루비, 사파이어, 토파즈 등불이 다채로운 구슬들로 밤을 점차 수놓으며 타오르기 시작했다. 손님들은 와 하고 환성을 지르기 시작했다. 므슈 피에르는 휘파람 소리와 함께 숨을 들이쉬며 친친나트의 손목을 잡았다. 등불은 더욱더 넓은 면적을 차지하더니 이제는 멀리 있는 계곡을 따라 뻗어 나갔고, 길게 늘어진 브로치 모양으로 저쪽으로 뛰어 갔다가, 곧 첫 번째 비탈길로 뛰어나왔다. 저쪽에서는 가장 비밀스러운 주름 속에 숨기도 하고, 정상의 냄새를 맡거나 그 위로 넘어가기도 하면서 언덕을 따라 다녔다! "아, 얼마나 멋진가." 므슈 피에르가 짧은 순간 자신의 뺨을 친친나트의 뺨에 누르면서 속삭였다.

손님들은 박수를 쳤다. 풀과 나뭇가지와 절벽 위에 예술적으로 설치되었으며, 전체적으로 P와 C*라는 길게 늘어진, 하지만 완전하지는 않은 거대한 모노그램을 전체 밤 풍경을 따라 구성하는 방식으로 배치된 1만 개의 훌륭한 램프는 3분 동안 다채로운 불빛으로 타올랐다. 그 후 모든 것은 한꺼번에 꺼졌고, 빈틈없는 어둠이 테라스로 접근해 왔다.

기사 니키타 루키치가 다시 나타났을 때 사람들은 그를 둘러싸고 헹가래를 치고 싶어했다. 하지만 이제 당연한 과정으로서 휴식을 생각할 때가 되었다. 손님들이 떠나기 전 주인은 난간에서 므슈 피에르와 친친나트의 사진을 찍자고 제안했다. 므슈 피에르는 사진에 나올 사람이었음에도 불구하고 이 작업을 손수 지휘했다. 플래시의 폭발이 주위를 밝게 비추어 친친나트의 옆모습은 하얘졌고, 옆 사람의 얼굴에서는 눈이 없어졌다. 주인은 사람들에게 망토를 내어 주며 배웅하러 나왔다. 현관에서는 침울한 군인들이 잠에 취해 덜그럭거리며 도끼창을 정리하고 있었다.

"방문해 주셔서 이루 말할 수 없을 만큼 흡족합니다." 주인이 헤어지면서 친친나트에게 이렇게 말했다. "내일, 아니 오늘 아침이라 해야겠군요, 물론 가겠습니다, 공적인 자격으로서뿐만 아니라 사적인 자격으로서도. 대단한 혼잡이 예상된다고 조카가 내게 말해 주었습니다."

"자, 행운을 빌겠습니다." 그는 므슈 피에르의 볼에 세 번의 입맞춤*을 하는 사이 이렇게 말했다.

친친나트와 므슈 피에르는 군인들의 호위를 받으며 오솔길 안으로 깊이 들어갔다.

"자네는 대체로 잘했네." 므슈 피에르는 그들이 조금 떨어져 나왔을 때 이렇게 말했다. "단지 왜 그렇게 항상…… . 자네의 소심함은 새로 만난 사람들에게 아주 곤란한 인상을 준다네. 자네가 어떤 사람인지 잘 모르겠군……." 그가 덧붙였다. "물론 내가 조명 장식이나 그런 것들에 열광하기는 했지만, 모든 음식에 다 버터가 들어간 것 같지는 않다는 의심이 들어 가슴앓이도 했었네."

그들은 오랫동안 걸어갔다. 매우 조용하고 안개가 자욱했다.

"똑─똑─똑." 그들이 '경사 도로'를 따라 내려가고 있을 때 왼쪽 어딘가에서 둔탁한 소리가 들려왔다. "똑─똑─똑."

"비열한 놈들." 므슈 피에르가 중얼거렸다. "이미 준비되었다고 맹세까지 해놓고……."

그들은 마침내 다리를 다 건넜고 산을 오르기 시작했다. 달은 이미 제거되었고, 요새의 무성한 탑들은 먹구름과 뒤섞였다.

위쪽 제3문 앞에서 실내복을 입고 나이트캡을 쓴 로드리그 이바노비치가 기다리고 있었다.

"자, 어땠습니까?" 그가 참지 못하고 물어보았다.

"당신을 찾는 사람은 없었습니다." 므슈 피에르가 무뚝뚝하게 말했다.

18장

　'잠자리에 들었다. 잠들지 못했다. 몸이 얼었을 뿐이다. 그리고
이제 새벽이다.'(친친나트는 빠르고 불명확하게, 마치 달려가는
사람이 불완전한 발자국을 남기듯이 단어의 끝을 맺지 못한 채 이
렇게 썼다.) '지금 공기는 창백하며, 내 몸은 너무 얼어서 〈추위〉
라는 추상적인 개념이 형체를 갖는다면 나의 육체여야 할 것 같다.
이제 나를 잡으러 올 것이다. 두려움을 느낀다는 것이 부끄럽지만,
나는 지독하게 두렵다. 공포는 단 1분도 멈추지 않고 급류처럼 거
대한 소음을 내며 나를 관통해 질주하고 있고, 내 몸은 폭포 위 다
리처럼 떨고 있다. 이 소음을 넘어 자기 소리를 듣기 위해서는 아
주 크게 말해야 한다. 나의 영혼이 창피를 당했다는 것이 부끄럽
다. 안 되는데, 이래서는 안 되는데, 이래서는 ─ 단지 러시아어의
껍질에서만 가정법의 버섯 송이가 자랄 수 있다* ─ 아, 그런 세부
적인 것들에 내가 사로잡혀 있고 내 영혼의 옷깃이 잡혀 있다는 것
이 얼마나 부끄러운지. 그것들은 젖은 입술로 작별 인사를 하기 위

해 기어 나온다, 무엇인가 회상들이 기어 나온다. 어린아이인 나는 책을 들고 소란하게 흘러가는 시냇가 양지 바른 곳에 앉아 있는데, 물은 오래되고 오래된 시 〈오, 노년에 이르러 우리의 사랑은 얼마나〉 (나는 굴복해서는 안 된다) 〈부드러워지고 미신적이 되는지!〉 (회상에도, 공포에도, 이 열정적인 딸꾹질에도) 〈미신적이 되는지!〉*의 평평한 행들 위에 흔들리는 광채를 던지고 있다. 나는 모든 것이 질서정연하고, 모든 것이 단순하고 깨끗하기를 진정으로 바랐다. 죽음의 공포, 이것은 그다지 해롭지 않은 (아마도 영혼을 위해서는 건강하기까지 한) 전율이며 신생아의 숨 막히는 울부짖음 혹은 장난감을 놓지 않으려는 맹렬한 거부라는 것을 잘 알고 있다. 영원히 떨어지는 물방울의 소리와 종유석이 있는 동굴 속에서 언젠가 죽음을 기뻐하는 현자들이(그들 대부분은 혼란에 빠진 자들이며, 사실은 자기 식으로 극복했을 뿐이다) 살았었다는 것을 잘 알고 있다. 비록 이 모든 것을 알고 있지만, 또한 나는 이곳에 있는 그 누구도 모르는 중요한, 가장 중요한 한 가지를 알고 있지만, 그럼에도 불구하고 한 번 보라, 인형들이여. 내가 얼마나 두려워하고 있는지, 내 안의 모든 것이 얼마나 떨고 있고 쿵쿵거리고 있고 질주하고 있는지. 이제 그들이 나를 잡으러 올 텐데, 나는 준비가 되어 있지 않다. 나는 부끄럽다……'

친친나트는 일어나서 이리저리 뛰어 다니며 머리를 벽에 부딪쳤다. 그러나 진짜 친친나트는 가운을 입고 탁자에 앉아 연필을 물어뜯으며 벽을 바라보고 있다. 그러다가 탁자 밑으로 발을 살짝 끌며 쓰기를 계속했다. 약간 덜 빠르게.

'이 메모들을 보관해 주십시오. 누구에게 부탁하고 있는지는 모르겠지만, 그러나 이 메모들을 보관해 주십시오. 그런 법이 있다는 것은 확실하며, 또한 합법적이니 조사를 해보면 알게 될 것입니다! 이 문제는 잠시 제쳐 두지요. 이것 때문에 당신에게 무슨 일이야 일어나겠습니까? 내가 진정으로 부탁하니, 나의 마지막 희망을 들어주지 않을 수 없을 겁니다. 비록 이론적인 가능성에 불과하더라도 나는 독자를 필요로 하며, 그렇지 않다면 정말로 찢어버리는 것이 낫습니다. 이상이 내가 말해야만 했던 것입니다. 이제 준비할 시간이 되었습니다.'

그는 다시 멈추었다. 이제 방 안은 거의 밝아졌으며, 빛의 배치로 보아 곧 다섯시 삼십분 종이 치리라는 것을 친친나트는 알고 있었다. 멀리서 들려올 소리를 기다리며 그는 쓰기를 계속했다. 그러나 최초의 외침에 자신의 모든 힘을 소비해 버린 것처럼 이제는 아주 조용하게 띄엄띄엄 써내려 갔다.

'나의 단어들은 제자리걸음을 하고 있다.' 친친나트는 이렇게 썼다. '시인들에 대한 질투. 페이지를 따라 질주할 수 있다면, 그림자만이 뛰어다니는 페이지를 떠나 곧장 푸른 곳을 향해 갈 수 있다면 얼마나 좋을까. 이전에도 이후에도 처형, 그리고 모든 기만의 불결함만이 있다. 칼날은 얼마나 차가울 것이며 도끼는 얼마나 매끄러울 것인가. 샌드페이퍼로 밀어 놓았을 테니. 몸통이 분리될 때의 고통은 붉은색과 고함 소리로 나타나리라는 생각이 든다. 글로 쓰인 생각은 압력을 덜 가하지만, 그러나 어떤 생각은 암과 같아서 아무리 표현하고 아무리 잘라 내도 이전보다 더 나쁘게

다시 자라난다. 오늘 아침에 한 시간 아니면 두 시간 후를 상상하는 것은 어렵다……'

그러나 두 시간, 혹은 그 이상이 지나갔으며, 마치 아무 일도 없는 것처럼 로디온은 아침 식사를 들고 들어왔다가 방을 치우고 연필을 깎고 거미에게 먹이를 주고 변기를 들고 나갔다. 친친나트는 아무것도 묻지 않았지만, 로디온이 떠나고 시간이 평상시 속도대로 느릿느릿 흘러가자 자신이 또 한 번 속았다는 것을, 쓸데없이 영혼을 너무 긴장시키고 있었다는 것을, 모든 것은 이전과 마찬가지로 불명확하고 끈적끈적하고 무의미하다는 것을 이해했다.

시계는 방금 세시 아니면 네시를 쳤고(졸려서 반쯤 잠들어 있었기 때문에 시계 치는 소리를 세지 못했지만, 대략 그 정도 횟수의 소리가 인상에 남았다), 그 순간 갑자기 문이 열리며 마르핀카가 들어왔다. 그녀의 얼굴은 홍조를 띠고 있었고, 머리 뒤의 빗은 빠져 나와 있었으며, 검정 벨벳 드레스의 타이트한 허리는 위로 올라가 있었다. 그런데 이때 뭔가가 몸에 맞지 않았는지 그녀를 한쪽으로 기울게 만들었다. 그녀는 아래쪽에 있는 뭔가가 불편하고 어색한 듯 계속해서 옷을 잡아당기며 바로잡으려 했고, 제자리에서 대퇴부를 빠르게 쓰다듬었다.

"당신을 위한 수레국화예요." 그녀가 푸른색 꽃다발을 탁자 위에 던져 놓으며 말했다. 이 말과 동시에 그녀는 재빨리 무릎 위로 치맛자락을 걷어 올리더니 흰 스타킹을 신은 풍만한 다리를 의자 위에 세웠다. 그리고는 부드럽게 떨리는 지방 위에 밴드 자국이 남아 있던 곳까지 스타킹을 끌어올렸다. "허락을 받기가 정말 어려웠어요! 물론 약간의 양보를 해야 했지요. 한마디로 늘 있는 일이에요. 그런데 어떻게 지냈어요, 나의 불쌍한 친친나티크?"

"솔직히 말해서 당신이 오리라고는 기대하지 않았어." 친친나트가 말했다. "아무 데나 앉도록 해."

"이미 어제부터 노력을 했어요. 그러다가 오늘은 스스로에게 다짐했지요. 실패하더라도 가겠다고. 그는 나를 한 시간이나 잡아두더군요, 당신 소장 말이에요. 그런데 당신을 굉장히 칭찬하던걸요. 아, 오늘 내가 얼마나 서둘렀던지, 늦을까 봐 얼마나 두려워했던지요. 아침에 〈재미있는 광장〉에서 일어난 일은 끔찍했어요."

"왜 취소가 된 거지?" 친친나트가 물었다.

"잠을 잘 못자서 모두 피곤하다고 하던데요. 알다시피 군중들은 쉽게 떠나려 하지 않잖아요. 당신은 자랑스러워해야 해요."

불가사의한 광택을 내는 눈물이 길게 마르핀카의 뺨과 턱을 따라서, 모든 윤곽을 부드럽게 따라가면서 흘러 내렸고, 한 방울은 심지어 쇄골의 움푹한 곳까지 흘러갔다…… 그러나 눈은 여전히 둥글게 바라보고 있었고, 손톱 위에 흰색의 반점이 있는 짧은 손가락들은 펴져 있었으며, 얇은 입술은 빠르게 움직이면서 자신의 이야기를 하고 있었다.

"현재로서는 얼마 동안 연기되었다고 단언하는 사람들도 있던데, 사실 누구에게도 알아볼 수가 없어요. 얼마나 많은 소문이 돌고 얼마나 어수선한지 당신은 전혀 상상도 못할 거예요."

"당신은 왜 우는 거지?" 친친나트가 웃으면서 물어보았다.

"나도 모르겠어요. 기운이 다 빠졌어요……." (가슴에서 나오는 저음으로) "당신 때문에 모든 게 지겨워졌어요. 친친나트, 친친나트, 당신은 대체 무슨 일을 지질렀나요? 사람들이 당신에 관해 말하는 것이라곤, 〈끔찍하군!〉이라는 말뿐이에요. 아, 들어봐요." 그녀는 갑자기 빙그레 웃으며 입맛을 다시고 옷매무새를 단정히 하더니 이야기의 템포를 바꾸었다. "최근에, 그게 언제였더라? 그래, 그저께, 끔찍한 방수 외투를 입고 무슨 여의사처럼 보이는, 한 번도 만난 적이 없는 작은 부인 하나가 찾아와서 머뭇머뭇 이렇게 말하기 시작하는 거예요. 〈그러니까…… 문제는…… 당신은 이해할 거예요…….〉 나는 그녀에게 이렇게 말했어요. 〈아니요, 아직 아무것도 이해 못하겠는데요.〉 그녀가 말하기를 〈아, 아니요, 나는 당신을 아는데 당신은 나를 모르는군요…….〉 내가 말했어요……." (마르핀카는 자신의 대화 상대자를 흉내 내면서 까다롭고 조리 없는 말투에 취해 있다가, 〈내가 말했어요〉라는 자기 말에서 정신을 차렸다. 그녀는 자기가 한 말을 전하면서 스스로를 눈처럼 고요한 존재로 묘사했다.) "한마디로 그녀는, 비록 내 생각에 전혀 그럴 나이로 안 보였지만, 자기가 당신 어머니라고 주장하기 시작했어요. 하지만 상관없어요. 학대당하는 것이 미칠 듯이 두렵다는 말도 했어요, 그러니까 그녀는 심문도 당하고 여러 가지로 당했다고 하더군요. 내가 말했어요. 〈그게 나하고 무슨 상관인데요. 대체 무슨 일로 나를 만나려고 하셨나요?〉 그녀가 말하기를 〈아, 아니, 그러니까, 당신은 굉장히 친절해서 무슨 일이든 다 해주리라고 생각해요…….〉 그때 내가 말했지요. 〈아니 내가 왜 친절하다고 생각하시나요?〉 그녀는 〈그러니까, 아, 아니에요, 아, 맞아요〉

라고 말하면서 부탁하기를 자기가 한 번도 우리 집에 온 적이 없고 당신과 만난 적도 없다는 것을 증명하는, 내가 손과 발로 서명한 종이를 자기에게 줄 수 없냐고 하더군요……. 이제 당신도 알겠지만, 마르핀카에게는 정말 웃기는 일이었어요, 정말 웃겼어요! 내 생각에(느릿느릿하고 낮은 목소리로) 이 여자는 약간 비정상에 미친 것 같아요, 그렇죠? 어쨌든 나는 물론 그녀에게 아무것도 주지 않았어요. 빅토르나 다른 사람들이 그러는데 당신이 그녀와 모르는 사이라는 것을 내가 안다면 나는 당신의 행동 하나하나를 대체로 알고 있다는 의미가 되기 때문에 심각하게 위태로울 수도 있다고 하던데요. 그녀는 아주 당혹해하며 떠났어요."

"하지만 정말 나의 어머니였어." 친친나트가 말했다.

"아마 그럴 수 있겠지요. 어쨌든 이젠 그다지 중요하지 않아요. 그런데 당신은 왜 그렇게 지루해하고 언짢아하고 있어요, 친친? 나를 보면 정말 기뻐할 거라고 생각했는데, 당신은……."

그녀는 침대, 그다음에는 문을 쳐다보았다.

"이곳의 규칙이 어떤지는 모르지만," 그녀가 작은 목소리로 말했다. "만약 당신이 필요로 한다면, 친친나티크, 자 어서."

"그만. 무슨 헛소리야." 친친나트가 말했다.

"좋아요, 원하실 대로. 이것이 마지막 면회이고 그게 전부니까, 그저 당신한테 만족을 주고 싶었어요. 아, 나 청혼받은 거 알아요? 누구인지 한 번 맞춰 봐요. 절대로 알아맞히지 못할 걸요. 언젠가 우리 옆집에 살면서 담장 너머로 역한 파이프 담배 냄새를 풍기고, 내가 사과나무에 기어 올라갈 때마다 엿보곤 하던 아주 늙은 노인네 기억해요? 어떨 것 같아요? 중요한 것은 그가 정말로 진지하다는 거예요! 내가 그처럼 다 낡아빠진 허수아비에게 시집을 간다면, 후! 나는 이제 충분히, 충분히 휴식을 취할 필요가 있다고 생각해요. 당신도 알다시피 실눈을 뜨고 온 몸을 쭉 펴고 아무것도 생각하지 않고 휴식을 취해야 해요, 휴식을. 물론 완전히 혼자서, 아니면 정말로 배려해 주고 모든 것을 이해해 줄 사람과 함께……."

그녀의 짧고 뻣뻣한 속눈썹이 다시 반짝이더니 눈물이 사과처럼 붉은 뺨 위의 보조개를 따라 뱀처럼 흘러 내렸다.

친친나트는 눈물 한 방울을 받아서 맛을 보았다. 짜지도 달지도 않은 그냥 미적지근한 물 한 방울이었다. 물론 친친나트가 이렇게 한 것은 아니었다.

갑자기 문이 삐거덕 하며 1베르쇼크* 정도 열리더니 붉은색 손가락이 마르핀카를 불러냈다. 그녀는 재빨리 문 쪽으로 다가갔다.

"무슨 일이에요, 아직 시간이 안 됐잖아요. 내게 정확히 한 시간을 약속해 놓고." 그녀가 빠른 말투로 속삭였다. 그녀에게 뭔가 항의가 들어왔다.

"절대 안 돼요!" 그녀가 격분해서 말했다. "그렇다면 전하세요. 협정서에는 단지 소장하고만 하는 걸로 되어 있는데—"

상대가 말을 가로채자 그녀는 고집스러운 중얼거림에 귀를 기울였다. 그녀는 고개를 숙인 채 얼굴을 찡그리고 슬리퍼로 바닥을 긁어 댔다.

"네 좋아요." 그녀는 약간 거칠게 대답을 하고 자신은 죄가 없다는 듯 쾌활하게 남편을 향해 돌아섰다. "5분 후에 돌아올게요. 친친나티크."

(그녀가 없는 잠깐 동안 그는 그녀와 절박하고 중요한 대화는 시작도 못했을 뿐만 아니라 이제는 이 중요한 것을 표현할 수조차 없게 되었다는 생각을 했다……. 동시에 그의 가슴에 통증이 밀려왔고 늘 있던 추억이 한 쪽 구석에서 훌쩍거렸다.)

그녀는 45분이 지나서야, 이유는 알 수 없지만 경멸적인 코웃음을 치며 돌아왔다. 그녀는 다리를 의자 위에 올려놓고 양말대님을 탁하고 튕기더니 화를 내면서 허리 부분의 주름을 똑바로 하고 정확히 조금 전에 앉아 있던 모습 그대로 탁자에 앉았다.

"쓸데없는 짓이야." 그녀는 냉소를 띠며 이렇게 말하고 탁자 위에 있던 푸른색 꽃들을 만지작거리기 시작했다. "자, 아무 이야기나 해줘요, 친친나티크, 나의 싸움닭. ……알겠지만, 내가 직접 이것들을 모았어요. 양귀비를 좋아하지는 않는데, 여기 이것들은 매력이 있네요. 해낼 자신이 없었으면 기어들어 오지나 말던지." 그녀가 실눈을 뜨고 갑자기 다른 어조로 이렇게 덧붙였다. "아니, 친친, 당신한테 말한 게 아니에요." (한숨) "자, 아무 이야기나 해줘요. 나를 위로해 줘요."

"당신 내 편지를……." 친친나트는 말을 시작하다가 기침을 했다. "당신 내 편지를 주의 깊게 다 읽어 봤어?"

"제발요." 마르핀카가 관자놀이를 누르며 소리쳤다. "우리 편지 이야기만은 하지 말아요!"

"아니, 해야 해." 친친나트가 말했다.

그녀는 벌떡 일어나더니 조급하게 옷매무새를 고쳤다. 그리고 격분했을 때 그런 것처럼 약간의 혀짤배기소리로 두서없이 말하기 시작했다. "그건 끔찍한 편지였고 무슨 헛소리 같아서 어쨌든 이해가 안 됐어요. 사람들은 당신이 술병을 들고 여기 혼자 앉아서 썼구나 하는 생각을 할지도 모르겠어요. 편지에 관해서는 말하고 싶지 않았는데, 이미 당신이…… 아마도 전달자들이 그걸 다 읽어보고 복사하고 이런 이야기를 나누지 않았겠어요. 〈아하! 그가 그녀에게 이런 걸 쓰는 걸 보면 두 사람은 공범이야.〉당신 일에 관해 아무것도 알고 싶지 않으니, 이해해 줘요. 당신은 감히 내게 그런 편지를 써서 나를 당신 범죄에 끌어들이지 말아요……."

"나는 당신한테 범죄가 될 만한 것은 쓰지 않았는데." 친친나트가 말했다.

"그건 당신 생각이고요, 당신 편지 때문에 모두가 공포에 떨었어요, 정말 공포에 떨었단 말이에요! 어쩌면 나는 바보 같아서 법에 대해서는 아무것도 모르지만 당신의 말이 모두 불가능하고 용인하기 어렵다는 것은 본능적으로 이해했어요……. 아, 친친나트, 나를 어떤 상황에 몰아넣고 있는 건가요, 아이들도요. 아이들을 생각해 봐요……. 들어봐요. 잠시만 내 말을 들어봐요." 너무 흥분해서 말을 하다 보니 그녀의 이야기는 완전히 요령부득이 되었다. "전부, 전부 부인하도록 해요. 당신은 결백하다고, 그냥 어리석은 짓을 했을 뿐이라고 그들에게 말해요, 그들에게 말하고 참회를 해요, 그렇게 해요. 이것이 비록 당신의 머리를 구하지는 못한다 할지라도, 나를 생각해 줘요. 사람들은 벌써 나한테 〈저기 그녀야, 미망인, 저기!〉라며 손가락질하고 있다고요.”

“잠깐, 마르핀카. 좀처럼 이해할 수가 없는데, 뭘 참회해야 하는 거지?”

“바로 그거예요! 나를 휘말려 들게 하고 음모를 꾸미고……. 그러니까 내가 무슨 일인지 알았다면, 당신의 공범이 될 수도 있었다는 말이잖아요. 분명히 그랬을 거예요. 아니, 됐어요, 됐어요. 이 모든 게 미치도록 두려워요. 마지막으로 말해 줘요. 정말 나를 위해, 우리 모두를 위해 참회할 생각이 없나요?”

“잘 가, 마르핀카.” 친친나트가 말했다.

그녀는 자리에 앉아 오른손으로는 팔꿈치를 괴고 왼손으로는 탁자 위에 자신의 세계를 그리면서 생각에 잠겼다.

“정말 기분 나쁘고, 정말 지루하네요,” 그녀가 아주 깊은 한숨을 쉬며 말했다. 그녀는 얼굴을 찡그리며 손톱으로 강을 그렸다. “우리가 전혀 다른 식으로 만날 거라고 생각했어요. 당신한테 모든 것을 줄 준비가 되어 있었는데. 노력할 만한 가치가 있었다고요! 그런데 당신은 아무것도 하지 않는군요.”(강은 탁자 끝에서 바다로 흘러들었다.) “알겠지만, 나는 무거운 가슴을 안고 떠나요. 그런데 어떻게 나가면 되지요?” 갑자기 순진하고 심지어 즐겁기까지 한 기억이 그녀를 사로잡았다. “그렇게 금방 나를 잡으러 오지는 않을 거예요, 내가 시간을 엄청 많이 벌어 놓았으니까.”

“걱정하지 마.” 친친나트가 말했다. “우리가 한 말은 모두…… 곧 공개될 테니.”

이 점에서는 그가 옳았다.

"안녕, 안녕." 마르핀카가 혀짤배기소리를 했다. "잠깐만요, 세게 잡지 말아요, 남편하고 작별 인사하게 해주세요. 안녕. 만약 당신이 셔츠 같은 것으로 쓸 뭔가가 필요하다면…… 참, 아이들이 당신에게 아주 진한 키스를 보낸다고 전해 달랬어요. 그 밖에 또…… 아, 하마터면 잊어버릴 뻔했네. 내가 당신한테 선물했던 국자를 아빠가 가져갔어요, 당신이 그렇게 하라고 말했다던데요……."

"좀 서둘러 주세요, 부인." 로디온이 익숙하게 무릎으로 그녀를 문 쪽으로 밀어 내면서 말을 중단시켰다.

19장

다음 날 아침 그에게 신문들이 배달되었고, 이것은 감금 초기를 생각나게 했다. 바로 그때 컬러 사진 한 장이 눈에 띄었다. 그것은 푸른 하늘 아래 광장이 군중들로 짙게 얼룩져 있어서 검붉은색의 단두대 가장자리만이 보이는 사진이었다. 사형을 다루고 있는 기사에서 문장의 반은 덧칠이 되어 있었으며, 나머지 중에서 친친나트는 마르핀카로부터 이미 알게 된 것, 즉 거장의 건강이 그다지 좋지 않아서 공연이 연기 ― 아마도 오랫동안 ― 되었다는 사실만을 건질 수 있었다.

"자, 오늘 네게 줄 선물이다." 친친나트가 아니라 거미에게 로디온이 말했다.

그는 아주 조심스럽게, 그러나 한편으로는 꺼리듯이 뭉쳐진 수건을 (그의 신중함은 그것을 품안에 꼭 안도록 했고, 공포심은 그것을 멀리하도록 했다) 양손으로 옮겨 놓았는데, 그 안에서 뭔가 커다란 것이 꿈틀대며 부스럭거렸다.

"탑 창문에서 잡았단다. 진짜 괴물이야! 얼마나 퍼덕거리는지 한 번 봐라, 너는 결코 삽을 수 없을 거야……."

그는 튼튼한 거미줄 안에, 이미 먹이를 감지하고 부풀어 올라앉아 있는 게걸스러운 거미에게 희생물을 주기 위해 항상 하던 대로 자기가 올라 설 의자를 끌어당기려 했다. 그런데 문제가 생겼다. 그는 거칠고 위태위태한 손가락에서 뜻하지 않게 수건의 중심 주름을 놓쳤고, 그 순간 온 몸의 털을 곤두세우며 고함을 질러 댔는데, 그 모습이 마치 박쥐까지는 아니더라도 그냥 보통의 쥐가 혐오감과 공포를 불러일으킬 때 사람들이 고함을 지르고 털을 곤두세우는 것과 똑같았다. 크고 검고 털이 많은 뭔가가 수건 밑에서 나왔고, 이것을 본 로디온은 제자리에서 발을 동동 구르며 두려워서 놓지도 못하고 감히 잡지도 못한 채 힘껏 소리를 지르기 시작했다. 수건이 떨어졌다. 그러자 포로는 끈적끈적한 여섯 개의 발로 로디온의 소맷부리에 단단히 매달렸다.

이것은 단순한 나방이었다. 하지만 정말 대단했다! 남자 손바닥만 한 크기였고, 전체적으로 짙은 흑갈색에 안쪽으로는 희끗희끗하고, 군데군데 먼지로 뒤덮인 것 같은 날개를 가지고 있었다. 양 날개 가운데에는 쇠와 같은 광택을 내는 눈 모양의 둥근 반점이 장식되어 있었다.

북슬북슬한 반바지를 입은, 관절이 많은 앞발로 달라붙기도 하고 떨어지기도 하면서, 또 들어 올린 날개 ― 그 아래로 구부러진 잿빛 가장자리에서 똑같이 응시하고 있는 반점과 파도 무늬가 빛나는 ― 를 천천히 흔들면서 나방은 정확히 더듬어 가며 소매 위를 기어 다녔다. 그사이 로디온은 완전히 패닉 상태에 빠져 눈을 휘둥그렇게 뜨고, 자기 손을 떨치기도 하고 내버리기도 하며 흐느 껴 울었다. "떼어 줘! 떼어 줘!"

팔꿈치까지 내려간 나방은 자기 몸보다 무게가 더 나갈 것 같은 무거운 날개를 소리 없이 치다가 팔꿈치가 꺾인 곳에서 여전히 소 매에 끈끈하게 달라붙은 채 날개가 아래로 가도록 자기 몸을 뒤집 었다. 이제 나방의 주름 많고 희끄무레한 반점이 있는 갈색 배와 다람쥐 같은 면상, 두 개의 검은색 총알과 같은 눈, 날카로운 귀를 닮은 촉각을 볼 수 있었다.

"아, 이걸 치워 줘!" 로디온은 정신없이 애원하기 시작했다. 그 가 미친 듯이 날뛰는 바람에 화려한 곤충은 떨어져 나가서 탁자에 부딪혔는데, 그것은 탁자 위에 잠시 머물다가 힘차게 몸을 떨며 갑자기 그 끝에서 날아가 버렸다.

그러나 나에게 당신들의 낮은 너무 어두우며, 당신들은 쓸데없 이 나의 단잠을 깨웠다. 나방의 비행은 육중하게 밑으로 가라앉으 며 오래 가지 못했다. 로디온은 수건을 들어 올려 사납게 휘두르며 눈이 먼 비행체를 떨어뜨릴 기회를 엿보고 있었지만 그것은 갑자 기 사라지고 말았다. 마치 공기가 나방을 삼켜 버린 것 같았다.

로디온은 잠시 찾아보다가 발견하지 못하자 방 한 가운데에서 서서 팔을 허리에 걸치고 친친나트를 향해 돌아섰다. "아? 이런 악당 같으니!" 그는 의미가 담긴 침묵 후에 이렇게 외쳤다. 그는 침을 뱉었다. 그리고 머리를 흔들며 담아 둔 파리들 때문에 심하 게 진동하고 있는 성냥 곽을 집어 들었다. 그것으로 실망한 동물을 만족시켜야만 했다. 그러나 친친나트는 나방이 어디에 앉았는지 분명히 보았다.

로디온이 화를 내며 털이 많은 머리카락 모자와 턱수염을 벗으면서 마침내 떠나 버리자 친친나트는 침대에서 탁자로 옮겨 갔다. 그는 모든 책을 서둘러 반납한 것을 후회하며, 할 일도 없고 해서 뭔가 쓰기 위해 앉았다.

'모든 것이 앞뒤가 들어맞는다.' 그는 썼다. '즉 모든 것은 속임수였고, 이 모든 것은 연극이고 불쌍한 것이었다. 경박한 여자의 약속, 어머니의 축축한 시선, 벽 뒤의 톡톡 소리, 이웃의 호의, 그리고 마지막으로 죽음의 발진으로 뒤덮인 언덕들은⋯⋯. 모든 것이 앞뒤가 들어맞는 상황을 만들어 나를 속였다. 이것이 이곳 삶의 막다른 골목이며, 이 좁은 경계 안에서 구원을 찾을 필요는 없다. 내가 구원을 찾으려 했다는 것이 이상하다. 이것은 마치 자신이 실제로는 한 번도 가져 본 적이 없는 물건을 최근 꿈속에서 잃어버리고 비통해하거나, 아니면 내일 그것을 찾는 꿈을 꾸기를 바라는 것과 똑같다. 이렇게 해서 수학이 창조되는 것이지만, 그 안에는 파멸적인 결함이 있다. 내가 그것을 발견했다. 나는 삶이 꺾어진 곳에서, 삶이 언젠가 진짜로 살아 있고 의미 있고 거대한, 다른 무언가와 긴밀하게 결합되어 있던 곳에서 삶의 작은 틈을 발견했다. 그것들을 수정과 같은 의미로 채우기 위해서는 얼마나 부피가 큰 형용사가 필요할지⋯⋯ 다 말하지 않는 것이 좋겠다, 그렇지 않으면 또다시 혼란스러워질 테니. 고치기 어려운 이 틈에서 부패가 시작되었다. 오, 그럼에도 불구하고 나는 모든 것, 꿈과 결합과 몰락에 관해서 말할 것만 같다. 아니, 다시 벗어났다. 나의 가장 좋은 단어들은 도망 중에 있기에 나팔 소리에 응답을 하지 않으며, 나머지 단어들은 불구자이다. 오, 내가 이토록 오랫동안 이곳에 머무르게 될 줄 알았다면, A에서 시작하여 차례로, 연결된 개념들의 큰 길을 따라 도달하고 완성했을 것이고, 나의 영혼은 단어들로 에워싸여 세워졌을 텐데⋯⋯. 지금까지 여기에 쓴 것은 모두 나의 흥분의 거품이며 헛된 발작일 뿐이니, 왜냐하면 내가 너무 서둘렀기 때문이다. 그러나 단련이 되고 두려움도 거의 없어진 지금은⋯⋯.'

여기서 페이지는 끝이 났고, 친친나트는 종이를 다 써 버렸다는 사실을 깨달았다. 하지만 한 장의 종이를 더 찾아냈다.

'⋯⋯죽음', 그는 앞의 어귀에 이어 종이 위에 이렇게 썼다가 곧바로 그 단어를 지워 버렸다. 다르게, 좀 더 정확하게, 아마도 '사형'이나 '고통', '이별' 같은 것들로 표현해야만 한다. 몽당연필을 돌리면서 그는 생각에 잠겼다. 얼마 전까지 나방이 펄럭이며 앉아 있던 탁자 끝에 갈색의 솜털이 붙어 있었다. 친친나트는 나방을 기억해 내고는 탁자 위에 단 하나의, 그마저도 이제는 줄을 그어 지워 버린 단어가 쓰여 있는 백지를 남겨 두고 뒤로 물러나 침대 밑으로 몸을 숙였다(슬리퍼 뒤축을 바로 하려는 것처럼 가장하면서). 침대 근처 그것의 쇠다리 아래 거의 바닥 쪽에 나방이 눈에 확 띄는 날개를 장엄하면서도 공격자의 눈에 띄지 않게 마비된 듯한 자세로 펼쳐 놓은 채 앉아서 졸고 있었다. 등에 털이 많았지만 그 중 한 곳의 털이 벗겨져서 밤톨 모양으로 반짝이는 작은 빈 공간이 드러나 보이는 것이 불쌍할 따름이었다. 그러나 잿빛 테두리에 영원히 열린 눈을 가진 거대하고 어두운 날개는 건드려서는 안 되었다. 약간 아래로 처진 앞날개는 뒷날개와 겹쳐져 있었으며, 두 날개의 위쪽 끝이 하나로 합쳐져 일직선을 이루지 않았다면, 또한 뻗어 나가는 선들의 완벽한 대칭이 없었다면 이렇게 숙이고 있는 모습은 잠에 취한 무의지 상태로 보였을 것이다. 이것은 대단히 매혹적이어서 친친나트는 참지 못하고 손가락 끝으로 오른쪽 날개가 시작되는 지점의 희끗희끗한 능선을, 그다음에는 왼쪽 능선을 쓰다듬어 보았다(부드러운 단단함이다! 고집 센 부드러움이다!). 그러나 나방은 잠에서 깨지 않았고, 그래서 그는 몸을 쭉 펴고 약하게 한숨을 쉬며 뒤로 물러났다. 그가 다시 탁자에 앉으려고 할 때 갑자기 자물쇠 안에서 열쇠가 철컥거리더니 감옥 대위법의 모든 규칙에 따라 날카로운 소리, 울리는 소리, 삐거덕거리는 소리를 내며 문이 열렸다. 연두색의 사냥꾼 복장을 한 장밋빛 므슈 피에르가 먼저 살짝 들여다보다가 완전히 들어왔으며, 그 뒤로 두 명이 더 따라 들어 왔는데, 이들이 소장과 변호사라고 알아보는 것은 거의 불가능했다. 수척하고 창백한 데다 똑같이 회색 셔츠를 입고 낡은 구두를 신고 아무런 분장이나 두툼한 충전물, 가발도 없이, 눈에는 눈물을 줄줄 흘리며, 숨길 것 없는 누더기 사이로 앙상한 몸매를 드러내고 있는 그들은 서로 닮은 것으로 드러났다. 가느다란 목 위에 있는 똑같은 머리, 옆으로 회청색의 점선이 그려져 있고 귀가 튀어나온 울퉁불퉁하고 창백한 대머리들은 똑같이 방향을 돌렸다.

아름답게 루주를 바른 므슈 피에르가 에나멜가죽 신발의 목 부분을 서로 붙이고 인사를 하며 우스꽝스러운 가성으로 말했다.

"마차가 준비되었습니다."

"어디를 가는데요?" 친친나트는 틀림없이 새벽에 찾아오리라고 확신하고 있었기 때문에 사실 그의 말을 금방 이해하지 못하고 이렇게 물었다.

"어디로, 어디로……." 므슈 피에르가 그의 말을 흉내 냈다. "자네는 이미 알고 있네. 싹둑—싹둑 하는 곳이지."

"하지만 지금 이 순간은 아니지 않습니까." 친친나트는 '나는 전혀 준비가 되어 있지 않은데요……'라고 말하는 자신에게 놀랐다. (친친나트, 이렇게 말하는 사람이 정말 당신인가?)

"아니, 바로 이 순간일세. 무슨 그런 말을, 친구, 자네한테는 준비를 할 수 있도록 거의 3주가 주어져 있었다네. 충분한 것 같은데. 여기 내 조수 로자와 로마인데, 그들을 사랑하고 예뻐해 주기를 부탁하네. 외모는 추악한 젊은이들이지만 그 대신 부지런하거든."

"최선을 다하겠습니다." 젊은이들이 웅얼거렸다.

"거의 잊고 있었는데," 므슈 피에르가 계속했다. "법에 따르면 자네가 할 수 있는 일이 더 있네만……. 내 사랑 로만, 목록을 이리 주게나."

로만은 과장되게 서두르며 모자 안감에서 장례용 테두리가 달린, 두 번 접은 마분지 목록을 꺼냈다. 그가 목록을 꺼내는 동안 로드리그는 동료에게서 무의미한 시선을 거두지 않고 마치 품속으로 손을 넣으려는 것처럼 기계적으로 자신의 옆구리를 계속 건드렸다.

"자 여기 작업을 간소화하기 위해," 므슈 피에르가 말했다. "마지막 소원을 위해 준비된 메뉴일세. 한 가지, 단지 한 가지만을 선택할 수 있네. 내가 큰 소리로 읽어 주지. 그러니까 포도주 한 잔, 또는 화장실에서의 짧은 체류, 또는 특별한 종류의 우편엽서들을 모아 놓은 감옥 컬렉션에 대한 대강의 열람, 또는…… 여기 이건 뭐지…… 관리단의 사려 깊은 대우에 대해 감사의 표현…… 표현을 담은 인사말 작성…… 음, 이건 미안하게 됐네. 로드리그, 이 불한당 같으니, 네가 이걸 써 넣었군. 이해가 안 되는데, 누가 너한테 이런 걸 시켰지? 이건 공식적인 문서란 말이다! 나에게는 대단히 모욕적인 일이야. 더욱이 내가 법과 관련해 이렇게 꼼꼼하게 노력하고 있는데……."

므슈 피에르가 화가 나서 마분지 종이를 바닥에 집어 던지자 로드리그는 잘못했다고 중얼거리며 얼른 그것을 주워 들고 바르게 폈다. "걱정하지 마십시오……. 제가 한 게 아니라 롬카가 장난으로…… 저도 규칙을 알고 있습니다. 이제 모든 것은 규칙적으로…… 당직자들의 소원…… 아니면 *à la carte* (주문에 따라서) 라고 할 수도 있습니다……."

"정말 불쾌하군! 참을 수가 없어!" 므슈 피에르가 방 안을 돌아다니며 소리쳤다. "나는 건강이 안 좋은데도 어쨌든 나의 임무를 수행하고 있는 중이야. 나에게 썩은 생선을 대접하고 매춘부나 들여보내고 대단히 불손하게 대해 놓고, 이제 와서 깨끗한 작업을 요구하다니! 아니! 이것으로 끝이야! 오랜 인내의 잔은 다 마셔

버렸어! 내가 깨끗이 거부할 테니 직접 해보시지, 당신들이 알고 있는 대로 자르고 난도질하고 처리하고, 나의 도구를 부숴 보라고⋯⋯."

"군중은 당신에게 열광하고 있습니다." 아첨꾼 로만이 말했다. "제발 간청하건대 진정해 주십시오, 거장. 만약 뭔가가 옳지 않았다면 그건 사려 깊지 못함과 어리석음, 지나치게 질투 어린 어리석음의 결과입니다, 단지 그것뿐입니다! 그러니 저희를 용서해 주십시오. 여성의 총아, 모든 사람의 사랑을 받고 있는 분께서 분노의 표현을 그가 미친 듯이 익숙해 있는 미소로 바꾸게 되기를⋯⋯."

"됐어, 됐어, 수다쟁이 같으니," 한풀 꺾인 므슈 피에르가 투덜거렸다. "하여튼 나는 다른 어떤 사람들보다 더 양심적으로 나의 임무를 수행하겠다. 좋아, 용서해 주지. 어쨌든 지금은 이 저주받을 희망 사항과 관련해서 결정을 내려야겠다. 자, 자네는 뭘 좀 골랐나?" 그가 (침대 위에 조용히 앉아 있는) 친친나트에게 물었다. "좀 더 기운 내게, 좀 더 기운 내. 나는 마침내 끝내 버리고 싶은데, 하지만 신경질적인 사람들이 보지 않았으면 하네."

"쓰던 것을 마칠 수 있을지," 반쯤은 질문하듯 이렇게 속삭이던 친친나트는 곧 얼굴을 찌푸리며 정신을 집중시켰고, 갑자기 모든 것은 이미 본질적으로 다 쓰여졌음을 이해했다.

"그가 무슨 말을 하는지 이해가 안 되는군." 므슈 피에르가 말했다. "누군가는 이해할지 모르겠지만 나는 이해가 안 돼."

친친나트는 고개를 들었다. "그렇다면," 그가 분명하게 말했다.

"3분만 주세요. 그동안 당신들은 나가 있거나, 아니면 적어도 조용히 해주세요. 그렇습니다, 3분간의 휴식을 주세요. 그다음에는, 좋습니다, 당신들과 이 엉터리 연극의 역할을 수행하겠습니다."

"2분 30초로 타협하세." 므슈 피에르가 뚱뚱한 시계를 꺼내 들고 말했다. "형제, 30초를 양보하겠는가? 그렇게는 못하겠다고? 음, 강도 같으니. 좋아, 동의했네."

그는 여유로운 자세로 벽에 기대어 섰다. 로만과 로드리그가 그의 행동을 따라 하다가 로드리그의 다리가 뒤틀리며 거의 넘어질 뻔 했다. 그러자 그는 당황해서 거장을 쳐다보았다.

"쯧쯧, 개자식들." 므슈 피에르가 그를 보며 투덜거렸다. "도대체 너희들은 왜 그런 자세로 서 있는 거야? 손을 주머니 밖으로 꺼내! 정신 차려……." (그는 툴툴거리며 의자에 앉았다.) "로디카, 너를 위한 일이 하나 있다. 조금씩 이곳 청소를 시작해도 좋아, 단지 너무 시끄럽지 않게 하도록."

문을 통해 로드리그에게 빗자루가 전해졌고, 그는 일을 시작했다.

우선 그는 빗자루 끝으로 창문 깊숙한 곳에 있는 격자를 통째로 쳐서 떨어뜨렸다. 마치 심연에서 들려오는 것처럼 멀리에서 약한 만세 소리가 들려 왔다. 방 안으로 신선한 공기가 흘러 들어오자 탁자 위의 종이들이 날아올랐고, 로드리그는 그것들을 한 쪽 구석으로 던져 버렸다. 그리고 나서 역시 빗자루로 회색의 두꺼운 거미줄과 자신이 한때 정성스럽게 기르던 거미를 제거해 버렸다. 할일도 없던 로만은 이 거미에 관심을 기울였다. 조잡하지만 재미있게 만들어진 거미는 둥근 벨벳 몸통에 바들바들 떨리는 용수철 다리가 달려 있고 등 한가운데에서는 고무줄이 길게 늘어져 있었다. 로만은 고무줄의 한쪽 끝을 허공에서 잡고 그것이 줄었다가 늘었다가 하는 동안 거미가 공중에서 위아래로 움직이도록 자신의 손을 위아래로 움직였다. 므슈 피에르는 도자기와 같은 차가운 시선으로 장난감을 곁눈질했고, 로만은 눈썹을 들며 서둘러 그것을 주머니에 집어넣었다. 그사이 로드리그는 탁자 서랍을 옮기려고 온 힘을 다하고 있었는데, 그것이 움직이는 순간 탁자는 가로로 갈라지고 말았다. 동시에 므슈 피에르가 앉아 있던 의자가 불쌍한 소리를 내며 그곳에서 뭔가가 튀어나왔고, 므슈 피에르는 거의 시계를 떨어뜨릴 뻔했다. 천장에서 회반죽이 떨어지기 시작했다. 벽을 따라 갈라진 금이 구불구불 지나갔다. 더 이상 필요 없게 된 감방이 붕괴되고 있음이 분명했다.

"……58, 59, 60." 므슈 피에르가 숫자를 다 세었다. "다 됐네. 제발 일어나 주게. 바깥 날씨가 너무 좋아서 가는 길은 더할 나위 없이 좋을 걸세. 다른 사람이 자네 입장이라면 서둘렀을 텐데."

"아직 조금만 더. 내 손이 이렇게 부끄럽게 떨리고 있다는 사실이 정말 우스꽝스럽군요. 하지만 멈출 수도, 숨길 수도 없습니다. 그래요, 손이 떨리고 있다 그 말입니다. 당신은 나의 종이들은 없애 버리고, 먼지는 쓸어 낼 테고, 나방은 한밤중에 부서진 창문을 통해 날아가 버리겠지요. 그렇게 되면 이미 무너질 준비가 되어 있는 이 네 개의 벽 안에 나의 것은 아무것도 남지 않게 될 것입니다. 그러나 지금 먼지와 망각은 내게 아무것도 아닙니다. 나는 단지 한 가지만을 느끼고 있습니다. 그것은 두려움, 수치스럽고 쓸데없는 두려움입니다……" 사실 이 모든 것을 친친나트가 말한 것은 아니며, 그는 조용히 신발을 갈아 신었을 뿐이다. 정맥이 이마 위에서 부풀어 올랐고, 그 위로 밝은색의 고수머리가 흘러 내렸다. 장식이 달린 셔츠 깃이 활짝 열려 있었는데, 이로 인해 밝게 떨리는 수염이 난 그의 불그스름한 얼굴에 뭔가 이상하게 젊은 목이 붙어 있는 것 같은 인상을 주었다.

"자, 가지!" 므슈 피에르가 큰 소리로 외쳤다.

친친나트는 그 무엇에도 그 누구에게도 부딪치지 않으려고 노력하면서, 또 아무것도 없는 비스듬한 빙판 위를 걷듯이 걸음을 옮기면서, 마침내 이제 더 이상 존재하지 않는 방을 벗어났다.

20장

친친나트는 돌로 된 통로를 따라 인도되었다. 그의 은신처가 무너지는 동안 혹은 앞에서 혹은 뒤에서 정신을 혼란케 하는 메아리가 뛰쳐나왔다. 그들은 램프가 다 타 버린 어둠의 구역과 자주 마주쳤다. 므슈 피에르는 보조를 맞추어 걸으라고 요구했다.

이때 규정에 따라 개의 가면을 쓴 몇몇 군인들이 그들에게 합류하자 로드리그와 로만은 주인의 허락을 받고 앞으로 걸어 나갔다. 크고 만족한 발걸음으로, 팔을 사무적으로 흔들면서 서로를 앞질러 가던 그들은 소리를 지르며 모퉁이 뒤로 사라졌다.

아아, 갑자기 걷는 법을 잊어버린 친친나트를 므슈 피에르와 보르조이 개의 면상을 한 군인들이 부축해 주었다. 그들은 계단을 따라 매우 오랫동안 기어 올라갔다. 아마도 요새에 가벼운 일격이 가해졌던 것 같은데, 왜냐하면 내려가는 계단은 사실 올라가고 있었고, 올라가는 계단은 내려가고 있었기 때문이다. 이번에는 훨씬 더 사람이 살고 있는 것 같은 모양을 한 긴 복도가 새롭게 나타났다. 다시 말해 리놀륨 바닥이나 벽지, 혹은 벽에 붙어 있는 사물함 등이 이 복도가 사람 사는 집에 붙어 있다는 사실을 분명히 증명하고 있었다. 한쪽 모퉁이에서는 양배추 냄새까지 났다. 그들은 '스무실'이라고 쓰여 있는 유리문을 지나 좀 더 멀리 걸어가다가 새로운 어둠의 시기를 거쳐 갑자기 한낮의 태양으로 진동하는 마당으로 나왔다.

여행하는 내내 친친나트는 자신의 숨 막히고 뒤틀리고 화해하기 어려운 공포를 이겨내는 데만 온 힘을 쏟았다. 그는 이러한 공포가 점진적으로 그의 주변에서 만들어진, 그리고 이날 아침까지만 해도 벗어날 수 있었던 바로 그 사물의 거짓 논리로 자신을 끌어들이고 있음을 이해했다. 연지를 바른 이 오동통한 사냥꾼이 그의 목을 베리라는 생각 자체는 이미 허용하기 힘든 약점이 되었으며, 친친나트를 파멸적인 질서 속으로 구역질나게 끌어들였다. 그는 이 모든 것을 완전히 이해했다. 그러나 모든 가면무도회가 그의 두뇌 속에서 벌어지는 일에 불과함을 분명히 알고 있음에도 불구하고 자신의 환각이 불러일으키는 논쟁을 거역할 수 없게 된 사람처럼, 친친나트는 헛되이 자신의 공포를 논쟁으로 이겨 보려는 시도를 하고 있었다. 사실 간신히 눈에 띄는 현상들, 삶의 부속품에 들어 있는 특별한 흔적들, 어떤 전반적인 불안정함, 그리고 눈에 보이는 모든 것들의 어떤 결함 속에서 그와 유사한 것이 감지되기도 했던, 바로 그 깨우침을 기뻐하기만 하면 된다는 것을 알고 있었음에도 불구하고 말이다. 하지만 태양은 여전히 그럴듯했고, 세상은 여전히 그곳에 있었고, 사물들은 여전히 외면적인 예의를 지키고 있었다.

제3문 앞에서 마차가 기다리고 있었다. 군인들은 더 이상 함께 가지 않고 담 옆에 쌓여 있던 통나무 위에 앉아 자신들의 천 가면을 벗었다. 문에는 감옥 직원들과 경비들의 가족이 겁에 질린 채 매달려 있었다. 맨발의 아이들은 카메라를 주시하며 이리저리 뛰어다니다가 금방 되돌아 달려갔고, 삼각 수건을 쓴 어머니들은 쉿 하는 소리와 함께 아이들을 조용히 시켰다. 뜨거운 빛은 흩어져 있는 짚을 황금빛으로 물들였고, 달구어진 쐐기풀 냄새가 풍겨 왔으며, 한 쪽에서는 거위 열두 마리가 모여 신중하게 꽥꽥거렸다.

"자, 가지." 므슈 피에르가 활기 있게 말하며 꿩의 깃털이 달린 연두색 모자를 썼다.

탄력 있는 므슈 피에르가 발 디딤대에 올라서자 삐걱거리며 심하게 기울어지던 낡고 칠이 벗겨진 마차에는 밤색 털의 여윈 말이 채워져 있었다. 말은 이빨을 드러내고 있었고, 날카롭게 튀어나온 엉덩이에는 파리 때문에 생긴 생채기가 검게 빛나고 있었으며, 전체적으로 너무 여윈 데다 늑골이 완연히 드러나 있어서 마치 나란히 세워진 한 세트의 고리 안에 말의 몸통이 들어가 있는 것처럼 보였다. 말의 갈기에는 붉은색 리본이 묶여 있었다. 므슈 피에르는 친친나트에게 자리를 내어 주기 위해 바짝 붙어 앉으며 발아래 놓아둔 육중한 상자가 그에게 방해가 되지 않는지 물어보았다. "발로 차지 않도록 하게나, 친구." 므슈 피에르가 덧붙였다. 로드리그와 로만이 마부석으로 기어 올라왔다. 마부 역을 맡은 로드리그가 긴 채찍으로 철썩하고 내리치자 말은 달리기 시작했지만 바로 끌지 못하고 뒤로 주저앉고 말았다. 상황에 어울리지 않게 직원들의 무질서한 만세 소리가 울려 퍼졌다. 일어서기도 하고 몸을 앞으로 기울이기도 하면서 로드리그는 뒤집어진 말의 면상에 채찍질을 해댔다. 포장마차가 부들부들 거리며 움직이기 시작하자 고삐를 잡고 워워 하던 그는 충격 때문에 마부석에 거의 거꾸로 떨어지고 말았다.

"천천히, 천천히." 므슈 피에르가 세련된 장갑을 낀 통통한 손으로 그의 등을 건드리며 웃으면서 말했다.

창백한 길은 추악한 그림처럼 생생하게 요새의 아랫부분을 몇 번이나 휘감았다. 군데군데 가파른 경사가 나타났고, 그때마다 로드리그는 서둘러서 우두둑거리는 브레이크 손잡이의 방향을 돌렸다. 므슈 피에르는 손을 지팡이의 불도그 머리 손잡이에 올려놓고 절벽이나 절벽들 사이의 녹색 비탈길, 클로버와 포도, 흰색 먼지 소용돌이를 즐겁게 바라보기도 했고, 여전히 내부 투쟁에 몰두해 있는 친친나트의 옆모습을 애무하는 시선으로 바라보기도 했다. 마부석 위에 앉아 있는 두 사람의 여위고 굽은 회색의 등은 완전히 똑같았다. 말발굽은 쿵쿵, 따가닥 따가닥 하는 소리를 냈다. 말파리들이 주변을 위성처럼 맴돌았다. 마차는 가끔씩 서둘러 걸어가고 있는 순례자들(예를 들어 감옥 요리사와 그의 아내)을 앞질렀다. 이들은 태양과 먼지로부터 몸을 피하기 위해 멈추어 섰다가 다시 걸음을 빨리 했다. 한 번 더 길모퉁이가 나타났으며, 그 후 길은 천천히 돌고 있는 요새(요새는 이미 완전히 초라해졌고 전망은 망가졌으며, 뭔가가 흔들거렸다)를 완전히 벗어나 다리로 이어졌다.

"벌컥 화를 내서 미안했네." 므슈 피에르가 상냥하게 말했다. "나에게 화내지 말게, 귀염둥이. 모든 영혼을 일에 쏟아 붓고 있을 때 다른 사람의 칠칠치 못함을 보면 얼마나 기분이 상하는지 자네도 이해할 걸세."

그들은 덜걱거리며 다리를 지나갔다. 사형에 관한 소식은 이제 막 도시로 퍼져 나가기 시작했다. 붉은색과 푸른색의 소년들이 마차 뒤를 따라 뛰어왔다. 이미 여러 해 동안 물이 없는 강에서 존재하지 않는 물고기를 낚으며 미치광이인 척하던 유대 노인은 '재미있는 광장'으로 향하고 있는 시민들의 첫 무리에 서둘러 합류하기 위해 자신의 도구를 한군데로 모았다.

"······하지만 마음속에 담아 둘 필요는 없네. 나와 같은 기질의 사람들은 성미가 급하지만, 반면 빨리 가라앉기도 하거든. 차라리 아름다운 성(性)*의 행동에 주의를 기울이는 것이 더 낫겠네." 므슈 피에르가 말했다.

모자도 쓰지 않은 몇몇 소녀들이 서두르고 소리 지르기도 하면서 가슴이 볕에 그을린 살찐 꽃장수 여인에게서 꽃을 몽땅 사들였다. 그리고 그중 가장 민첩한 소녀가 로만의 머리에서 모자를 거의 떨어뜨릴 뻔하면서 꽃다발을 마차에 던지는 데 성공했다.

말은 크고 탁한 눈동자로 말발굽 옆에서 질주하고 있는 납작한 점박이 개들을 흘겨보면서 사도바야 거리 위로 힘껏 달려가고 있었지만 사람들은 벌써 따라 붙었다. 마부는 다른 꽃다발에 맞았다. 그러나 이제 그들은 마튜힌 거리를 따라 오른쪽으로 돌았고, 고대 공장의 거대한 폐허를 지나고, 윙윙, 끙끙, 뚜우뚜우 하며 악기들을 조율하는 소리가 들려오는 텔레그래프 거리와 비포장도로라 속삭이는 소리를 내는 골목길을 통과하고, 소공원을 지나갔다. 공원에서는 사복을 입고 수염을 기른 두 명의 남자가 마차를 보더니 벤치에서 일어나 격렬한 몸짓을 하며 서로에게 마차를 가리키기 시작했다. 어깨가 떡 벌어진 두 사람은 무섭게 흥분하여 다리를 힘차고 어색하게 들어 올리며 다른 사람들이 가고 있는 곳과 같은 방향으로 달려갔다. 소공원 뒤로는 희고 뚱뚱한 조각상이 둘로 쪼개져 있었는데, 신문 기사에 따르면 번개 때문이라고 했다.

"이제 자네 집을 지나게 될 걸세." 므슈 피에르가 매우 조용하게 말했다.

로만은 마부석에서 안절부절 못하다가 몸을 돌려 친친나트에게 소리쳤다.

"이제 당신 집을 지나게 될 겁니다." 그리고 만족한 아이처럼 잠깐 뛰어올랐다가 바로 다시 고개를 돌렸다.

친친나트는 보고 싶지 않았지만 자기 집을 결국 돌아보았다. 마르핀카가 열매가 맺히지 않는 사과나무 가지에 앉아 손수건을 흔들고 있었고, 이웃집 정원에서는 해바라기와 접시꽃 사이에서 찌그러진 실크해트를 쓴 허수아비가 소매를 흔들고 있었다. 집의 벽들, 특히 이전에 나뭇잎 그림자가 장난을 치곤 했던 부분이 이상하게 벗겨져 있었으며, 지붕 한 쪽은…… 그러나 이것들은 모두 지나가 버렸다…….

"어쨌거나 자네는 정말 무정한 사람이야." 므슈 피에르가 한숨을 쉬며 이렇게 말하고 참을 수 없다는 듯 지팡이로 마부의 등을 찔러 댔다. 마부는 약간 일어서서 미친 듯이 채찍을 내리치며 기적을 이루어 냈다. 여윈 말이 뛰기 시작한 것이다.

이제 그들은 가로수 길을 따라 가고 있었다. 도시의 흥분은 점점 더 커져 갔다. 다양한 색깔의 건물 정면들은 흔들리고 쿵쾅거리면서 서둘러 환영 플래카드로 장식되었다. 한 작은 집이 특히 잘 꾸며져 있었는데, 그곳에서 문이 빠르게 열리더니 젊은이가 나왔고, 가족 전체가 그를 배웅했다. 그는 바로 이날 사형을 참관할 수 있는 나이가 된 것이다. 어머니는 눈물을 흘리면서도 웃고 있었고, 할머니는 자루 안에 꾸러미를 찔러 넣어 주었으며, 남동생은 그에게 지팡이를 건네주었다. 도로 위에 놓인 오래된 작은 돌다리 (한때는 보행자들에게 도움이 되었었지만 이제는 멍청이들이나 거리 책임자들만이 사용하고 있다) 위로 사진사들이 이미 빽빽이 모여들었다. 므슈 피에르는 모자를 들어 올렸다. 반짝거리는 '시계'를 타고 있는 멋쟁이들이 마차를 앞질러 가며 힐끔힐끔 쳐다보았다. 붉은색의 통 넓은 바지를 입은 어떤 사람은 색종이가 든 통을 들고 카페에서 뛰어나왔다가 그들을 놓치게 되자 *bien-venue* 〔歡迎〕의 '빵과 소금'이 든 접시*를 들고 저쪽 인도에서 내달리고 있는 단발머리 젊은이에게 색색의 눈보라를 뿌려 주었다.

손니 대장 조각상에서 남아 있는 것이라곤 장미에 둘러싸인 넓적다리까지뿐이었는데, 이것 역시 뇌우가 타격을 준 것이 분명했다. 어딘가 앞쪽에서 취주악단이 「나의 사랑아」라는 행진곡을 열심히 연주하고 있었다. 하늘에서는 전체적으로 흰 구름들이 움찔움찔하며 움직였다. 내 생각에 그것들은 반복되고 있는 것 같았고, 내 생각에 단지 세 개의 유형만이 있는 것 같았고, 내 생각에 이 모든 것은 의심스러운 하늘색을 띤 망(網)인 것 같았다…….

"아니, 아니, 제발, 바보짓 말게나." 므슈 피에르가 말했다. "절대 기절하는 일이 있어서는 안 되네. 남자에게 어울리지 않은 행동이야."

이제 그들은 도착했다. 군중은 아직 그다지 많지 않았지만 그들의 흐름은 끊임없이 이어졌다. 광장 한 가운데, 아니, 바로 한가운데는 아니지만 정확히 혐오스러운 곳에 단두대의 진홍빛 단이 솟아올라 있었다. 조금 떨어진 곳에는 전기 모터가 달린 오래된 관용 영구차들이 공손하게 서 있었다. 서로 뒤섞인 전신 기사와 소방대가 질서를 유지하고 있었다. 취주 악단은 분명 전력을 다해 연주를 했고, 외다리 장애인 지휘자는 열정적으로 팔을 휘둘렀지만, 지금은 아무 소리도 들리지 않았다.

므슈 피에르는 살찐 어깨를 펴고 마차에서 우아하게 내린 후 친친나트를 도와주려고 바로 뒤로 돌아섰다. 그러나 친친나트는 다른 쪽으로 내려 버렸다. 사람들 사이에서 우우 하는 소리가 들려왔다.

로드리그와 로만이 마부석에서 뛰어 내렸다. 세 사람은 친친나트를 강하게 밀어붙였다.

"직접 하겠습니다." 친친나트가 말했다.

단두대까지는 20보쯤 되었으며, 아무도 그를 건드리지 못하도록 친친나트는 뛰어가야만 했다. 사람들 사이에서 개가 짖어 대기 시작했다. 선홍색 계단 앞에 도착한 친친나트는 멈춰 섰다. 므슈 피에르가 그의 팔꿈치를 잡았다.

"직접 하겠습니다." 친친나트가 말했다.

그는 단 위로 올라섰으며, 그곳에는 바로 단두대, 즉 팔을 벌리고 자유롭게 누울 수 있을 만한 크기의 경사지고 매끄러운 참나무가 놓여 있었다. 므슈 피에르 역시 올라왔다. 군중이 술렁이기 시작했다.

그들이 통을 들고 분주히 돌아다니며 톱밥을 뿌리는 동안 친친나트는 어떻게 해야 할지 몰라 나무 난간에 기대어 섰다. 그러나 난간이 조금씩 진동하고 있고, 아래에 있는 몇몇 사람들이 호기심에 그의 복사뼈를 만지는 것을 느끼고서 뒤로 물러섰다. 그는 약하게 숨을 내쉬고 입술을 적시며, 마치 처음 해보는 것처럼 어쩐지 어색하게 팔짱을 끼고 주위를 둘러보기 시작했다. 조명에 무슨 문제가 생겼는지 태양이 이상해지고 하늘 한 부분이 흔들거렸다. 유연하지 않아 쉽게 뒤집히는 포플러가 광장 주변에 심어져 있었는데, 그중의 하나가 아주 천천히⋯⋯.

그러나 이때 군중들 사이에 다시 술렁임이 일었다. 로드리그와 로만이 서로 걸려 넘어지고 밀치고 숨을 헐떡이고 신음하면서 무거운 상자를 들고 굼뜨게 계단을 올라와 그것을 바닥에 쿵하고 내려놓았다. 므슈 피에르가 재킷을 벗어 던지자 타이트한 민소매 속옷이 드러났다. 그의 흰색 이두박근에는 터키석 색깔의 여자 문신이 새겨져 있었는데, (소방수들의 설득에도 불구하고) 단두대 앞으로 밀려드는 사람들의 앞줄에 실제 그 모습의 여자가 자매 두 명과 함께 서 있었다. 낚시 도구를 들고 있는 노인, 햇볕에 그을린 여자 꽃장수, 지팡이를 들고 있는 젊은이, 친친나트의 처남 중 하나, 신문을 읽고 있는 사서, 건강한 기사 니키타 루키치도 있었다. 그 밖에 친친나트는 매일 아침 학교 가는 길에 만나곤 했지만 이름은 알지 못했던 사람도 알아보았다. 앞쪽의 몇 줄 뒤로 선명도가 훨씬 떨어지는 눈과 입의 그림이 몇 줄 이어졌고, 그 뒤로 아주 흐릿하며 그 흐릿함 속에서 얼굴들이 다 똑같아 보이는 층들이 이어졌다. 가장 멀리 있는 사람들은 광장을 배경으로 하여 대단히 조악하고 서툴게 그려져 있었다. 이때 또 다른 포플러가 쓰러졌다.

갑자기 오케스트라가 잠잠해졌다. 아니 오히려 오케스트라가 잠잠해지자 지금까지 그것이 계속 연주를 하고 있었다는 사실을 갑자기 깨닫게 되었다고 해야겠다. 뚱뚱하고 온순해 보이는 연주자 한 명이 자기 악기를 분해한 후 빛나는 이음매 부분을 흔들어 침을 털어 냈다. 오케스트라 뒤로는 주랑, 낭떠러지, 비누 거품 폭포 같은 비유적인 조망이 생기 없는 녹색을 띠고 펼쳐져 있었다.

부(副)시장이 민첩하고 힘차게 단 위로 뛰어 오르더니 (그 때문에 친친나트는 어쩔 수 없이 뒤로 물러섰다) 한쪽 다리를 단두대 위에 높이 세우고 (그는 격식에 얽매이지 않는 웅변의 대가였다) 큰 소리로 선언했다.

"시민 여러분! 간단한 공지 사항이 있습니다. 최근 몇몇 젊은 분들이 도로 위를 너무 빨리 걸어 다녀서 우리 같은 노인네들은 옆으로 비켜서거나 웅덩이에 빠질 수밖에 없는 경향이 관찰되고 있습니다. 모레 제1 가로수길과 브리가디르 도로 모퉁이에서 가구 전시회가 열린다는 것도 알려 드리고자 합니다. 저는 그곳에서 여러분 모두를 만나기를 진심으로 희망하고 있습니다. 또한 오늘 저녁에는 화제가 되고 있는 소극 오페라 「줄어들라, 소크라테스」*가 대단히 성공적으로 공연될 예정임을 상기시켜 드립니다. 키페르 창고에서는 대규모의 여성용 벨트 기획전이 열릴 텐데, 이런 기회가 두 번 다시 없으리라는 것을 여러분들께 알려 드리는 부탁도 받았습니다. 이제 다른 공연자에게 자리를 양보하겠습니다. 시민 여러분, 항상 건강하고 무엇 하나 부족함이 없기를 바랍니다."

그는 올라갈 때와 마찬가지로 민첩하게 난간 가로막 사이를 미끄러지듯 빠져 나와 찬성의 술렁임이 들려오는 단 아래쪽으로 뛰어 내렸다. 이미 흰색 앞치마(그 아래로 장화의 목 부분이 이상하게 삐져 나와 있다)를 입은 므슈 피에르는 조용히 호의적인 시선으로 주변을 둘러보며 수건으로 정성스럽게 손을 닦았다. 부시장이 연설을 끝내자마자 그는 수건을 조수에게 던지고 친친나트를 향해 걸음을 옮겼다.

(사진사들의 검은색 사각형 면상이 흔들리다가 멈췄다.)

"흥분해서도 안 되고, 변덕 부려서도 안 되네, 제발." 므슈 피에르가 말했다. "우리는 우선 셔츠를 벗어야 하네."

"직접 하겠습니다." 친친나트가 말했다.

"바로 그거야. 자네들, 셔츠를 받아 주게. 이제 어떻게 엎드려야 하는지를 보여 주겠네."

므슈 피에르가 단두대 위로 쓰러졌다. 군중들 사이에 술렁임이 일었다.

"알겠나?" 므슈 피에르는 다시 벌떡 일어나 앞치마(그 뒤가 벌어져서 로드리그가 묶는 것을 도와주었다)를 바로 잡으며 물어보았다. "좋았어. 시작하세. 불빛이 좀 강한데…… 가능하면…… 바로 그거야, 고맙네. 가능하면 아주 조금만 더…… 훌륭해! 이제 좀 누워 주게나."

"직접, 내가 직접 하겠습니다." 친친나트는 이렇게 말하며 므슈 피에르가 보여 준 대로 엎드렸다. 하지만 눕자마자 즉시 손으로 뒤통수를 가렸다.

"이런 어리석은 친구 같으니." 므슈 피에르가 머리 위에서 말했다. "그러면 내가 어떻게 할 수 있겠나…… (자, 어서. 그리고 바로 양동이를.) 그런데 대체 왜 그렇게 위축되어 있나. 조금도 긴장할 필요 없네. 마음을 아주 편히 먹게. 손을 치워 주게나, 제발…… (자, 어서). 마음을 아주 편히 먹고 큰 소리로 숫자를 세어 보게."

"10까지." 친친나트가 말했다.

"뭐라고, 친구?" 므슈 피에르는 되물어 보는 것처럼 이렇게 말을 하고는 신음 소리를 내기 시작하며 조용히 덧붙였다. "여러분 조금만 뒤로 물러서 주십시오."

"10까지." 친친나트가 팔을 벌리고 다시 말했다.

"나는 아직 아무것도 안 하고 있네." 므슈 피에르는 헐떡거릴 정도로 쓸데없이 힘을 주어 말했다. 친친나트가 크고 단호하게 숫자를 세기 시작하자 판자 위로 므슈 피에르가 휘두르는 그림자가 획 하고 지나갔다. 한 명의 친친나트는 숫자를 세고 있었지만, 다른 친친나트는 점점 멀어져 가는, 쓸데없이 숫자 세는 소리에 더 이상 귀 기울이지 않았다. 그는 처음에는 갑작스럽게 밀려 들어와 그를 고통스럽게 했지만, 그 다음에는 그의 전(全) 존재를 기쁨으로 가득 채웠던, 지금까지 경험해 보지 못한 명료함을 가지고 생각했다. 내가 왜 여기 있지? 무엇 때문에 이렇게 엎드려 있는 거지? 그는 스스로에게 이런 단순한 질문을 던지고는 일어나서 주위를 둘러보는 것으로 답을 했다.

주변은 이상하게 혼란스러웠다. 아직도 돌고 있는 형리의 허리 사이로 난간이 언뜻언뜻 보였다. 창백한 사서는 계단에서 몸을 바싹 구부리고 토하고 있었다. 관객들은 완전히 투명해져서 더 이상 아무짝에도 쓸모없게 되자, 모두 이리저리 부딪치고 쓰러지며 어딘가로 물러났다. 단지 그림으로 그려져 있던 뒤쪽의 줄들만이 제자리에 남아 있었다. 친친나트는 천천히 단 위에서 내려와 흔들리는 부스러기를 따라 걸어갔다. 그를 몇 배는 작아진 로만 ― 그는 또한 로드리그이기도 하다 ― 이 따라잡았다. "무슨 짓입니까!" 그가 날뛰면서 쉰 목소리로 말했다. "안 됩니다, 안 됩니다! 이것은 그에게나, 모든 사람들에게 정직하지 못한 행동입니다…….. 돌아가서 엎드리십시오. 당신은 엎드려 있었고, 만반의 준비가 갖춰졌고, 모든 것은 끝났지 않습니까!" 친친나트가 그를 밀어젖히자 그는 의기소침하게 소리를 지르더니 이제는 자신의 안전만을 생각하며 도망쳤다.

광장에는 남은 것이 거의 없었다. 단두대는 오랜 전에 불그스레한 먼지 구름 속에서 무너져 내렸다. 마지막으로 검은 숄을 두른 여인이 손에 애벌레처럼 작은 사형 집행인을 들고 급하게 달려갔다. 쓰러진 나무들은 아무런 부조 없이 납작하게 누워 있었고, 똑같이 편평하지만 둥글다는 환상을 주기 위해 줄기 측면에 음영을 그려 넣은 채 서 있는 나무들은 찢겨 나가는 하늘 망(網)을 간신히 나뭇가지로 지탱하고 있었다. 모든 것이 찢어졌다. 모든 것이 떨어져 나갔다. 나선형의 회오리바람이 먼지, 넝마, 페인트칠이 된 나무 조각, 도금한 석고 모형의 작은 파편, 마분지 벽돌, 포스터 등을 위로 말아 올렸다. 건조한 어둠이 날아갔다. 친친나트는 먼지와 떨어지는 물건들, 펄럭이는 무대장치 사이를 지나, 목소리들로 판단해 볼 때 그와 닮은 존재들이 서 있는 쪽을 향하여 나아갔다.

9   "친친나트 C": 키릴 문자로는 Ц. 주인공의 성(姓)의 머리글자이다.

25   "1입방사젠": 약 2입방미터.

27   "친친나티크": 친친나트의 애칭.

41   "로디온": 소장 로드리그와 간수 로디온은 같은 사람이다. 다른 분장
      을 하고 있을 뿐이다.

47   "얌브": 약강격의 운율 구조.

77   "부": 붓을 잘못 쓴 것임.

93   "붉은 마법": 치유나 엑소시즘, 성적 욕망과 관련된 마법.

98   "알파벳 G": 키릴 문자로는 Г로, 교수대의 모습을 의미한다.

101   "막고 있는 T": '이곳'을 뜻하는 러시아어 tut에서 가운데 u를 t가 앞
      뒤로 가로막고 있는 모양을 의미.

113   "재미있죠": 러시아어 ropot (불평)를 거꾸로 읽으면 topor (도끼)가
      된다.

120   "비슈네그라트": '하늘 도시'라는 뜻.

142   "알았어요": 체칠리야는 친친나트에게 계속 존칭(vy)을 사용한다.

147   "불리는 것이지요": 보초(chasovoy)는 '시계의'라는 뜻으로도 해석
      된다.

147 "네트카" : '아니'라는 뜻의 net에서 파생된 단어로 여기서는 부조리하거나 무의미한 물건이라는 뜻.

156 "프리아포스" : 그리스 로마 신화에 나오는 남성 생식력의 신.

158 "죽방울" : 접시 모양의 공받이에 끈으로 공을 매단 장난감.

176 "1아르신" : 약 70센티미터.

199 "시스" : 시스템을 다 발음하지 않은 것임.

213 "P와 C" : 피에르와 친친나트의 이름 앞 글자.

"세 번의 입맞춤" : 러시아인들의 전통적인 인사 습관.

215 "자랄 수 있다" : *ne dolzhno by bylo byt', bylo by byt'* (이래서는 안 되는데, 이래서는)에서 가정법 by가 여러 번 사용되고 있는 것을 의미한다.

216 "미신적이 되는지" : 19세기 러시아 시인 튜체프의 시.

222 "1베르쇼크" : 약 5센티미터.

243 "아름다운 성" : 여성을 의미.

245 "든 접시" : 빵과 소금이 든 접시를 들고 나가 손님을 맞이하는 러시아의 풍습.

249 "줄어들라, 소크라테스" : 러시아어 제목은 *Sokratis', Sokratik.* 비슷한 음절을 사용한 언어유희.

나보코프, 허구 예술의 사형장으로 독자를 초대하다

박혜경(한림대 러시아학과 교수)

1. 블라디미르 나보코프의 생애

블라디미르 나보코프는 1899년 상트페테르부르크의 부유한 귀족 가문에서 태어났다. 유년 시절과 소년 시절을 이 도시에서 보낸 그는 진보적인 정치가이자 법률가였던 아버지의 영향으로 어려서부터 영어와 러시아어, 프랑스어 등을 익히며 자라났다.

1917년 소비에트 혁명과 내전의 혼란을 피해 나보코프 가족은 다른 많은 러시아 귀족 가문들과 마찬가지로 유럽으로의 망명의 길을 선택했다. 1919년 영국에 정착한 나보코프는 케임브리지 대학의 트리니티 칼리지에서 슬라브어를 전공했다. 그사이 가족들은 새로운 러시아 망명가들의 중심지가 되었던 베를린으로 이주하는데, 이곳에서 나보코프의 아버지는 입헌민주당의 지도자 밀류코프를 암살하려던 극우파의 총에 맞아 1922년 사망했다.

나보코프는 1923년 대학을 졸업한 후 베를린으로 옮겨 본격적으로 작가 활동을 시작했으며, 특히 러시아 망명자들 사이에서 시인이자 소설가로 명성을 얻기 시작했다. 당시 나보코프는 역시 유명인이었던 아버지 블라디미르 나보코프와 이름이 같았기 때문에 시린이라는 필명을 사용하여 작품 활동을 시작했다. 러시아 망명자들 사이에서 명성을 얻기 시작한 나보코프는 베를린에 거주하는 러시아 망명가 집단에서 젊은 작가 그룹을 이끄는 작가들 중의 한 명으로 인정받기에 이르렀다. 이 시기 그는 대표적인 러시아어 작품들을 활발하게 출판하는데, 첫 번째 장편 소설인『마셴카』(1926)를 비롯해『킹, 퀸, 잭』(1928),『루진의 방어』(1930),『공적』(1932),『카메라 옵스쿠라』(1933),『절망』(1934) 등의 장편소설과 단편집『초르브의 귀환』(1930) 등이 이 시기에 발표된 작품들이다.

베를린에서 그는 또 다른 망명 가족의 딸이었던 베라 슬로님을 만나 1925년 결혼을 하고 1934년에 외아들인 드미트리를 얻었다. 그는 생계를 위해 작가뿐만 아니라 번역자, 교사, 테니스 코치 등 다양한 직업을 전전하였고, 체스 게임도 상당한 수준에 도달해서 체스 잡지에 문제를 만들어 게재하기도 하였다.

아버지의 암살 관련자 중 하나가 히틀러의 러시아 이민자 담당 부사령관이 되었다는 소식을 접하고, 또한 유대인이었던 아내 베라가 직장을 잃는 사건을 겪게 되자 나보코프 일가는 1938년 베를린에서의 삶을 마감하고 프랑스로 이주했다. 프랑스에서 그는 베를린 시절 잡지에 연재했던 가장 대표적인 두 편의 러시아어 소설『사형장으로의 초대』(1936)와『재능』(1938)을 단행본으로 출판했다.

히틀러의 유럽 침략이 노골화되면서 나보코프는 가족들과 함께 1940년 미국으로 이주했다. 뉴욕에 정착한 나보코프는 웰슬리 칼리지와 코넬 대학에서 19세기 러시아 고전문학, 유럽 모더니즘 문학 등을 강의했는데, 새롭고 독창적이고 기지가 번득이는 강의 내용 덕분에 상당히 인기가 있었다고 전해진다. 문학 강의와 더불어 나보코프는 어린 시절부터 거의 전문가적 관심을 가지고 있던 곤충학, 특히 나비 연구에 몰두했으며, 1948년까지 하버드 대학 동물 박물관에서 인시류(鱗翅類) 연구원으로 활동하기도 했다. 그의 나비에 대한 관심은 단순히 애호가적인 차원을 넘어서 매우 진지하고 전문가적인 수준이었으며, 새로운 나비를 찾아 전 세계를 여행할 정도의 열정을 보여 주기도 했다.

미국에 거주하는 동안 그의 문학 창작에서 일어난 가장 큰 변화는 러시아어 소설 쓰기를 포기하고 본격적으로 영어 소설을 쓰기 시작했다는 점이다. 1941년『세바스찬 나이트의 참 인생』을 시작으로『좌경선』(1947),『롤리타』(1955),『프닌』(1957),『창백한 불꽃』(1962),『말하라, 기억이여』(1967),『아다 혹은 열정. 가족 연대기』(1969),『투명한 물체들』(1972),『어릿광대를 보라!』(1974) 등의 영어 장편소설과 회고록을 발표했다. 특히『롤리타』는 그에게 부와 명성을 함께 가져다준 소설로 인정받고 있으며, 이 소설을 통해 나보코프는 미국에서 작가적 입지를 확고히 할 수 있었고, 벌어들인 인세 덕분에 더 이상 강단에 서지 않아도 될 정도의 부를 얻었다. 1960년 스위스로 거주지를 옮긴 나보코프는 1977년

생을 마감할 때까지 집을 구하지 않고 호텔에서 살았다. 그는 작품을 통해 러시아와 러시아어를 버리고 미국 작가로서의 길을 택했지만, 의식 깊은 곳에서는 마지막까지 떠돌이 망명자로서의 삶을 버릴 수 없었던 것이다.

2. 『사형장으로의 초대』에 관하여[1]

'러시아 출신의 미국 작가' 나보코프는 여러 가지 면에서 특이한 문학 경력을 가지고 있다. 러시아에서 태어났지만 대부분의 작품들은 망명 이후 집필되었으며, 작품 활동 전반기에는 러시아어로 주로 러시아 망명자들의 삶과 고통을 다루었고 후기에는 거의 영어로만 작품 활동을 하면서 다양한 문학적 실험을 통해 포스트모더니즘적인 경향성을 보여주었다. 이러한 시기적 변화와 작품 성향의 변화에도 불구하고 그의 예술 세계를 관통하는 하나의 중심 주제가 있다면 그것은 예술의 의미에 대한 추구, 예술가적 정체성에 대한 탐색이라 할 것이다. 많은 비평가들이 지적하고 있듯이 예술가 주인공이나 작품의 패턴, 언어, 시간 구조, 예술 작품을 만들어 가는 과정에 대한 관심 등은 그의 소설을 이해하는 데 중요한 개념이 된다.

그의 예술론에서 특히 주목받는 것은 기억과 상상이라는 대립

---

1 이 부분은 『슬라브학보』 제12권 2호(1997)에 게재하였던 옮긴이의 논문을 축약 보완한 것이다.

적인 두 개념이 예술가의 의식이라는 하나의 틀 안에서 창조의 영역으로 확대 재생산되어 가는 과정이다. "상상력은 기억의 한 유형이다"라는 작가 자신의 주장에서도 확인되듯이, 나보코프는 구체적인 시간과 공간의 재생이라 간주되던 기억조차 상상력의 영역으로 이끌어 간다. 그에게 있어 기억은 특히나 중요한 예술 인자이다. 망명자로서 강제적으로 박탈될 수밖에 없었던 러시아라는 공간과 그곳에서의 풍요로운 어린 시절의 시간은 기억을 통해서만 재생될 수 있으며, 그렇게 되살려 낸 기억을 현재라는 시간과 공간 속에서 재배열하고 재조직함으로써 본래 의미의 반복을 넘어서는 제3의 새로운 의미의 장을 열어 놓게 되는 것이다. 기억과 예술, 기억자와 예술가의 구도는 나보코프의 작품을 이해하는데 중요한 코드이다. 그에게 있어 기억은 예술가가 사용하는 도구로서의 의미를 갖는다. 나보코프가 이렇게 기억에 집착하는 이유는 망명이라는 특수한 상황을 경험했기 때문이다. 이것은 그의 작품에서 항상 존재론적인 물음의 기저에 자리하고 있다. 현실에 안주하지 못하고 계속해서 지금 이곳이 아닌 다른 어딘가를 찾아 헤매는 망명자들이란 결국 정체성의 문제로 고통받는 인간들의 모습인 것이다. 자기 정체성을 찾아가는 과정, 그것은 과거의 러시아를 현재의 시간으로 이끌어 내는 작업이 되고 있으며, 이를 통해 현실에서 자신의 의미와 자리를 찾을 수 있게 된다. 나보코프는 이러한 물음을 자신의 인물들 속에 투영함으로써, 과거와 기억의 문제를 단순히 한 개인의 절망적 추구로 남겨 두지 않고 예술의 영역으로 심화시키고 있다. 이러한 경향성은 특히 그의 대부분의 러시아어 소설을 관통하는 주요 주제가 되고 있다. 나보코프는 러시아 망명자 주인공을 내세워 기억의 예술화 과정을 추적하며 자신의 예술 세계를 확립시켜 나가고 있는 것이다.

『재능』과 더불어 나보코프의 작가적 역량이 정점에 달했음을 확인시켜 주는 대표적인 러시아 소설로 평가받고 있는 『사형장으로의 초대』는 형식적인 측면에서 여타 러시아어 소설들과는 차이를 드러낸다. 나보코프의 작품 중 가장 어렵고 의미 파악이 어려운 작품 중의 하나로 간주되는 이 소설에서 배경과 인물, 스토리 전개 그 어느 것 하나 분명한 것은 없다. 이 소설에는 다른 러시아어 소설들에서처럼 러시아에 대한 언급도 없고 망명 사회도 없다. 정확한 시간이나 구체적인 장소에 대해서도 분명한 설명 없이 소설을 주인공에 대한 사형 선고에서 시작해 사형이 집행되는 순간 끝난다. 주인공 친친나트는 부조리한 감옥에서 사형이 집행될 때까지의 마지막 남은 날들을 보낸다. 감옥에서 모양을 바꾸어 나타나는 간수들의 방문을 받기도 하고, 죄수로 위장한 사형 집행자와 아내와 아내의 가족, 어머니의 방문을 받기도 한다. 마침내 친친나트는 형장으로 끌려가지만 도끼가 그의 목을 내리치는 순간 친친나트는 이 세계의 모든 것이 허위와 기만에 불과하다는 것을 알게 되고, 자신과 같은 존재들이 있는 곳으로 나아간다.

일부 평론가들은 『사형장으로의 초대』를 정치적 비판의 목소리를 담고 있는 환상 소설로 규정한다. 이 소설에서 그려지고 있는 세계는 스탈린 치하의 소비에트 체제, 집단화되고 획일화된 삶을 강요하는 전체주의 체제와 밀접한 관련을 맺고 있다는 것이다. 그러나 이것은 작품 이해의 한 방법은 될 수 있을지언정 본질적인 측면은 아니다. 나보코프는 『사형장으로의 초대』가 '반(反)유토피아 소설에 대한 조롱'으로, 이 소설 속의 전체주의 국가는 '정신이 감금된 상태에 대한 극단적이고 환상적인 메타포'로 받아들여지기를 요구한다. 나보코프는 한 인터뷰에서 이 작품을 자신의 "가장 몽상적이고 시적인 소설로, 주인공 친친나트를 시인으로 규정"하고 있다. 결국 친친나트의 육체적인 감금 상태와 두려움, 고통은 진정한 예술, 예술적 상상력, 예술적 자유를 추구하는 예술가의 자의식, 존재의 문제를 상징하는 메타포로 이해해야 할 것이다.

『사형장으로의 초대』는 기본적으로 나보코프 작품의 공통적인 경향으로서의 두 세계의 대립이라는 구조로 이루어져 있다. 이러한 대립은 구체적으로는 과거와 현재, 사실과 환상, 진실과 허구, 물리적 시간과 의식적 시간, 예술과 비예술의 대립 등 다양한 형태로 제시된다. 소설에서의 이처럼 다양한 대립각은 허위, 기만, 구속, 속물성이 지배하는 '이곳'의 세계와 진실, 자유, 진지함, 진정한 예술성이 지배하는 '저곳'의 대립이라는 형상을 취하고 있다. 소설은 친친나트가 사형 선고를 받는 것으로 시작된다. 존재하는 모든 것은 투명해야 함에도 불구하고 친친나트만은 예외적으로 그리고 용납할 수 없게 불투명하다는 것이 그의 사형 선고의 직접적인 원인이다. 이곳에 사는 모든 사람들은 하나같이 투명한 존재들이며, 그들의 생각과 행동은 정해진 규칙에 따라 이루어진다. 그들에게 개인 간의 구별은 아무런 의미가 없고, 모두가 동일한 양식의 삶을 살도록 요구된다. 그들은 자신에게 주어진 역할에만 충실하면 되며, 항상 불변적이어야 한다. 모두가 동질적인 삶을 살고 있는 '이곳'에서 사람들은 자신과 다른 삶을 추구하는 친친나트를 받아들일 수 없으며, 친친나트도 마찬가지로 그러한 세계와 화합할 수 없다. 그는 "다음 세기의 시민"으로서 "자신의 시간보다 먼저 이곳을 찾아온 손님"이다. 그의 중요한 부분은 다른 곳에 있으며, 이곳에서는 단지 그의 중요하지 않은 부분만이 배회하고 있을 뿐이고, 그의 현실은 어두운 감옥이며 이곳에는 "불행, 광기, 위협, 잘못"만이 존재한다. 반면 그가 진정 자신의 존재 의미를 찾을 수 있는 '저곳'은 꿈이나 환상을 통해서만 제시될 뿐이다. 꿈속의 세상은 비참한 현실과는 반대로 고상하고 고무되어 있고 활기를 띠며 자유롭다. 그에게 있어 꿈은 단순한 환상이 아니라 "반(半)현실, 현실에 대한 보장, 현실의 시작"이다. 환상의 세계에서의 또 다른 그, 즉 그의 환영은 현실의 그와는 달리 모든 자유를 누린다. 환영은 감옥 문을 벗어나 자유롭게 도시를 활보하기도 하고, 간수의 얼굴에 발길질을 하기도 한다.

친친나트는 예술가적인 잠재성을 보유하고 있으며, 끊임없이 자유롭고 독자적인 예술가가 되기를 갈망한다. 그러나 그가 삶을 영위하고 있는 '이곳'에서는 그러한 가능성이 차단되어 있다. 그를 에워싸고 있는 주변의 모든 상황, 사람들, 사물은 허위와 기만에 불과하며, 주위에서 벌어지는 사건들은 진실성이 배제된 연극적 허구이다. 그렇다면 그가 진정한 삶, 진정한 예술에 도달할 수 있는 곳은 어디에 있는가? 그것은 꿈을 통해 어렴풋이 나타나는

'저곳'이다. 그러나 '저곳'은 '이곳'에서의 죽음 이후에나 비로소 도달 가능한 곳이다. 따라서 친친나트에게 있어 죽음, 즉 사형은 단지 두려움의 대상만이 아니라 허구적인 현실, 허위와 기만적인 삶의 극복을 의미하는 것이 된다.

죽음을 중심으로 친친나트는 사형 집행인 피에르와 대립한다. 친친나트는 육체적으로 불완전한 존재이지만 피에르는 단단한 근육과 강한 힘의 소유자이며, 친친나트가 '저곳'의 삶을 지향하는 인물이라면 피에르는 '이곳' 세상을 대변하는 인물이다. 그러나 이들은 서로 다른 두 인물이라기보다는 한 인물의 이중적인 가치지향을 구현하고 있다고 보는 것이 타당할 것이다. '이곳'을 지배하는 하나의 이미지로서 '기이한 거울' 모티프가 있다. 그것은 독특하고 기이한 형태를 하고 있는데, 거울 자체가 비뚤어지고 일그러져 있어서 그것에 비친 사물은 전혀 이해할 수 없게 되지만, 만약 그 사물 자체가 구멍과 상처투성이의 기괴한 것이라면 그 사물은 거울 속에서 대단히 훌륭하고 조화로운 모습을 얻게 된다. 피에르는 바로 이러한 거울에 비추어진 친친나트의 비틀어지고 왜곡된 모습이라 할 수 있다. 친친나트가 '이곳'을 벗어나서 자유로워지기 위해서는 피에르를 극복해야 한다. 그는 친친나트의 부정적 분신일 뿐만 아니라, '이곳'을 지배하는 허위, 기만, 속물근성, 구속, 억압 등을 상징적으로 대변하는 인물이기 때문이다. 따라서 친친나트가 죽음을 통해 왜곡되고 굴곡진 세상을 벗어나는 순간 피에르는 더 이상 강인하고 단단한 육체와 의지의 소유자가 아니라, 한 마리의 작은 애벌레로 전락하고 만다. 반면 친친나트는 죽음의 순간에 지금까지의 왜소함과 허약함을 극복하고 천천히 그리고 당당하게 형장에서 내려올 수 있게 된다.

『사형장으로의 초대』에서 '이곳'과 '저곳'의 공간적 대립은 시간의 대립을 통해서 보다 구체화되고 심화된다. 하나의 시간이 친친나트를 괴롭히는 현실의 시간, 물리적인 의미에서의 시간이라면, 다른 하나는 친친나트가 추구하는 세계의 시간, 즉 무(無)시간으로서의 시간이라 할 것이다. 친친나트로 하여금 그의 현실은 '저곳'이 아니라 '이곳'임을 상기시키듯 무의식중에 '저곳'을 향해 가는 그의 사고의 영역으로 끊임없이 파고드는 감옥의 시계는 주변 상황과는 관계없이 기계적으로 움직일 뿐이다. '이곳'의 시계는 매우 독특한 형태를 취하고 있다. 비어 있는 시계판에 수위가 30분마다 이전의 바늘을 지우고 새로운 바늘을 그려 넣음으로써 시간의 진행을 표시하고 있다. 이것은 '이곳'의 시간적 흐름을 지배하는 객관적인 시간, 산술적으로 진행하는 시간이라는 것도 결국은 모든 사람들이 동일한 규칙 속에서 행동하고 살아가도록 규정하고 억제하기 위해 만들어진 하나의 수단 이외에 아무것도 아니라는 의미가 된다. 이러한 시간 법칙 하에서 개인의 자유로운 행동이나 자유로운 사고 작용은 용납될 수가 없다. 모든 사람들의 행동과 삶은 예측 가능한 범위 안에서 이루어지며, 따라서 '나'는 곧 '우리'가 되고 '우리'는 다시 '나'가 되는 세상, 개인과 집단 간의 구별이나 차별이 존재하지 않는 세상이 되는 것이다.

친친나트는 '이곳'의 시간의 허구성을 유일하게 꿰뚫어 보고 있는 인물이다. 그는 자신이 다른 차원의 시간대에 살고 있음을 은연중에 깨닫고 있다. 그는 자신을 이끄는 사람의 움직임과 그 사람의 그림자의 움직임 사이에 존재하는 순간, 그 순간적인 휴지(休止), 단절 사이에 존재한다. 그가 생각하는 시간은 절대적인 체계를 갖춘 것이 아니다. 그것은 마치 무늬가 있는 양탄자 두 조각을 이어 새로운 양탄자를 만들고, 그렇게 계속해서 이전 것에 끝없이 이어가며 다른 모양의 양탄자를 만드는 것과 같은 원리에 따라 진행된다. 사람들이 원하는 모양을 이어서 새로운 양탄자를 만들듯이 시간도 과거에서 현재로 저절로 흘러가는 것이 아니라 개인의 선택에 의해서 항상 새로운 형상을 취하게 된다. 그것이 어떠한 모양을 띠게 되는가는 사람들이 어떠한 과거를 선택하고 여기에 어떠한 새로운 현재를 덧붙이느냐에 따라 달라지며, 따라서 시간은 개인들의 숫자만큼 다양해지는 것이다. 이것은 작가 나보코프의 기억관, 예술관의 또 다른 표현이다. 과거는 지나가 버린 시간이 아니라 기억을 통해 새롭게 선택되고 의미 부여됨으로써 현재적 의미를 획득하게 되고, 여기에서 창조적인 예술이 가능해진다는 나보코프의 주장을 상기해 볼 때 시간의 양탄자적 속성을 이해하고 있는 친친나트는 창조적 예술가로서의 완성 가능성을 보여 준다 할 것이다.

그렇다면 소설의 마지막을 장식하는 친친나트의 죽음은 어떤 의미를 가지는가? 그의 죽음은 단순히 육체적, 물리적 의미 이상의 것, 형이상학적 의미로 받아들여져야 한다. 비록 '이곳'에 머물고 있던 그의 육체는 죽음을 맞이하지만, 그의 본질은 죽음과 함께 '이곳'을 탈출해서 자신이 추구하던 '저곳'으로 나아간다. 현재의 친친나트가 전통적인 시간의 흐름 속에서 시간의 끝인 죽음을 맞이한 반면, 그의 내면에 존재하던 또 다른 친친나트, 즉 행동의 자유, 의식의 자유, 진정한 예술성, 자신만의 내면적 시간을 추구하던 그의 환영은 더 이상 '이곳'의 시간에 지배되지 않는다. 그의 시간은 죽음과 함께 끝난 것이 아니라, 죽음과 더불어 새로운 시간의 차원으로, 그와 닮은 존재들이 서 있는 세계로 나아간다. 그의 죽음은 외부적, 객관적인 시간으로부터 무(無)시간으로의 이동뿐만 아니라, 억압되고 구속적인 예술의 영역으로부터 자유롭고 창조적인 예술의 영역으로 나아감을 가능하게 했다. 이런 의미에서 친친나트의 죽음은 끝인 동시에 시작이다. 나보코프는 문학 속의 시간에 남다른 관심을 보여 온 작가이다. 그의 작품 속에서 시간은 실제적인 시계의 흐름을 따르지 않고, 예술가적 주인공의 내면에서 그의 의식에 따라 선택되고 진행된다. 과거는 단순히 시간적으로 지나간 시제가 아니라 현재 속에서 선택되고 재해석되며 예술의 영역으로 발전하게 되고, 이러한 과정의 주체는 예술가가 되는 것이다. 불변성, 비가역성, 객관성, 기계적이고 산술적인 흐름을 본질로 하는 시간이 지배하는 세상, '이곳'에서 인간은 자발적 의지를 구속당하고 수동적, 무의식적인 행위자가 될 뿐이다. 따라서 자율적 인간, 즉 습관적 반복을 피하고 능동적, 의식적인 행위자가 되기 위해서는 주체의 현재적 의식 속에서 끊임없이 의미 변화 과정을 겪는 주관적 시간이 지배하는 세상으로 나아가야 한다. 바로 그러한 세상에서 진정한 예술은 가능해지는 것이다. 친친나트의 죽음은 직접적인 의미로서보다는 허구의 가치를 지향하는 세계에 대한 거부이자 극복으로 받아들일 수 있다. 이러한 점에서 그의 죽음은 형이상학적이다.

판본 소개

『사형장으로의 초대』(*Priglashenie na kazn*ʹ)는 파리의 러시아 망명가들 사이에서 발행되던 잡지 『동시대인지』(*Sovremennye zapiski*)를 통해 1935년에서 1936년 사이 연재 형식(No. 58, 59, 60)으로 처음 발표되었으며, 1938년 단행본으로 출판되었다. 이 작품은 1979년 미국의 Ardis 출판사에서 다시 인쇄되었으며, 모스크바의 Pravda 출판사는 1990년 이 판본을 러시아에서 출판하였다. 본 번역은 이 1990년 러시아 판본을 대본으로 삼았다. 필요한 경우 작가의 아들인 드미트리 나보코프가 번역하고 작가가 감수한 영어 번역본 *Invitation to a Beheading* (New York: Capricorn Books, 1965)을 참조하였다.

블라디미르 나보코프 연보

1899 4월 22일 제정 러시아의 수도 상트 페테르부르크에서 블라디미르 드미트리예비치와 옐레나 이바노브나 사이의 장남으로 태어남.

1917 소비에트 혁명 발발 직후 나보코프 가족은 아버지를 제외하고 크림으로 이주.

1919 소비에트 혁명이 적군의 승리로 끝난 후 나보코프 가족은 터키를 거쳐 영국으로 망명. 영국 케임브리지 대학에 입학하여 러시아어와 프랑스어 학위를 취득.

1922 나보코프의 아버지가 베를린에서 러시아 극우파에 의해 암살당함.

1923 케임브리지 대학 졸업. 가족을 따라 베를린으로 이주. 시린(Sirin)이라는 필명으로 두 권의 시집을 출판.

1925 베라 예프세예브나 슬로님과 결혼.

1926 첫 번째 소설 『마센카』(*Mashen'ka*) 출판.

1928	『킹, 퀸, 잭』(*Korol', dama, valet*) 출판.
1930	『루신의 방어』(*Zashchita Luzhina*) 출판. 중편소설『스파이』(*Sogliadatai*), 단편집『초르브의 귀환』(*Vozvrashchenie Chorba*) 출판.
1932	『공적』(*Podvig*) 출판.
1933	『카메라 옵스쿠라』(*Kamera obskura*) 출판.
1934	『절망』(*Otchaianie*) 출판. 외아들 드미트리 탄생.
1936	『사형장으로의 초대』(*Priglashenie na kazn'*) 출판.
1938	『재능』(*Dar*)을 잡지『동시대인지』에 연재. 단편집『스파이』(*Sogliadatai*) 출판. 파리로 이주.
1940	파리를 점령한 독일군을 피해 미국으로 이주.
1941	첫 번째 영어 소설 『세바스찬 나이트의 참 인생』(*The Real Life of Sebastian Knight*) 출판.
1942	웰슬리 칼리지에서 문학 강의 시작. 하버드 대학의 비교 동물학 박물관 연구원으로 활동.
1944	고골 연구서『니콜라이 고골』(*Nikolai Gogol*) 출판.
1945	미국 시민권 획득. 『세바스찬 나이트의 참 인생』의 실제 모델인 나보코프의 큰형 세르게이가 나치 감옥에서 사망.
1947	『좌경선』(*Bend Sinister*)과 단편집『9편의 단편』(*Nine Stories*) 출판.
1948	코넬 대학 문학부 교수로 부임하여 러시아 및 유럽 문학 강의.
1951	『확증』(*Conclusive Evidence*) 출판.

1955 『롤리타』(*Lolita*)가 파리에서 출판됨.

1956 『피알타에서의 봄 외 단편집』(*Vesna v fial'te i drugie rasskazy*) 출판.

1957 『프닌』(*Pnin*) 출판. 영어권 독자들 사이에서 인기를 얻기 시작.

1958 『롤리타』를 미국에서 출판. 단편집 『나보코프의 열둘』(*Nabokov's Dozen*) 출판. 실제 수록 작품은 13편.

1960 스위스의 몽트뢰로 이주. 미국 시민권은 유지.

1962 『창백한 불꽃』(*Pale Fire*) 출판. 천재적 작품으로 평가받음.

1964 푸슈킨의 『예프게니 오네긴』에 대한 방대한 주해와 함께 영어 번역본 출판.

1966 단편집 『나보코프의 4중주』(*Nabokov's Quartet*) 출판.

1967 『말하라, 기억이여』(*Speak, Memory*) 출판.

1969 『아다 혹은 열정: 가족 연대기』(*Ada or Ardor: A Family Chronicle*) 출판. 방종과 감상성의 이유로 비판받음.

1972 『투명한 물체들』(*Transparent Things*) 출판.

1973 『러시아 미인 외 단편집』(*Russian Beauty and Other Stories*) 출판. 에세이와 인터뷰 모음 『강력한 의견들』(*Strong Opinions*) 출판.

1974 『어릿광대를 보라!』(*Look at the Harlequins!*) 출판. 『롤리타』의 시나리오 작업에 참여.

1975 『독재자는 파괴되었다 외 단편집』(*Tyrants Destroyed and*

Other Stories) 출판.

1977   7월 2일 스위스 몽트뢰에서 사망.

새롭게 을유세계문학전집을 펴내며

을유문화사는 이미 지난 1959년부터 국내 최초로 세계문학전집을 출간한 바 있습니다. 이번에 을유세계문학전집을 완전히 새롭게 마련하게 된 것은 우리가 직면한 문화적 상황에 적극적으로 대응하기 위해서입니다. 새로운 을유세계문학전집은 세계문학의 역할이 그 어느 때보다 중요해졌다는 인식에서 출발했습니다. 오늘날 세계에서 타자에 대한 이해는 우리의 안전과 행복에 직결되고 있습니다. 세계문학은 지구상의 다양한 문화들이 평등하게 소통하고, 이질적인 구성원들이 평화롭게 공존할 수 있는 문화적인 힘을 길러 줍니다.

을유세계문학전집은 세계문학을 통해 우리가 이런 힘을 길러 나가야 한다는 믿음으로 만들어졌습니다. 지난 5년간 이를 준비하기 위해 많은 노력을 기울였습니다. 세계 각국의 다양한 삶의 방식과 문화적 성취가 살아 있는 작품들, 새로운 번역이 필요한 고전들과 새롭게 소개해야 할 우리 시대의 작품들을 선정했습니다. 우리나라 최고의 역자들이 이들 작품 속 한 문장 한 문장의 숨결을 생생히 전하기 위해 심혈을 기울였습니다. 또한 역자들은 단순히 번역만 한 것이 아니라 다른 작품의 번역을 꼼꼼히 검토해 주었습니다. 을유세계문학전집은 번역된 작품 하나하나가 정본(定本)으로 인정받고 대우받을 수 있도록 최선을 다했습니다. 세계문학이 여러 경계를 넘어 우리 사회 안에서 주어진 소임을 하게 되기를 바라며 을유세계문학전집을 내놓습니다.

을유세계문학전집 편집위원단(가나다 순)
김월회(서울대 중문과 교수)
박종소(서울대 노문과 교수)
손영주(서울대 영문과 교수)
신정환(한국외대 스페인어통번역학과 교수)
정지용(성균관대 프랑스어문학과 교수)
최윤영(서울대 독문과 교수)